D1728500

**www.united-pc.eu**

# Gottfried Glöckner

# TOM UND NATALIE

Geschichte einer grenzenlosen Liebe

# 1. Teil

## 1. Natalie

*Natalie hatte eine schlechte Nacht hinter sich. Sie hatte unruhig geschlafen, war immerzu wach gewesen und nur mühselig wieder einge- schlafen. Das war nach dem anstrengenden Tag nicht verwunderlich. Einmal sah sie sich ge- zwungen, ihr Nachthemd zu wechseln, so stark war es durchgeschwitzt. Als sie jetzt auf die Uhr sah, war es 5.00 Uhr morgens. „Was soll ich jetzt schon aufstehen," dachte sie, „niemand erwar- tet mich. Tona schläft ganz sicher auch. Also bleibe ich liegen und schlafe noch ein wenig." Sie rutschte wieder unter ihre Decke. Aufzuste- hen, um ihre gestern vergessenen Herztabletten zu nehmen, fehlte ihr die Willenskraft, so blieb sie einfach liegen.*

*Und glitt allmählich hinüber in einen Traum und befand sich inmitten einer wunderschönen Landschaft.*

## 2. Tom

Der Winter hatte sich ausgebreitet wie lan- ge nicht, es war, als wolle er alles nachholen, was er in den vergangenen Jahren versäumt hatte. Selbst in den ersten Maitagen musste man mit Schnee, Kälte und Matsch rechnen. Aber jetzt, Mitte Mai sah alles ganz anders aus: der Schnee war über Nacht verschwunden, aus der Kälte wurde eine angenehme warme Frühlingsluft, die Blumen begannen sich von der Kälte zu erholen und zeigten ihr wahres Gesicht. Vor allem die Gänseblümchen nutzten jede Stelle des Gartens und machten aus der grünen Wiese wieder eine weiße Fläche, die dem Winter hätte Konkurrenz bieten könnten.

Tom stand in seinem Atelier und überlegte, welche Farbmischung für das geplante Bild wohl die beste sei. Aus diesen Gedanken wurde er plötzlich herausgerissen. Da trat völlig unerwartet und unangemeldet eine junge Frau in sein Atelier. Tom mochte es überhaupt nicht, wenn er Besuch bekam und der auch noch ungebeten seinen Raum betrat. Als er die Eintretende sah, verschwand sein Unwille und er war bereit, sie in sein Atelier zu lassen, ändern konnte er es sowie nicht, sie war ja schon drin.

Die Besucherin war nicht übermäßig groß, vielleicht ein wenig kleiner als er (er war auch nicht gerade „groß" zu nennen). Sie hatte dunkles Haar und einen fröhlichen, offenen Blick.

Eigentlich hatte Tom für solche Fälle immer einen Satz parat: „Normalerweise empfange ich keine Besuche, wenn ich arbeite." Bei ihr hätte er den Satz: „ Bei Ihnen mach ich eine Ausnahme" angefügt, aber dazu kam er gar nicht. Die junge Frau überfiel ihn mit den Worten: „Guten Tag, ich bin Natalie von der

Zeitschrift „Die Kunst in unserem Leben" und möchte einen Bericht über Sie und ihre Arbeit schreiben." Derart überrascht von der Schnelligkeit und dem Inhalt ihrer Worte, musste er erst nach einer geeigneten Antwort suchen. Mit einem solchen Anliegen war er bisher noch nie konfrontiert worden. Wenn Besucher zu ihm kamen, dann wollten sie seine Bilder sehen, aber meist verschwanden sie schnell auf „Nimmerwiedersehen".

Nun hatte er seine Antwort parat: „Wieso wollen Sie über mich schreiben? Ich habe doch gar keinen Namen in dieser Branche. Mit einem Artikel über mich werden Sie sich bestimmt keinen Gefallen tun."

Natalie antwortete ebenso schnell wie ihre Begrüßung gewesen ist: „Ich habe kürzlich in einer Ausstellung einige Ihrer Bilder gesehen und fand sie sehr schön, nicht extrem abstrakt, aber wiederum auch nicht so konventionell wie manche der anderen Bilder. Nun hat mich mein Chef beauftragt, Sie mit einem Artikel der Öffentlichkeit etwas näherzubringen. Es sei denn, Sie legen keinen Wert darauf, aber das wäre schade."

Tom überlegte lange. Einesteils fühlte er sich geschmeichelt, hatte er doch schon lange den Wunsch, mit seinen Bildern, die sich in seinem Atelier häuften, weiter in die Öffentlichkeit zu kommen. Andererseits plagte ihn schon jetzt die Wahrscheinlichkeit der vielseitigen Kritik, die dann folgt, zumindest in den Fachzeitschriften. Ob er dem gewachsen sein wird? Solle er lieber sich weiter in Bescheidenheit üben, auf einen Zufall warten, der ihn groß raus bringt und lieber absagen?

Wiederum sprach aus der Reporterin ein echtes Interesse, und außerdem sah sie sehr gut aus. Vielleicht kommt sie dann öfter zu mir und man kann ab und zu einen Kaffee zusammen trinken? Ihre Nähe würde ihm bestimmt gut tun.

Der „schnellen" Natalie wurde es allmählich zu ruhig und sie begann, ihr gezücktes Notizheft zu schließen. Sie unterbrach Toms Gedankengänge und sagte etwas enttäuscht: „Na ich sehe schon, wahrscheinlich kommen wir zu keinem Ergebnis."

Da wurde Tom munter; er sah seine Kaffeerunde mit der hübschen Reporterin in Luft aufgehen und er legte schnell einen Termin auf Mitte der nächsten Woche fest.

Natalie verabschiedete sich und war froh, ihrem Chef sagen zu können: „Nächste Woche werde ich ein Interview mit dem Maler Brand führen" und Tom freute sich, dass vielleicht eine Kaffeerunde zustande kommen könnte. Er war so von ihr angetan, dass er dachte: „Mein Gott, da muss ich jetzt eine ganze Woche warten, bis sie kommt. Warum haben wir den Termin nicht früher gelegt?"

Er versuchte, an seine noch nicht begonnene Arbeit zu denken, aber es gelang ihm absolut nicht; ständig sah er die schöne Frau mit ihrem Notizblock, Stift und erwartungsfrohem Gesicht vor sich. Dann stellte er sich vor, mit ihr in ein Café zu gehen, vielleicht auch ein zweites Mal, vorausgesetzt, sie käme beim ersten Male mit. Insgeheim malte er sich schon aus, mit ihr eine Urlaubsfahrt zu machen. Seine Gedanken wurden abrupt beendet, denn es meldete sich seine "Innere Stimme" und sagte „Was spinnst du denn so rum, wahrscheinlich ist sie verheiratet, ist glücklich und sehnt sich ständig nach ihrer Familie. Du bist doch nur ihr „Zeitungsinterview, weiter nichts."

Aber seine Gedanken und Gefühle kreisten ständig um sie, die höchstwahrscheinlich, nachdem sie gegangen war, überhaupt keinen Gedanken an ihn verschwendete.

Der Tag war gelaufen, nichts gelang ihm, zu nichts hatte er Lust. Er griff nicht nach seiner Farbpalette und Pinsel. Auch der Zeichenstift blieb unberührt. Tom saß auf seinem Stuhl und hing seinen Gedanken nach. Dass ihn mal eine Frau so aus dem Gleichgewicht bringen könnte, hatte er nie vermutet. Aber irgend etwas rührte sich in ihm und ließ ihn keine Ruhe. In seinen Gedanken war nur Natalie von der Zeitschrift „Die Kunst in unserem Leben", für anderes war kein Platz mehr. Der Garten verwandelte sich in ein Blumenmeer, er sah das nicht. Die Luft wurde aromatisch, er spürt es nicht. Die Vögel sangen ihre Frühlingslieder, er hörte sie nicht. Die Bäume schienen zu fragen „Sieht so ein verliebter Mensch aus?" Nur der Maulwurf sah sich genötigt zu antworten: „Woher soll ich das wissen, ich hab noch keinen Menschen gesehen; wie soll ich dann entscheiden, ob der traurig oder fröhlich aussieht"?

## 3. Natalie

Natalie, schon einige Jahre bei der Kunstzeitschrift „Die Kunst in unserem Leben" beschäftigt, hatte sich bereits einen guten Ruf erarbeitet. Sie freute sich auf das Interview und war gespannt, wie der Maler sich dabei verhalten wird. Aus der Ferne hatte sie ihn als ruhigen, fast bescheidenen Menschen gesehen; wie wird er sich geben, wenn sie ihre Fragen stellt. Sie hatte gleich gemerkt, dass er von seinen Künsten nicht so überzeugt ist, wie manche seiner Kollegen. Wird er Interessantes für ihre Leser zu seinen Bildern erzählen? Viele Maler sagen: „Das Bild muss für sich sprechen, ohne Worte". Manchmal kam ihr das wie eine Ausrede vor. Um ihn kennenzulernen, wie er wirklich ist, musste sie ihren Chef überzeugen, dass der unbekannte Maler das Recht habe, sich auch in der Öffentlichkeit zu präsentieren. Bei der kommenden Ausstellung, die die Zeitschrift organisieren wollte, möchte sie ihn gern mit vorstellen. Nachdem sie alle Einwände ihres Vorgesetzten entkräftet und die Genehmigung für das

Interview erhalten hatte, freute sie sich sehr für ihn und für sich.

Die kurze Begegnung in seinem Atelier hatte sie in ihrer Meinung bestärkt. Er kann etwas und ist nur zu schüchtern, sich zu zeigen. Schon in dem Moment, als sie sein Atelier betreten hatte, hörte sie leise, romantische Musik. „Das passt zu dir" dachte sie heimlich: „Scheint bescheiden zu sein und innerlich ein Romantiker". Sie erkannte, dass es Tschaikowski war, „Schwanensee", was sie hörte. „Vielleicht malt er das Bild einer Tänzerin?"

Sie hatte sich vorgenommen, frisch und bestimmt aufzutreten, was sonst gar nicht ihrem Wesen entsprach. Argumente wollte sie gar nicht erst aufkommen zu lassen, was sich allerdings nur teilweise realisieren ließ. Mit ihrem Überfall hatte sie den Künstler sicher mundtot gemacht und musste ihm nun Zeit zum Überlegen geben. Das dauerte ziemlich lange. Sie verlor nicht die Geduld, hatte sie so doch genügend Gelegenheit, ihn dabei zu studieren. Je mehr sie ihn betrachtete, desto stärker wurde ihr Vorhaben: „Diesen Menschen bringe ich in die Öffentlichkeit, der darf sich nicht weiter verstecken". Während sie auf seine Antwort wartete, hatte sie das Gefühl, dass sie ihn schon lange kenne, wie einen guten alten Bekannten. Als sie endlich einen Termin gefunden und ihn auf die nächste Woche gelegt hatten, freute sie sich zunächst;

der folgende Gedanke „Warum haben wir nicht einen früheren Termin gefunden", dämpfte das freudige Gefühl. Sie spürte, dass sich ihr Herzschlag merklich erhöhte wenn sie an ihn dachte, ihn sich vorstellte. Ganz bestimmt ist er ein großer Blumenfreund. Sein Garten sieht wie ein riesiges Blumenbeet aus, sicher erfreut er sich jeden Tag daran, bevor er an seine Malerei geht. Jedenfalls ist er ein guter Mann.

## 4. Tom

Schon aus seinen Kinderjahren wusste Tom, wie langsam die Zeit vergeht, wenn man sich auf etwas Bestimmtes freute. Da wurde aus einem Tag eine ganze Woche, und jetzt kam ihm die bevorstehende Woche vor wie ein Jahr. „Wie soll ich diese Woche nur überstehen?" fragte er sich jeden Morgen. Sein begonnenes Bild blieb in den Anfängen stecken, die entsprechende Farbmischung war noch nicht gefunden, und wenn er ehrlich war, hatte er sich überhaupt nicht damit beschäftigt. Seine Gedanken blieben immer an Natalie hängen. Aus seinen Zeichenstunden holte er längst Vergangenes hervor und begann, Natalie aus dem Gedächtnis aufs Papier zu bringen. Nichts wurde gut oder gefiel ihm. Er hätte sie öfter und genauer ansehen müssen und nun hatte er zu wenig Merkmale in sich, die ihr Gesicht so einprägsam machten. Er zeichnete mit seinem Stift ein Porträt nach dem anderen und ließ den Farbpinsel unbeachtet liegen. Der Abgabetermin für das noch nicht angefangene Bild lag noch weitab, er hatte sicher später genügend Zeit, sich damit zu beschäftigen. Wenn seine Arbeitslust allerdings so weiterginge, wäre es in vielen Jahren noch nicht fertig. Er könnte seine Auftraggeber nicht mit „Natalie-Porträts" besänftigen. Es wird also höchste Zeit, dass der Termin des Interviews heranrückte. Und er rückte! Jeden Tag ein wenig näher und endlich war er da.

Den ganzen Morgen werkelte er in seinem Atelier, machte sauber, machte Ordnung und fand sogar für einen kleinen Blumenstrauß eine geeignete Stelle. Währenddessen mahnte ihn seine „Innere Stimme": „Was bildest du dir eigentlich ein? Meinst du, sie denkt so oft an dich wie du an sie? Sie kommt zu vielen Künstlern, und wenn sich alle in sie verlieben würden und sie in diese, da hättest du schlechte Karten. Zeig ihr kein verliebtes Gesicht und mach bloß keine Andeutungen, das könnte bei ihr schlecht ankommen. Sei ganz normal."

Das war alles richtig und er gab der Stimme Recht, aber er konnte nicht anders, er dachte nur an sie. Er wollte, wenn sie kommt, an seiner Staffelei stehen und viel Arbeit vortäuschen. Aber das ging nicht, er trat vor die Tür und wartete mit Ungeduld auf ihre Ankunft. Es war ein wunderbarer Maitag, die Sonne brannte eigentlich für diese Jahreszeit schon zu heftig, aber sie hatte auch einiges nachzuholen. Das Schwitzen bei ihm lag allerdings nicht an der Außentemperatur, das kam aus seinem Inneren.

Endlich hörte er ein Auto sich nähern und die „Frau seiner Träume" stieg aus. In den letzten Nächten hatte er sie immer gesehen, aber in Natura war sie noch viel hübscher. Heute hatte sie ein leichtes Kleid an, das ihre natürliche Schönheit unterstrich. Gleichzeitig stellte er fest, weshalb ihn die bisherigen Skizzen nie befriedigten: er hatte die leicht schräge Stellung ihrer Augen nicht berücksichtigt.

Nach einer förmlichen Begrüßung (seiner inneren Stimme folgend) bat er sie in sein Atelier. Natürlich hatte er einen kleinen Tisch und zwei Stühle bereitgestellt und erwartete ihre ersten Fragen. Sie aber sagte: „Ich möchte mich gern, wenn ich darf, ein wenig in Ihrem Heiligtum umsehen, die Atmosphäre in mir aufnehmen und in mir schwingen lassen." Wie freute er sich insgeheim, dass er am Morgen alles sauber gemacht hatte, abgesehen von kleinen Ecken, wo er etwas davorgestellt, statt es wegzuräumen.

Der Lohn auf diese guten Taten erfolge sogleich: „Also, solch ein aufgeräumtes Atelier habe ich zuvor noch nie gesehen. Das sieht alles prächtig aus." Tom errötete bei diesem Kompliment und dachte „Wenn du wüsstest."

Er dankte für ihre lobenden Worte, als ihm ein anderer Gedanke kam: hätte er lieber alles unaufgeräumt lassen sollen um so viel Arbeit vorzutäuschen? Wäre das vielleicht besser gewesen? Jetzt denkt sie wahrscheinlich: „Na, nach viel Arbeit sieht das hier aber nicht aus". Natalie betrachtete seine fertigen Bilder, sagte ihre Meinung, die meist vorteilhaft für ihn ausfiel und eine gute Ausgangsbasis für das Interview bilden könnten. Kleine Anmerkungen ihrerseits fasste er nicht als Kritik, sondern einfach als ihre Einstellung zu den Bildern auf.

Als sie dann am kleinen Tisch saßen (der Tisch war wirklich sehr klein und man saß fast nebeneinander) holte Natalie ihren Notizblock hervor und sagte: „Ich möchte gern etwas über Ihren Werdegang wissen, damit ich meinen Lesern einen kleinen Einblick in ihr Leben und Schaffen vermitteln kann. Tom antwortete: „Ich kann nichts Interessantes von mir berichten. Da wird kaum etwas Wissenswertes für ihre Leser dabei sein."

„Da bin ich mir nicht so ganz sicher" sagte sie und wartete.

Tom überlegte.

Sie fiel in seine Gedanken ein „Zunächst sage ich, dass Sie Tom Brand heißen. Wann haben Sie begonnen zu malen? Sind Sie verheiratet, haben Sie Kinder, wie und wo wohnen Sie? Das sind alles Fragen, die mir meine

Leser stellen würden. Was würden Sie darauf antworten?"

Nun wurde Tom munter und sagte: „Interessant ist vielleicht folgendes: Weil meine Mutter unverheiratet war, als ich zur Welt kam, hieß ich so wie sie, nämlich Brand. Als Vornamen hatte sie sich für mich Rem ausgedacht. Damals war dieser Name völlig unbekannt und er wurde nicht bewilligt. Stellen Sie sich vor, ich müsste sagen „RemBrand" und da ich auch noch der Malerei verfallen bin, müsste ich sagen „RemBrand, Maler". Alle würden denken, ich will mich mit fremden Federn schmücken und für einen Hochstapler halten. Welch ein Glück für mich, diesen Namen nicht tragen zu müssen. So kam ich zu dem Vornamen Tom, und den habe ich lieber als Rem, und so kann ich mich, auch ohne rot zu werden, vorstellen. Später heiratete meine Mutter. Ich behielt meinen Namen."

Nach dieser heiteren Episode kam das Gespräch locker in Gang. Er erzählte ihr, dass er in einer kleinen Stadt geboren wurde und dort aufgewachsen ist. Schon als Kleinkind, dann in der Schulzeit hatte ihn die Malerei besonders angezogen. Er besuchte die Mal- und Zeichenzirkel und später an der Volkshochschule die speziellen Lehrgänge. Eine Ausbildung als Bäcker brach er ab. Jedoch ist er seit dieser Zeit an frühzeitiges Aufstehen gewöhnt. Er versuchte, sich in verschiedenen Berufen einzuleben, aber es fand sich nichts

Rechtes dabei, zumal er begonnen hatte, Bilder zu malen. Nach dem unverhofften Glück, eines gegen Bezahlung an den Mann zu bringen, wollte er nur noch von der Malerei leben.

Natalie machte sich fleißig Notizen und stellte dann die Frage, die immer an „Freiberufliche" gestellt wird: „Können Sie denn von den Verkäufen Ihrer Bilder leben?" und Tom antwortete: „Nein, das kann ich nicht, ja, wenn ich Rembrand wäre. Ich gebe in der Schule Unterricht im Zeichnen und Malen, so habe ich ein kleines Einkommen, das mich ernährt. Bis ich mal wieder ein Bild verkauft habe. Außerdem unterstützen mich meine Mutter und Stiefvater monatlich mit einem kleinen Beitrag. Sie sind von meiner Begabung überzeugt, und ich hoffe, dass ich mich irgendwann bei ihnen erkenntlich zeigen kann. In der Zwischenzeit lebe ich sparsam und allein."

„Sehen Sie, das wollte ich eben fragen: Sind Sie verheiratet und haben Sie Kinder?"

„Nein, verheiratet bin ich nicht und war ich auch nicht. Außerdem könnte ich mit meinen Einkünften keine Familie ernähren. Auch fühle ich mich allein ganz wohl, bin niemanden verpflichtet und kann meine Zeit ausfüllen, wie mir es gefällt. Das heißt aber nun aber wiederum nicht, dass ich nicht gern eine Familie hätte. Ich komme aus einer wohlbehüteten Familie und könnte mir vorstellen, auch eine solche zu gründen. Aber was nicht ist, kann ja noch werden, wenn ich die richtige Frau finde (da meldete sich wieder seine innere Stimme und ermahnte ihn zur Zurückhaltung „Keine Andeutungen bitte!").

Die Unterredung wurde zusehend aufgelockert und entspannt, es machte Tom fast Freude, so Rede und Antwort zu stehen. Auf die Frage, ob er hier im Atelier auch wohne, verneinte er und zeigte ihr in einiger Entfernung ein Haus. „Dort habe ich ein Zimmer gemietet, aber tagsüber bin ich immer im Atelier." Tom merkte, dass Natalie die Fragen ausgingen und stellte mit Schrecken fest, dass die gemeinsame Zeit fast aufgebraucht war. Da fasste er allen Mut zusammen und fragte sie, ob sie es eilig hätte, um nach Hause zu ihrer Familie zu kommen. Wenn das nicht der Fall wäre, würde er sie gern zu einem Kaffee ins „Stadtcafé" einladen. Ganz sicher bekomme ich jetzt einen Korb und sie sagt: „Um Gottes Willen, es ist ja schon später als ich dachte. Mein Mann und meine Tochter werden schon lange auf mich warten, ich muss mich beeilen. Danke trotzdem für das Angebot."

Und wie lautete ihre Antwort? „Warum denn nicht, ich habe jetzt Feierabend, wir können uns das nach diesen anstrengenden Stunden schon leisten."

Wenn Natalie gewusst hätte, welche Überwindung es Tom gekostet hatte, diese Frage zu stellen. Er freute sich wie ein Kind über diese Antwort, die schönste Antwort, die er bekommen konnte. Er freute sich wie ein kleines Kind nach der Weihnachtsbescherung.

Sie saßen eine reichliche Stunde in dem gemütlichen Café und Natalie sagte :„Ich habe mir viel Notizen gemacht, die muss ich nun zu Hause ins Reine bringen. Außerdem möchte ich ein oder zwei Gemälde fotografieren und dem Artikel beilegen. Haben Sie was dagegen, wenn ich in der nächsten Woche noch einmal vorbeischaue? Aber wirklich nur, wenn Sie nichts dagegen haben und Sie bei Ihrer Arbeit nicht gestört werden." Wie sollte er etwas dagegen haben, es war heute schon der zweite Satz, der sein Herz höherschlagen ließ und er antwortete „Ich würde mich sehr freuen, Sie wieder bei mir begrüßen zu dürfen." Das klang zwar sehr steif und förmlich, aber innerlich sagte er etwas ganz anderes, was seine Gegenstimme zu einem kräftigen Räuspern zwang. Sie legten den Termin auf den fünften Tag von heute an. Das war glücklicherweise weniger als eine Woche. So lebte er jetzt auf diesen Tag hin. Vielleicht konnte er sogar beginnen, seine Arbeit an dem Bild aufzunehmen; Zeit würde es langsam. Er hatte sich bei der ersten Begegnung vorgestellt, mit ihr in ein Cafe zu gehen, vielleicht mal tanzen und mit ihr eine Urlaubsfahrt zu machen.

Heute hatte sich Punkt eins schon erfüllt.

## 5. Natalie

Natalie war sich gegenüber ehrlich, indem sie eingestand, dass sie dieses Treffen mit Freude und Erwartung herbeigesehnt hatte. Seine ruhige und bescheidene Art, seine Versuche, sich gut auszudrücken, das machte ihn ihr sehr sympathisch. Sie dachte: „Solch ein Mensch ist sicher ein guter Mensch, der kann gar nicht böse sein." Sie war gespannt, was der heutige Tag bringen würde. Als sie den Rundgang durch sein Atelier machte und die Sauberkeit bemerkte, wusste sie instinktiv, dass er es ihr zuliebe gemacht hatte. Auch die kleinen Ecken, die er mit Sachen zugestellt hatte, nahm sie mit leichtem Schmunzeln wahr. Solche Kleinigkeiten brachten ihn ihr sehr nahe und sie freute sich auf das Gespräch und den Nachmittag.

Das begann ziemlich stockend, weil er meinte, er habe nichts Außergewöhnliches zu erzählen.

Die Geschichte seines Namens brach dann endlich das Eis und es wurde ein schöner Nachmittag, der ihrem Artikel viel Nennenswertes einbrachte.

Die Frage nach seinem Familienstand, den sie den Lesern nahebringen wollte, hatte sie mehr aus eigenem Interesse gestellt. Denn alles, was ihn betraf, wollte sie sehr gern wissen. Ob das ihre Leser auch so interessieren würde, bezweifelte sie fast.

Seine Bilder, die sie während ihres Rundganges betrachtet hatte, gefielen ihr zum größten Teil sehr und sie sagte „Wenn ich kann, dann bring ich dich groß raus, du hast es verdient", dies sagte sie aber nur leise in sich hinein. Viele Landschaftsbilder, sehr eindrucksvoll empfunden, oder das Bild des älteren Ehepaares, das sich liebevoll umarmte. Das war so lebensnah wiedergegeben, dass man die Liebe der Beiden förmlich mitempfand. Seine Bilder und die ganze Art, sich zu geben, hinterließ in ihr das Gefühl einer Seelenverwandtschaft.

Um die Zeit des Zusammenseins nicht abzubrechen, erfand sie weitere Fragen, die für ihren Artikel nicht bedeutend waren.

Ihre Frage, ob sie wiederkommen dürfe um Fotos zu machen, war aus der Sehnsucht nach einem weiteren Zusammentreffen entstanden, denn sie hatte ihren Fotoapparat ständig dabei, so auch heute, und hätte ihn sofort benutzen können.

Seine Antwort „Ich würde mich freuen, Sie wieder bei mir begrüßen zu können" klang wie aus einem Lehrbuch von Knigge.

Sie merkte aber deutlich, dass hinter diesen Worten mehr steckte.

Durchaus hätte sie noch weitere zwei Stunden bei Tom zugebracht, sie genoss die angenehme Atmosphäre und war glücklich, als er den Vorschlag, einen Kaffee trinken zu gehen, äußerte. Sie hatte nämlich kurz zuvor die gleiche Idee gehabt. Das überlässt man besser dem Mann. Vielleicht wäre er lieber gern an seine Arbeit gegangen?

Der Aufenthalt im Café wurde eine gemütliche Stunde. Beim Platznehmen hatte er ihr den Stuhl zurechtgerückt, was sogar ihrer „Inneren Stimme" imponierte: „Donnerwetter, ein Mann mit Anstand und Manieren"; diesmal widersprach sie der Stimme nicht. Im folgenden Gespräch drehte es sich jetzt nicht mehr um Malerei und Zeitschrift. Das Interview war beendet, und doch erfuhr sie mehr aus seinem Leben als zuvor in der Gesprächsrunde.

Er hatte vor langer Zeit schon mal eine Bekanntschaft einer jungen Frau gemacht. Als sie dann sah, wie abgeschieden er lebte, setzte sie sofort einen Schlusspunkt, noch ehe sie sich näher kennengelernt hatten. Er war froh, wieder allein zu sein. An seiner Familie hing er sehr, zu seinem Stiefvater hatte er ein sehr gutes Verhältnis. Wenn es sich mit der Zeit vereinbaren ließ, besuchte er sie gern, auch wenn die Entfernung ziemlich groß war. Ein Auto hatte er nicht, brauchte auch keines. Und wenn er nach auswärts musste, konnte er Bahn oder Bus nehmen. Ein Auto würde bei ihm nur sachte dahin rosten, meinte er.

Natalie merkte sehr deutlich, dass ihn eine Frage bedrückte, deren Lösung ihm sehr viel bedeutete. Deshalb erzählte sie ihn aus ihrem Leben. Sie sagte, dass sie in einer liebevollen Familie aufgewachsen ist. Die Liebe ihres Lebens habe sie noch nicht gefunden. Zwei Jahre hatte sie eine freundschaftliche Beziehung zu einem Mann, aber zu einer Heirat ist es nicht gekommen. Sie haben sich im beiderseitigen Einverständnis getrennt, und so lebe sie jetzt wieder allein. Ihre Arbeit bei der Zeitschrift mache ihr Freude und sie übe sie mit großer Leidenschaft aus. „Ich bin mit meiner Zeitschrift verheiratet. Ich bin viel unterwegs zu Ausstellungen; muss über sie schreiben und Interviews mit den Künstlern führen, so wie wir das heute auch getan haben." Natalie bemerkte, dass sich ein Schatten über Toms Gesicht legte und setzte schnell hinzu „Aber zum Kaffeetrinken bin ich noch nie eingeladen worden. Das ist heute ein Novum." Der Schatten aus Toms Gesicht verzog sich und machte einem Lächeln Platz. Natalie wusste, woran das lag und war froh, diesen Nachsatz angebracht zu haben, und er war ehrlich. „So muss ich manchmal nach Berlin, nach Zwickau, nach Rostock oder Sondershausen um bei den Vernissagen vor Ort zu sein. Aber die meisten Tage verbringe ich in der Redaktion und in meinem Zuhause, wo ich dann die Ausarbeitungen mache.

Als sie das Café verließen, stolperte Natalie auf der letzten Stufe. Tom, einen Schritt vor ihr, fing sie auf. Er war sichtlich erschrocken und froh, schnell reagiert zu haben. Was er nicht wusste oder vermutete, war, dass Natalie diesen Stolperer selbst herbeigeführt hatte. Sie wollte sehen, wie er reagiert und dabei seine Arme spüren, sind sie hart oder weich, sie wollte einfach nur seine Arme um sich spüren.

Tom brachte Natalie zu ihrem Auto und wartete bereits schon auf den nächsten Termin.

## 6. Tom

Tom stand noch lange und sah dem verschwindenden Auto nach. Er spürte noch immer ihren warmen Körper in seinen Armen. Das Gefühl, wie er sie aufhob, wie sie in seinen Armen lag und wie er sie wieder loslassen musste. Dieses Gefühl wird ihn die folgenden Tage immer begleiten und er wird das genießen.

Allmählich schlich er zu seinem Atelier und wünschte sich den Stolperer noch einmal.

Er nahm seine Nataliezeichnungen wieder vor und versuchte, die Augenpartie so zu zeichnen, dass sie der Wirklichkeit nahekommen. Es waren viele Versuche notwendig, bis er zu einem Ergebnis kam, das ihn befriedigte. „Aber in natura bist du noch viel schöner" sagte er laut und nahm sich vor, morgen weitere Skizzen anzufertigen.

Der folgende Tag war mit Unterricht in der Schule belegt. Es machte ihm große Freude, denn er stellte fest, dass seine Schüler merkliche Fortschritte machten.

Tags darauf nahm er sich nun endlich sein Bild vor, das auf den ersten Pinselstrich wartete. Für eine gute Farbmischung hatte er sich noch nicht entschieden; das war also Aufgabe eins für heute. Und so ganz allmählich fügte sich eines zum anderen und am Abend konnte er erste bescheidene Erfolge verzeichnen; er war wieder „drin".

Auf dem Weg zu seinem Quartier sah er wieder im Geiste das Auto, das sich von ihm fortbewegte und wünschte, es käme ihm entgegen. Er musste noch drei Tage aushalten, bis das geschehen würde.

Mit großer Spannung hatte er Natalies Bericht gelauscht. Sie war also nicht verheiratet, hatte keinen Freund oder Lebenspartner. Die letzte Beziehung lag auch schon eine ganze Weile hinter ihr. Ob sie schon so frei ist, eine neue aufzubauen? Vielleicht mit ihm? Er hatte gar nicht den Mut, sich dies ernsthaft vorzustellen. Ein Leben mit Natalie an seiner Seite, nicht auszudenken. Er wäre jederzeit bereit, sein abgeschiedenes Leben für Natalie aufzugeben. Ob sie während ihrer Arbeit gelegentlich an ihn denkt? (Innere Stimme: Bitte still sein!!!). Oder kommt sie nur, um den Artikel zu schreiben? Kommt sie auch ein bisschen meinetwegen? Diese Fragen beschäftigten ihn fortlaufend, er musste sich regelrecht zur Arbeit zwingen. Nun raffte er sich auf, sein Natalieporträtbüchlein zu greifen, um weitere, genauere Skizzen zu machen. Er konnte das Heft einfach nicht finden. In seinem normalen Chaos fand er sich immer zurecht, aber jetzt war aufgeräumt, und das Büchlein verschwunden. Das beunruhigte ihn sehr und innerlich entschuldigte er sich bei Natalie, dass er so unordentlich war. Er wird es finden, neue Zeichnungen eintragen und es sorgfältig aufbewahren.

## 7. Natalie

Während sich Natalie auf dem Rückweg befand, hatte sie ein seltsames Gefühl. Eine Stimme sagte „Fahr doch zurück, der wartet auf dich."

Die Gegenstimme antwortete: „Das bildest du dir ein, er wird froh sein, endlich wieder allein zu sein und freut sich auf seine Arbeit."

„Er sah doch so traurig aus, als ich wegfuhr."

„Wahrscheinlich hat er die Stunden gezählt, die er durch das Gespräch verloren hat."

„Nein, das stimmt nicht, als er mir beim Aufstehen geholfen hat, habe ich gemerkt, dass das nicht nur Hilfestellung war, da war Gefühl drin."

„Na du kannst dir auch viel einbilden."

Natalie hatte das Gefühl, sie müsse umkehren. Aber was sollte sie als Grund angeben? Dass schon seit der ersten Begegnung ein Lichtlein in ihr flackerte? Dass sie im Grunde genommen schon jetzt eine große Sehnsucht nach ihm spürte?

Natalie hörte auf die Gegenstimme und war dabei keinesfalls glücklich, aber sie wendete nicht.

Zu Hause machte sie sich an die Arbeit, nun einen guten Artikel zu schreiben, der immerhin eine Seite, einschließlich der Bilder, umfassen sollte. Sie konnte sich nicht konzentrieren und verschob die Arbeit auf den kommenden Tag. Während sie einschlief, sah sie Toms Gesicht vor sich, von einem leichten Schatten überzogen, als sie von ihren Arbeiten mit den anderen Künstlern berichtete, und sein befreites Lächeln danach. Während sie in den Schlaf hinüberglitt, spürte sie wieder seine Arme um sich als sie „versehentlich" stolperte.

Die folgenden Tage waren mit Arbeit vollgepackt. Am Abend schlief sie mit dem Gedanken ein: „Wie kann ich das Stolpern wiederholen, ohne dass es auffällig ist. Spüre ich dann wieder seine Arme um mich?"

Endlich war der Termin heran und sie machte sich per Auto auf den Weg.

Tom, der es im Atelier nicht ausgehalten hatte, stand schon auf dem Zufahrtsweg. Auch für ihn war die Wartezeit vorüber. Er machte ihr die Autotür auf und begrüßte sie mit einem Handkuss. Die wenigen Schritte bis zu seinem Domizil betrachtete er sie von der Seite und konnte sich gar nicht abwenden. Heute hatte sie keinen Anorak an, auch kein leichtes Kleid, sondern eine geblümte Bluse und einen Rock, was ihr ausnehmend gut stand, fand er. Sie trat fröhlich ein und sagte: „Ich komme mir schon fast vor wie zuhause. Ich freue mich auf den Nachmittag. Heute dürfen wir nicht vergessen, die Fotos von Ihren Bildern zu schießen, die brauche ich unbedingt. Zeigen Sie mir doch mal, welche Bilder geeignet wären."

Beim anschließenden Gang durchs Atelier, zeigte er auf einige Malereien, die vielleicht infrage kommen könnten. Eines der Bilder begeisterte Natalie in großem Maße. Es zeigte ein blühendes Roggenfeld. Wenn sie nahe an das Bild ging, schien ihr, als ob der Wind, der übers Feld strich, bis auf ihre Haut spürbar ist. Dieses Gefühl hatte sie beim Betrachten eines Bildes noch nie gehabt. Natalie rief begeistert aus: „Dieses wunderbare Bild würde ich gern bringen."

Tom, sichtlich erfreut, hielt es aber nicht für eines seiner schönsten Bilder. „Na, ich weiß nicht, so toll ist es doch gar nicht!".

„Aber spüre den Windhauch, der aus diesem Bild auf mich übergeht. Das will ich auf jeden Fall veröffentlichen."

So war Bild eins gefunden.

Tom hatte gestern eine Kaffeemaschine gekauft und schon probiert, sie funktionierte einwandfrei. Damit wollte er den Besuch im nahegelegenen Café unnötig machen. Obwohl dieser Aufenthalt sehr schön gewesen ist, wollte er doch Natalie lieber hier bei sich behalten. Hier war es gemütlicher und keine fremden Menschen dabei.

Er sagte, er würde sich jetzt an die Kaffeezubereitung machen, sie könne sich weiterhin umsehen.

Natalie nahm die Gelegenheit wahr, schaute die Gemälde an, blieb hier und da stehen, machte sich Notizen und schaute gelegentlich zu Tom, der dem Kaffee beschäftigt war. Zufällig blieb ihr Blick an einem Block hängen, der wahrscheinlich versehentlich liegengeblieben war. Während sie ihn beiseite legte, fiel ein Blatt heraus. Natalie öffnete den Block und bekam große Augen. Sie sah viele Zeichnungen, die ihr sehr ähnlich waren. Da Tom noch mit dem Kaffee zu tun hatte, blätterte sie alle Zeichnungen durch und stellte jeweils kleine Abweichungen fest. Er hatte sie also aus dem Gedächtnis gezeichnet und ist nie zufrieden gewesen. Eine Woge des Glücks durchfuhr ihren Körper und ihr Herz begann heftig zu schlagen: „Er war die ganze Zeit in Gedanken bei mir."

Als Tom zum Kaffee einlud, nahm sie das Heft mit und legte es auf den Tisch. Tom wurde über und über rot und stammelte: „Na ja, ich wollte... ich habe versucht... das sollte niemand sehen, vor allem Sie nicht... das waren doch alles nur Versuche." Er konnte nicht genug, schon gar nicht die richtigen Worte finden und wirkte plötzlich ganz klein und hilflos. Natalie bedauerte, dass sie ihn in diese Lage gebracht hatte. Tom stand auf: „Ich habe noch einen weiteren Versuch, der wird Ihnen sicher mehr gerecht" und er brachte die Zeichnung mit den etwas schräg stehenden Augen. Natalie kamen vor Freude die Tränen: „Ja, das ist es, das kommt mir sehr nahe. Das haben Sie großartig gezeichnet. Aber mein Gesicht ist nicht für die Malerei geeignet und trotzdem fühle ich mich geehrt. Dank, tausend Dank, darf ich die Skizze behalten?"

Tom war über ihr Lob so glücklich, dass er sich in einem Anfall von Mut traute, folgende Frage zu stellen: „Was meinen Sie, wir sprechen uns die ganze Zeit mit dem Vornamen an, wäre es nicht an der Zeit, dass wir uns duzen?". Kaum hatte er das ausgesprochen, verließ ihn sein Mut, kroch in sich zusammen und machte sich auf die Ablehnung gefasst.

Natalie, die diesen Gedanken auch schon hatte, sagte fröhlich: „Aber ja, wir kennen uns doch schon so lange. Ab jetzt bin ich Natalie und du Tom wie bisher, Familiennamen bleiben außen vor."

Tom fiel ein, dass er gar nicht wusste, wie ihr Familienname war. Er hatte wieder Mut gefasst und wagte sich weiter vor: „Üblicherweise begießt man die Bruderschaft mit einem Bier oder Kuss. Ich habe nie Bier im Haus, so bleibt nur der Kuss". Jetzt wurde seine Gegenstimme regelrecht rebellisch „Was erlaubst du dir? Wie kannst du so etwas denken und dann noch sagen? Ich habe dich gewarnt. Nun wirst du deine Abreibung gleich bekommen".

Natalie hatte schon insgeheim mit dieser Lösung gerechnet; sie stand auf, kam zu Toms Tischseite und als Tom ebenfalls aufgestanden war, gab man sich mit spitzen Lippen einen Bruderschaftskuss.

Natalie genoss diesen Augenblick, wenn er auch nur ganz kurz war. Tom, der heute über sich hinauswuchs, sagte voller Übermut: „Diese Bruderschaft würde ich gern morgen wiederholen" und nahm sich vor, Natalie wieder zu Siezen. Die holte jetzt ihren Fotoapparat hervor und sie gingen, die vereinbarten Bilder auf dem Apparat festzuhalten.

Trotz des nicht stattgefundenen Café-Besuchs war die Zeit bald herum und Natalie musste sich auf den Weg machen. Sie versprach, die Fotos herzustellen, den Artikel noch zu verfeinern und dann wieder zu kommen. Er müsste dann seine Zustimmung zu ihrer Arbeit geben oder verwerfen. In Anbetracht dieser Arbeit und anderer Dinge, die sie zu erledigen hatte, einigte man sich auf den dritten Tag, ab heute.

Während Natalie in Richtung ihrer Wohnung fuhr, dachte sie: „Sollten wir diesen Bruderschaftskuss wiederholen, dann gibt es keinen Kuss mit „spitzen Lippen."

## 8. Tom

Tom konnte es nicht fassen. Natalie erst dreimal gesehen und schon war er mit ihr per „Du". Er hatte sie geküsst, wenn auch nur ganz sparsam mit den Lippenspitzen und er verspürte große Sehnsucht nach ihr. Wie geht das weiter? Geht es überhaupt weiter? Verschwindet sie aus seinem Leben? Kann es passieren, dass er sie nie wiedersieht?

Die Freude, dass die Wartezeit vorübergegangen war und das gemütliche Beisammensitzen, das waren die Höhepunkte des Tages. Dass Natalie allerdings seine Zeichenversuche in die Hand bekam, berührte ihn jetzt noch unangenehm peinlich. Wiederum eigentlich auch gut, sie hatte die Zeichnungen für gut befunden und glücklich gemacht, sogar die Tränen kullerten. Überhaupt erkannte er sich selbst nicht wieder. Woher hatte er nur den Mut genommen, ihr gleich beim dritten Treffen das „Du" anzubieten. Er, der die letzten Monate wie ein Einsiedler gelebt hatte, fast jeden Menschenkontakt mied, fiel plötzlich aus der Rolle. Es war, als ob eine andere Person aus ihm hervortrat und Reden und Handeln übernahm. Dass er die vergangenen Tage nur an sie gedacht hatte, das konnte sie gar nicht wissen und sollte es auch nicht (oder sollte sie doch?). Tom vermochte seine Gefühle nicht recht einzuordnen und kam absolut nicht mit sich ins Reine. Eigenartig, kaum war sie weg, wartete er auf sie; war sie da, fürchtete er schon die Verabschiedung, um sich dann wieder auf das kommende Zusammentreffen zu freuen. Auch erinnerte er sich, dass sie eine schöne Bluse trug, eine Bluse ohne Ärmel. Das gestattete ihm, heimlich Blicke dorthin zu werfen. Da sah er den Ansatz zu ihrem BH und stellte sich vor, wie es wohl darunter aussehen würde. Gleichzeitig schämte er sich seiner Blicke, nutzte jedoch die nächste Gelegenheit, wieder einen Blick zu riskieren; es war einfach zu verlockend.

Ein furchtbarer Gedanke schoss ihm plötzlich durch den Kopf: ihm wurde bewusst, wenn sie zum vereinbarten Termin erscheint, ist es das letzte Mal. Und dann nie wieder? Wo ich doch schon jetzt die drei Tage für unendlich empfinde?

Er schlug die Hände vors Gesicht, konnte die Tränen nicht zurückhalten und weinte lautlos.

Er kannte sie erst seit wenigen Tagen, und doch war ihm, als ob sie sich schon ewig kennen würden und nur getrennt gelebt hätten.

Jetzt, da er sie gefunden hatte, soll schon wieder alles vorbei sein?

Nein, nein, nein, das darf nicht sein.

Er stand von seinem Stuhl auf, wischte sich die Tränen aus dem Gesicht und nahm sich vor, etwas zu unternehmen, dass dies nie eintreffen kann.

Da meldete sich seine Innere Stimme, die er gar nicht mag, wieder zu Wort: „Sag mal, du kleiner Mensch, hast du auch mal dran gedacht, das es ihr langsam zu viel wird, immer zu dir zu kommen? Sie hat dann ihren Auftrag erfüllt und wird sich anderen Aufgaben widmen. Sie hat schließlich mehr zu tun, als dir schöne Stunden zu bereiten."

„Hör auf, du machst mich unsicher, und ich will an sie denken, an nichts anderes. Als ich vom Bruderschaftskuss sprach, ist sie gleich aufgestanden, hat sich nicht geziert und Ausreden gesucht. Nein, sie kam sofort zu mir. Klar, der Kuss war sehr klein und sparsam, aber es war schön, sie zu berühren und ihre Lippen zu spüren. Das kannst du nicht leugnen."

„Du Dummerchen, weißt du wie viele Bruderschaftsküsse sie schon vergeben hat? Wahrscheinlich bist du nicht der Erste und Einzige oder gar der Letzte."

Tom kämpfte mit seiner inneren Stimme und suchte passende Gegenargumente, die aber immer schwächer wurden. Schließlich gab er es auf und sagte laut: „Ich mag sie, ich liebe sie und irgendwie werden wir zusammenkommen."

Er ging zur Staffelei, nahm den Pinsel in die Hand, bereit, das Bild weiter zu bearbeiten, als er draußen ein Auto vorfahren hörte. Etwas verärgert legte den Pinsel wieder beiseite, wusch sich die Hände und ging zur Tür, den Ankömmling abzuweisen. Als er das Auto wahrnahm, wurde aus seinem Gesicht der Ablehnung ein Gesicht der Freude. Völlig unerwartet stieg Natalie aus dem Wagen und kam auf ihn zu: „Hallo, darf ich dich noch einmal stören?" Was waren das für wunderbare Worte in seinen Ohren. Er war froh, das keine Tränen mehr zu sehen waren und sagte: „Eine schönere Störung kann es gar nicht geben. Sei herzlich willkommen in meiner bescheidenen Bude. Hast du deinen Bericht schon fertig? Ich dachte, erst übermorgen."

„Mir ist etwas passiert, was mir noch nie passiert ist. Ich habe die Fotos überbelichtet und kann sie sie nicht für meine Arbeit gebrauchen. Ich muss neue Fotos machen."

Aus Tom, im Glücksgefühl der unverhofften Begegnung, sprudelte es nur so heraus: „Aber das macht doch nichts... Ich freue mich... natürlich machen wir neue Aufnahmen... Nimm dir so viel Zeit, wie du brauchst... es eilt doch nicht... Nein, ist das eine tolle Überraschung".

Und Natalie nahm sich wirklich viel Zeit, die Bilder neu zu fotografieren.

Tom hatte inzwischen den Kaffeeautomaten angestellt, damit dieser herrliche Besuch mit einem aromatischen Getränk vergoldet, und der Besuch recht in die Länge gezogen werden konnte.

Vor Freude zitterten ihn die Hände und sein Blut geriet in Wallung. Dabei sagte er seiner „Inneren Stimme" energisch die Meinung, mit dem Hinweis, sich nie wieder in seine Angelegenheiten einzumischen.

Eigentlich hatte er sich vorgenommen, bei der Begrüßung das „Sie" zu verwenden. Vielleicht ergäbe sich dann ein weiterer Bruderschaftskuss. Dummerweise hatte er das vor Freude total vergessen. Vielleicht beim nächsten Mal.

Natalie schien nicht unter Zeitdruck zu stehen, denn sie zeigte ihm einige Artikel aus Ihrer Zeitschrift, die sie verfasst hatte. „Deine Bilder können sich ganz sicher mit den hier abgebildeten messen. Vielleicht kommen nach meinem Artikel Interessenten und Käufer; man kann ja nie wissen."

Jedoch Tom lag nichts an Interessenten und Käufern, ihm lag nur daran, dass Natalie zu ihm kam. Als Natalie dann abfuhr, versprach sie, die Fotos noch heute zu entwickeln, den schriftlichen Beitrag morgen zu überarbeiten, um dann den vereinbarten Termin zu halten.

Als sie diesen Termin erwähnte, wurde es Tom wieder schwer ums Herz und er erinnerte sich an das Gespräch mit seiner „Inneren" Stimme.

Die restliche Zeit ergab nichts Wesentliches. Er machtet hier einen Versuch, dann dort, kam wieder zum ersten zurück und gab schließlich auf, heute zu einem Ergebnis zu kommen.

Als er später dann in seinem Bett lag und vergeblich Schlaf suchte, stellte er sich wieder die Situation mit dem Bruderschaftskuss vor, diese Erinnerung konnte ihm niemand nehmen. Und er dachte: „Bei einem Bruderschaftskuss mit einem Mann, hätte ich ganz sicher Bier im Hause."

## 9. Natalie

Als Natalie am folgenden Tag erwachte, hatte sie ein zwiespältiges Gefühl. Die eine Seite sagte ihr, sie müsse nun endlich mit ihren Bericht über Tom Brand beginnen, die andere, die allerdings überwog, sehnte sich nach Tom. Sie fragte sich, wie kann das sein? Kürzlich erst kennengelernt und schon Sehnsucht ? Sie erinnerte sich an die kurze Berührung ihrer Lippen und kostete sie förmlich aus. Dieser kurze Moment ist fest in ihr eingegraben. Obwohl sie sich dagegen zu wehren versuchte, verspürte sie plötzlich große Sehnsucht nach ihm und seinen spitzen Lippen. Seine Skizzen von ihr, sah sie wieder vor sich. Was bezweckte er damit? Wollte er sie bei sich haben, wenn sie nicht da ist? Oder waren es nur Zeichenversuche? Sie redete sich ein „Er mag mich, ich bin ihm nicht gleichgültig" und sie tendierte zur ersten Gefühlsseite. „Ja, er mag mich und ich ihn auch". Sie sah ihn vor sich, wie er etwas unbeholfen den Kaffee kredenzte, die Hände leicht zitterten und sie ansah, wenn sie woandershin blickte.

Sie kann nicht anders, sie muss ihn heute wiedersehen. Aber was sollte sie für einen Anlass haben, der ihm glaubhaft wäre. Da kam ihr die Idee mit den Fotos. Alle waren recht gut geworden und sie hätte sie durchaus verwenden können. Aber das war vielleicht ein Punkt, der glaubhaft klingen würde, wenn sie sagt, die Bilder seien überbelichtet und so nicht zu gebrauchen. Sie müssen die Gemälde noch einmal fotografieren. Als sie diese Idee hatte, stand sie auf und freute sich schon auf das Wiedersehen. „Aber wenn ich mir dies alles nur einbilde und die Gefühle nur auf meiner Seite sind, was soll er dann von mir denken?". Wieder geriet sie in Zweifel, wurde unsicher und versuchte, auf andere Gedanken zu kommen. Es gelang ihr nicht, sie kam immer wieder auf die „nicht geglückten" Fotos zurück. Nun meldete sich wieder einmal ihre „Gegenstimme" und sagte „Willst du dich ihm aufdrängen, was soll er von dir denken? Bist du denn noch zu retten? Lass es um Gottes Willen sein. Soll er dich erst auswerfen, ehe du Verstand annimmst? Na gut, ich hab dir abgeraten, aber auf mich hörst du ja nie."

Vielleicht wird er wirklich unwillig und fühlt sich bedrängt. Wie sieht das überhaupt aus, wenn ich mich so oft sehen lasse? Er hatte ja gesagt, er sei am liebsten allein mit seiner Arbeit.

Sie verwarf die Idee, ihn zu besuchen und wunderte sich, dass sie plötzlich in ihrem Auto saß und auf dem Weg zu ihm war.

„Wenn ich merke, dass er unwillig oder ärgerlich wirkt, wird es eben ein kurzer Besuch. Fotos machen, oder nur so tun als ob, und ab nach Hause. Mit einer Erfahrung reicher im Gepäck."

Die Begrüßung war so, wie sie sich die gewünscht und vorgestellt hatte: ein glücklich wirkender Mann, der sich vor Freude gar nicht auszudrücken vermochte. Es wurde ein ausgesprochen gemütlicher Nachmittag und als sie sich auf der Heimfahrt befand, wusste sie, dass sie die richtige Entscheidung getroffen hatte und er ebenso glücklich war wie sie. Ihre Gegenstimme hatte noch kein einziges mal Recht behalten. Nach ihrem Abendbrot versuchte sie, nach seinem Vorbild, ein Porträt von ihm zu zeichnen. Da bemerkte sie, das ihr gar nicht bewusst war, was ihr an ihm so gefiel. War es der Mund? War der schmal oder leicht geschwungen? War es das Haar? War es lockig oder glatt? Waren es die Augen? Waren sie blau oder grün? Sie wusste das alles gar nicht und konnte deshalb auch keine Skizze anfertigen, zumal ihre Fähigkeiten auf diesem Gebiet zu gering waren Sie legte das Skizzenheft beiseite und stellte ihn sich vor, wie sie ihn im Gedächtnis hat. Es waren nicht die Augen, der Mund, die Haare, nein, es war der Mensch; seine Art zu reden, sich zu bewegen, seine Höflichkeit, seine Versuche seine Freude zu zeigen, eben alles zusammen ergab einen Menschen, den man lieben musste und der trotz seiner Bescheidenheit (oder genau deshalb) sofort gefangen nahm. Beim Einschlafen spürte sie wieder seine Umarmung bei ihrem Stolperer, die spitzen Lippen und die freudige Begrüßung. Es wurde ein ruhiger Schlaf mit vielen schönen Träumen.

## 10. Tom

Tom war glücklich, glücklich wie lange nicht. Sie war unverhofft gekommen, hatte einen triftigen Grund und er glaubte ihr. Es war doch ein gutes Zeichen, dass sie die bestmöglichen Aufnahmen seiner Bilder machen wollte. Das zeigte ihm, dass sie ihn in ein gutes Licht setzen wollte.

Er hatte in der vergangenen Nacht nur von ihr geträumt, vom Kuss, dem Stolperer und von den angenehmen Stunden am Nachmittag. Morgen würde sie kommen, was ihn ungemein freute. Aber das wird ihr letzter Besuch bei ihm sein. In seinem Hals bildete sich ein dicker Kloß, das Herz klopfte schwer und er kämpfte wieder mit den Tränen, die er nicht zurückhalten konnte. Das Schluchzen schüttelte seinen ganzen Körper. Er fühlte sich schon jetzt verloren und einsam. Gab es denn keine Hoffnung auf ein Wiedersehen? Ihm fiel absolut nichts ein. Er konnte doch nicht sagen „Komm einfach ohne Grund zu mir, wir machen uns einen schönen Tag". Wie würde sie das auffassen? Wahrscheinlich würde sie sagen „Ich habe einen Beruf, der fordert meine Zeit".

Er würde ständig an sie denken und sie herbeisehnen. Tom fühlte, dass sein Leben fortan anders verlaufen würde als bisher. Den Begriff „Liebe auf den ersten Blick" hatte er schon öfter gehört, aber noch nie erlebt. Jetzt wusste er, dass es das gibt.

Er stellte sich in sein Atelier und rief laut „Ich liebe dich. Ich liebe dich ganz sehr. Ich liebe dich auf immer und ewig. Ich werde dich in Ewigkeit lieben. Komm bitte zum mir, ich kann ohne dich nicht leben". Er ging in den Garten und rief diese Worte in den Wind. Vielleicht trägt er sie bis zu ihr. Ja, er war überzeugt und fühlte es: Er liebte sie, auch wenn er sie nur kurze Zeit erst kannte. Seit ihrem ersten Besuch war er in sie verliebt. Dieses Gefühl vertiefte sich bei den weiteren Besuchen immer mehr. Und er rief noch einmal ganz laut „Natalie, ich liebe dich."

Die weiteren Stunden vergingen sehr langsam, sie brachten ihn mit seinem Bild absolut nicht weiter. Der Pinsel, kaum in die Hand genommen, wurde wieder abgelegt. Ein kurzer Blick zur Tür (vielleicht kommt sie heute wieder unverhofft. Vielleicht hat sie ihre Aufzeichnungen verlegt und muss nochmal von vorn anfangen?). Das ersehnte Wunder trat nicht ein. Er fühlte sich sehr leer und verlassen. Nein, es darf nicht sein, dass der morgige Besuch der letzte ist. „Ich liebe dich doch, hörst du das nicht?"

Und so erwartete er den kommenden Tag mit großer Freude und grenzenloser Traurigkeit.

## 11. Natalie

Als Natalie erwachte, hatte sie nicht die geringste Lust, aufzustehen. Was wird nach dem heutigen Tag sein? Sie wird ihm den fertig geschriebenen Text vorlesen, ihm die Bilder zeigen, vielleicht trinken sie noch einen Kaffee aus der Maschine, die er extra für sie gekauft hatte und dann...? Dann würde sie wegfahren und jede Verbindung zu ihm verlieren. Das darf und kann doch nicht sein. Als sie gestern ihren Bericht über Tom geschrieben hatte, wurde sie öfter von Weinanfällen geschüttelt. Sie sah ihn vor sich, mit seiner Unsicherheit ihr gegenüber. Sie hörte seine Stimme, die sie so liebte. Sie merkte, wie er ihr gegenüber froh und heiter wirkte und dennoch eine gewisse Traurigkeit in ihm war. Sie konnte sich einfach nicht vorstellen, ein weiteres Leben zu führen, ohne ihn zu sehen.

Als sie ihn damals in einer Ausstellung beobachtet hatte, war sie sofort von ihm angetan und das kleine Lichtlein, dass sich bei ihrem ersten Zusammentreffen gezeigt hatte, war inzwischen zu einer Flamme entbrannt, die ständig wuchs. Jetzt fragte sie sich ("sei ehrlich dir gegenüber", mahnte die Gegenstimme), liebe ich ihn vielleicht? Und sie bejahte diese Frage sofort. In ihrer Wohnung durfte sie nicht allzu laut werden, dennoch sie stellte sich in die Mitte des Zimmers und rief „Ja, ich liebe dich. Ich liebe dich über alles." Als sie das gesagt hatte und die Gegenstimme nichts sagte, war sie zufrieden. Sie überlegte, wie es zu weiteren Zusammentreffen kommen könne, ohne, dass er Verdacht schöpft. Sollte sie vielleicht sagen, sie habe ihre Notizen verlegt und muss nochmal anfangen? Aber nein, er würde sie für nachlässig und liederlich finden, und das durfte auf keinen Fall sein. Bessere Lösungen fielen ihr nicht ein. Einfach auf eine Situation warten, vielleicht ergibt sich eine solche. Ein letzter Besuch bei ihm darf das nicht sein, dessen war sie sicher. Als der Termin herangerückt war, machte sie sich auf den Weg und hoffte, dass sich eine ersehnte Möglichkeit ergeben wird.

## 12. Tom

Tom war schon früh auf den Beinen. Die Nacht war sehr durchwachsen; die Träume sehr unterschiedlich. Einmal träumte er, Natalie stürzte mit ihrem Auto in eine Schlucht; dann sah er sie wieder fröhlich in seiner Werkstatt; ein andermal hatte sie sich an einem seiner Messer geschnitten und musste zum Arzt; dann explodierte die Kaffeemaschine und verletzte Natalie gefährlich. Ein ständiges hin und her mit schönen und unschönen Ereignissen. Endlich verging die Nacht und er stand auf. Übernächtigt wie er war, versuchte er sein Gesicht mit kaltem Wasser einigermaßen in Form zu bringen, was allerdings nicht recht gelang. „Wie soll ich ihr so entgegentreten? Ich sehe aus, wie durch die Waschmaschine gedreht. Ob ich den Termin lieber absage und verlege?". Nein, das konnte er nicht, hatte er doch seit vorgestern die Stunden gezählt bis zu ihrem Eintreffen. Die furchtbaren Träume verfolgten ihn. Er versuchte sie abzuschütteln, es gelang ihm nicht.

Endlich hörte er den geliebten Motor, der sich seinem Haus näherte. Er strich sich noch einmal durchs Haar, versuchte sein Gesicht zu glätten und öffnete Natalie die Tür. Er bemerkte, das sie nicht ganz so frisch wie in den vergangenen Tagen wirkte. Vielleicht hat sie schlecht geschlafen? Die Begrüßung mit einer leichten Umarmung war schon zur Selbstverständlichkeit geworden. Gute Freunde umarmen sich bei Begrüßungen immer.

Der Kaffeeautomat hatte schon seine Aufgabe erfüllt und als Natalie ins Atelier trat, duftete das Aroma verführerisch in ihrer Nase. „Das ist eine wunderbare Begrüßung. Ich habe die letzte Nacht sehr schlecht geschlafen, da kann ich den Kaffee gut gebrauchen". Tom war mit sich zufrieden, dass er das vorausgesehen hatte. Also hatte sie auch keine gute Nacht hinter sich? War sie schon mit weiteren schwierigen Aufgaben betraut worden, die ihr die Nachtruhe raubten? Ich habe auch schlecht geschlafen; aber warum, werde ich dir nicht sagen.

Natalie nahm ihre Tasche vor und entnahm ihr verschiedene beschriebene Blätter. Sie sahen gut aus und Tom war gespannt, was wohl darauf stehe würde.

„Aus unseren Gesprächen habe ich versucht, den Lesern ein Bild von dir zu zeichnen, textlich natürlich, ich bin ja kein Maler. Dafür habe ich alles, was nützlich war verwendet, um deinen Werdegang und dein Leben darzustellen. Nun würde ich dir das gern vorlesen und du sagst mir dann, ob es in deinem Sinne richtig ist und ob wir das so lassen können. In die Mitte habe ich die beiden Bilder gesetzt, so kommen sie gut zur Geltung. Allerdings habe ich ein Bild ausgewechselt, und ausgerechnet mein Lieblingsbild, das mit dem Roggenfeld. Ich habe nämlich gemerkt, dass mein Gefühl, den Wind in meinem Gesicht zu spüren, beim Betrachten des Fotos nicht auftritt. Und ich finde, das ist gerade das Wichtigste an diesem Bild. Man muss es als Gemälde und nicht als Fotografie sehen. Wenn du nicht allzu sehr enttäuscht bist, würde ich diese beiden Bilder nehmen" und sie zeigte sie ihm in der Vorlage.

Tom hatte sich an ihrer Stimme erfreut und auf das Gesagte weniger geachtet. So staunte er jetzt, als er ein anderes Bild als das Roggenfeld sah. Er war beinahe versucht, in ihrem Artikel Fehler, die es aber nicht gab, aufzuzählen, denn das ergäbe einen weiteren Besuch bei ihm. Da aber alles stimmte, was sie geschrieben hatte, konnte er nur sein „Ja" dazu sagen. Er nahm den Artikel in die Hand und las ihn jetzt aufmerksam durch. Als er dann mit der Frage „Warum nicht das Roggenfeld" kam, merkte sie, dass er gar nicht richtig zugehört hatte. „Wo war er bloß mit seinen Gedanken," schoss es ihr durch den Kopf. „Ist er mit seinen Gedanken auch ganz woanders?" und überlegte sich einige Antworten, die ihr gefallen hätten. Nun wäre ihr Besuch eigentlich zu Ende, der Auftrag war erfüllt, einer Heimfahrt stünde nichts im Wege. Das konnte und wollte sie nicht, sie überlegte, wo sie noch Zeitreserven finden könnte und sagte: „Ich würde gern nochmals durch dein Atelier wandern und die Bilder betrachten." Tom hatte nichts dagegen und so lief sie zunächst allein an den Malereien vorbei. „Vielleicht kannst du mir noch einiges über verschiedene Bilder erzählen, wie du auf die Idee gekommen bist, wo du deinen Betrachtungsgegenstand entdeckt hast und wie du dann beginnst, daraus ein Bild zu formen." Tom war höchst erfreut, dass sie weiteres Interesse an seinen Arbeiten zeigte, zugleich wird sich ihr Aufenthalt bei ihm verlängern. Er ging mit ihr durch sein Atelier. Möglichst langsam, was Natalie sichtlich nicht störte. Bei jedem Bild fand er viele Worte, so redselig war er bisher noch nie gewesen. Natalie genoss seine Gegenwart bis ins Herz. Einmal blieb sie stehen und stellte die Frage, die sie eigentlich nie hatte stellen wollen, aber jetzt kamen sie so über ihre Lippen : „Ich bin schon in vielen Ateliers gewesen. Jeder Maler hatte ein oder zwei Aktbilder stehen, bei dir sehe ich keines. Das ist mir schon bei meinem ersten Gang aufgefallen. Hast du keine Lust oder fehlen dir die Modelle?" Kaum waren die Worte verklungen, bereute sie diese auch schon, denn sie sah, wie Tom wieder errötete und nach Worten suchte. „Na ja, ich habs noch nicht versucht. Ich hatte niemanden, der Modell gesessen hätte und eigentlich bleib ich lieber bei meinen Themen. Er vergrub die Hände in den Taschen, machte einen verlegenen Schritt zur Seite und wandte sich dem nächsten Bild zu.

Heimlich amüsierte sich Natalie über seine Unbeholfenheit, und das machte ihn noch liebenswerter. Der Nachmittag war vorüber, der Auftrag erfüllt, jetzt lag nur noch die schwerste Fahrt ihres Lebens vor ihr: die Rückfahrt ohne Wiederkehr. Mit schwerem Herzen, ideenlos und enttäuscht, stieg Natalie ins Auto und kurbelte das Fenster herunter. Tom stand wie ein Häufchen Unglück auf einer Stelle, wie ein gescholtener Schuljunge. Da fiel Natalie ein, dass sie sich noch gar nicht richtig verabschiedet hatten und stieg wieder aus. Sie ging auf Tom zu, umarmte ihn wie üblich und hatte doch keine Ahnung, wie sie den Aufenthalt verlängern konnte. Jeder von Beiden hoffte, dass der andere eine geeignete Idee äußern würde.

Nun war es Tom, der mit seinem Mut wieder über sich hinauswuchs. Mit belegter Stimme brachte er nur leise hervor: „Wie wäre es, wenn wir diesen Tag mit einem Besuch und einem Abendbrot in der Gaststätte beschließen würden?"

Damit hatte Natalie nicht gerechnet und wunderte sich, dass ihr das nicht eingefallen war. Das würde den Abschied noch ein Weilchen hinauszögern und ging freudig auf sein Angebot ein. Sie fuhren in die Stadt, die eine ausgezeichnete Gaststätte vorzeigen konnte. Natalie sagte, dass die Kosten des Abends auf sie fallen würden und ließ Toms Proteste nicht gelten: „Ich habe mit diesem Interview mein Geld verdient, und da wir beide daran gearbeitet haben, gilt es." Damit war die Angelegenheit geregelt.

Nach dem Essen kam man auf vielerlei Themen zu sprechen, das wichtigste Thema kam jedoch von Natalie.

Lange hatte sie mit sich gerungen, ob es gut wäre, wenn sie diese Frage stellen wird. Sie wusste, dass die Trennung kurz bevorstand und stammelte, wie es sonst bei Tom der Fall war: „Ich hatte... Ich dachte... Ich weiß nicht recht, wie ich's sagen soll... lieber nicht... oder doch... aber deine Arbeiten", sie verhaspelte sich ständig, sie kam sich dabei so lächerlich vor. Das hatte sie noch nie erlebt und alles hatte doch nur ein Ziel: weitere Zeit bei Tom zu verbringen. Der rettete sie aus ihrer Verlegenheit und bat sie. „Sag mir doch bitte, was du sagen möchtest."

„Na also, ich wollte sagen, dass ich morgen, wenn ich meine Arbeit abgeliefert habe, einige Tage bis zum Wochenende frei habe. Ich muss natürlich meine schriftlichen Aufgaben weiter erfüllen, aber in die Redaktion muss ich nicht. Und da", sie stockte wieder, „da hatte ich vor, dich zu fragen", sie brach wieder ab und es wurde still. Tom aber redete eifrig auf sie ein und bat sie, ihr Anliegen vorzubringen. Natalie riss sich zusammen und ließ ihrer Zunge freien Lauf, sie sagte es schnell, damit seine Ablehnung ebenso schnell erfolgen könne „Ich muss, wie gesagt, meine Hausaufgaben dennoch machen. Da aber die Tage so schön warm und angenehm sind, dachte ich, ich könnte vielleicht die Zeit neben deinem Atelier, in dem Garten nebenan sitzen und meine Aufgaben erledigen. Ich würde dich auch überhaupt nicht stören, du würdest mich gar nicht merken. Ich komme, sitze und arbeite und unbemerkt bin ich wieder davon. In meiner Wohnung ist es jetzt schon fast unerträglich heiß, da wäre der Garten schön." Nun war es raus. Mein Gott, was wird er jetzt denken? Jetzt konnte nur noch seine Absage „Ich brauch zum Arbeiten meine Ruhe, da kann ich keine Gäste ertragen" kommen, und sie würde sich hinter sieben Berge wünschen, sich furchtbar schämen, das gefragt zu haben.

Tom stand auf und kam zu ihrem Platz, machte eine Verbeugung und sagte: „Seien Sie mir herzlich willkommen. Kommen Sie so oft und so lang, wie Sie wollen. Sie sind mir immer herzlichst willkommen." Er umarmte Natalie mit einer glückseligen Leidenschaft. Er gab ihr vier kleine Küsschen mit den Lippenspitzen, der fünfte Kuss war wesentlich länger und intensiver. Sein Herz pochte wild, seine Arme wurden schwer und in den Knien knickte er fast ein. Er war glücklich, denn das war die Fortsetzung ihrer Gemeinsamkeit. Neben ihm stand eine glückliche Natalie. Ihr Herz brannte, ihre Augen füllten sich mit Tränen und sie war froh, dass er ihrem Wunsch so spontan und fröhlich zugestimmt hatte. Sie vermutete, dass er innerlich auch nach einem Verlängerungsgrund gesucht hatte, und sie hatte einen gefunden. Nun kann sie also jeden Tag zu ihm gehen, ihn sehen und erleben. Sie horchte in sich hinein, aber die Gegenstimme räusperte sich nur.

So wurde die Heimfahrt eine ausgesprochen fröhliche Heimfahrt. Sie musste nur aufpassen, dass sie beim Fahren nicht übermütig wurde und gesund ankam. Sie fühlte sich wie ein Teenager, verliebt wie ein Teenager.

## 13. Natalie

Als Natalie ihr Zimmer betrat, ließ sie ihrer Freude freien Lauf. Sie tanzte nach Radiomusik und setze sich schließlich, um zu verschnaufen. War das ein glücklicher Tag. Sie hatte überlegt, wie man die Zeit mit Tom verlängern könnte, nichts fiel ihr ein und dann kam die erleuchtende Idee, von der sie nicht wusste, ob die gut und falsch ist. Die Reaktion Toms war genau die, die sie sich gewünscht, zumindest erhofft hatte. Sie wunderte sich über sich selbst. Ich bin doch eine gestandene Frau, hab allerhand erlebt und bin beruflich ziemlich weit gekommen. Und jetzt benehme ich mich wie eine Sechzehnjährige. Aber sie fühlte sich auch so. Die große Liebe war ihr noch nie begegnet. War es vielleicht jetzt so weit? Ja, sie liebte ihn wirklich und wollte bei ihm sein. Als sie ihm ihren Artikel vorgelesen hatte, hatte sie schon bemerkt, dass seine Gedanken abseits waren. Woran wird er wohl gedacht haben? Hat er vielleicht auch eine Möglichkeit gesucht, wieder mit ihr zusammen zu kommen? Wenn sie sich jetzt seine Begeisterung wieder vorstellte, kam ihr das sehr wahrscheinlich vor. Und wieso hat er ihr fünf Küsschen gegeben? Warum fünf? Sie überlegte und versuchte seine Worte zu wiederholen. Hatte er gesagt „Seien Sie willkommen. Sie können so oft und so lange kommen, wie Sie wollen. Sie sind immer willkommen."

„Ach ,du Schlingel, du hast die „Sie" gezählt und für jedes „Sie" anstelle von „Du" hast du mir ein Küsschen mit den Lippenspitzen gegeben, aber der fünfte war eine Zugabe, die hatte mit den Lippenspitzen nichts mehr gemein, das war ein echter Kuss." Dieser Gedanke machte sie fröhlich und durchlebte noch einmal den weiteren Tagesablauf. Sie hatte ihn gefragt, und eigentlich wollte sie dies überhaupt nicht, warum bei ihm keine Aktbilder stehen. Jeder Maler hat doch mindestens eines. Es tat ihr nachträglich sehr leid, als sie sich an seine Verlegenheit erinnerte. Und seine Antwort, kein Modell gefunden zu haben, war sicher nicht gelogen. Natalie fragte sich „Würde ich ihm Modell stehen?" und war sich nicht sicher. Das Nacktsein war für sie etwas Selbstverständliches. Mit ihrem ehemaligen Lebenspartner war sie ständig zu den textilfreien Stränden gegangen. Überhaupt meinte sie, wenn alle Menschen nackt wären, wäre der Unterschied zwischen Arm und Reich sofort überwunden; aber das wird es nicht geben. Wenn ihr es in der Wohnung zu heiß wurde, wurde sie auch zur FKK-Hausfrau. Sie überlegte, ob sie sich als Modell ihm anbieten soll. Warum eigentlich nicht, sie hatte schon vor Jahren bei einem anderen Maler einmal Modell gesessen und nichts dabei empfunden. Es war ein Bild, das ihre Rückenpartie zeigte und sie nur den Kopf etwas seitlich gedreht hat. Was aus diesem Bild wurde, hat sie nie erfahren und interessierte sie auch nicht. Man sitzt und sitzt, und irgendwann steht man auf und geht nach Hause, mehr ist da nicht. Warum sollte ich das Tom nicht auch anbieten. Sollte er mich von vorne malen wollen, ist das auch kein Problem, denn am FKK-Strand haben mich auch viele Leute von vorn gesehen. Aber bei Tom ist das vielleicht doch etwas anders. Er ist eben nicht X oder Y vom Strand, es ist Tom, der, wie es scheint, viel für mich übrig hat. Soll ich mich da ausziehen und betrachten lassen? Ein kurzer wohliger Schauer überrieselte sie. Seine Blicke auf meinem Körper, den er außer meinem Kopf und den Armen noch nie sah. Sie verspürte ein leichtes Kribbeln im Bauch und dachte: „Mit meinen 30 Lenzen kann ich mich wohl noch zeigen". Ihre Gegenstimme verhielt sich ruhig, nur ein hörbares Ausatmen war hörbar. Sie konnte sich nicht recht für eine Seite entscheiden, einesteils würde sie, andererseits lieber nicht.

Wiederum wäre es echt reizvoll zu sehen, wie er darauf reagiert. Ob er einen roten Kopf bekommt? Ob er sich lieber wegdreht? Aber wie will er mich dann malen. Da sie zu keinem Entschluss kam, vertagte sie die Sache auf morgen. Da stand zunächst der Weg zur Redaktion bevor, und dann? Ja dann konnte sie zu Tom fahren und den ganzen Tag bei ihm bleiben, am Dienstag, Mittwoch, Donnerstag, Freitag, Sonnabend und Sonntag. Man müsste in die Woche noch ein paar Tage einbauen. Schön, wenn das ginge. Aber hoppla, morgen ist Montag, wenn ich in der Redaktion fertig bin, kann ich doch schon morgen hinfahren. Er hat doch gesagt: „Kommen Sie so oft und lang, wie Sie wollen", also wird schon morgen unser erster Tag.

## 14. Tom

Tom erlebte einen höchst fröhlichen Abend. Er suchte Tanzmusik im Radio und tanzte leidenschaftlich mit einer imaginären Natalie. Er drückte sie an sich und gab ihr viele Küsse. Dabei stellte er sich die Situation in der Gaststätte vor, wo er sie vor allen Anwesenden fünfmal geküsst hatte. Die vielen „Sie" baute er in seine Antwort ein, um dann zu sagen, die waren für das „Du" gedacht; den fünften kostete er besonders aus. Da kein Einwand kam, brauchte er seine „Sie-List" nicht aufzudecken. Alles war gut. Er bemerkte wohl, dass sich ihre Lippen beim letzten Kuss ganz anders anfühlten, viel weicher und inniger, er genoss diesen Augenblick und stellte ihn sich immer wieder vor. „Ach, du kleines Mädchen" sagte er vor sich hin „Wenn du wüsstest, wie ich innerlich dabei gezittert habe. Hätte ja auch sein können, du wolltest bei den Spitzlippenküssen bleiben und findest den letzten unpassend?" Bei diesen Gedanken kam er sich vor, als schwebe er auf der Wolke sieben. Dann fiel ihm ein, dass auch ein unangenehmes Thema aufgeworfen wurde. Er musste lange überlegen, stellte sich den Ablauf des Tages noch einmal vor, da fiel es ihm ein: die Frage nach Aktbilder. Nein, er hatte noch keines gemalt, wollte es eigentlich auch nicht. Er müsste sich ein Modell suchen, aber nach der Arbeit auch bezahlen . In seinen Gedanken begannen sich Bilder von Natalie abzuzeichnen. Ja, wenn sie Modell sitzen würde, dann gäbe es kein Überlegen. Aber das wird nie sein, denn er käme sich unverschämt vor, wenn er sie fragen würde. Wahrscheinlich würde sie die Bekanntschaft sofort beenden, und das wäre das Schlimmste, was ihm passieren würde. Nein, das kommt nicht infrage. Trotzdem stellte er sich vor, wenn Natalie vor ihm säße, mit nichts bekleidet, er könnte sie dann betrachten und vielleicht auch bei bestimmten Situationen anfassen, mit den Fingerspitzen natürlich nur. Schon das Ansehen wäre für ihn der Himmel auf Erden. Er machte sich von diesen Gedanken frei und überlegte, wann Natalie die versprochenen Tage wohl umsetzen wird. Also morgen fährt sie in die Redaktion ihren Bericht (meinen Bericht) abzuliefern und dann wären die freien Tage ab Dienstag, dann bis einschließlich Sonntag. Schade, dass die Woche nicht mehr Tage hat. Es kann aber auch sein, dass sie vielleicht einen Tag auslässt und erst danach wiederkommt, das wäre ein verlorener Tag, der nicht zu ersetzen wäre.

## 15. Natalie (Montag)

Natalie hatte es eilig, in die Redaktion zu kommen, ihr Material abzugeben und wieder nach Hause zu fahren. Sie bereitete ein kleines Mittagessen vor, das sowohl mittags oder auch abends verzehrt werden konnte, schnappte sich ihre notwendigen Unterlagen und machte sich auf den Weg zu Tom. Sie stellte sich vor, sie schleicht sich vorsichtig an seine Arbeitsstelle, setzt sich auf den Stuhl (es wird schon einer da sein) und irgendwann taucht vielleicht Tom auf und wird überrascht sein, sie schon vorzufinden. Das wird sicher ein Spaß. Dann kam ihr der Gedanke, dass er heute vielleicht arbeiten will und sie schon da ist. Das machte ihr wieder Kopfzerbrechen. Was ist nun richtig, was ist nicht gut, denn er rechnet doch erst morgen mit mir. Vielleicht wird aus dem Spaß eine Enttäuschung. Sie wurde unsicher und sah sich plötzlich vor einem Problem. Ihre Gegenstimme meldete sich nach langer Zeit einmal wieder: „Kannst es ja probieren, vielleicht ist er ärgerlich. Aber du bist ja unbelehrbar. Mach was du willst. Ich habe dich gewarnt."

Als sie kurz vor seiner „Bude", wie er liebevoll sein Atelier nannte, ankam, merkte sie, dass sie alles falsch gedacht hatte. Er wird mich schon erkennen, wenn er mein Auto hört, dann wird er merken, dass ich komme und aus dem „heimlich vor dem Atelier sitzen" wird sicher nichts. Ach, ist ja auch nicht das Wichtigste. Wichtig ist nur, wie er mich empfängt. Mein Gott, wer bin ich bloß? Gestern noch habe ich mir eingeredet, dass ich eine gestandene Frau bin, und jetzt komm ich mir vor, wie ein Kind, das eine Hausarbeit vom Lehrer zurückbekommt und mit einer schlechten Note rechnen muss. Sie fuhr in Richtung Toms Atelier und sah, das Tom davor saß, den Kopf in den Händen vergraben, keinen Malerpinsel in der Hand, sah aus, wie einer, der keine Arbeit hat. Als sich das Auto näherte, stand er hastig auf und wäre beinahe hingefallen. Tom kam auf die Beine und stürzte ihr entgegen. Wenn ihm jetzt die Tränen gekommen wären, würden sie nicht abgewischt, dazu wäre gar keine Zeit gewesen. Er holte sie förmlich aus dem Wagen, umarmte sie (die Tränen kamen trotzdem) und drückte sie ganz fest an sich. Der ganze Mensch war eine einzige Freude. Natalie hatte keine Zeit, ihrer Gegenstimme zuzurufen:

„Siehst du, du hattest wieder mal Unrecht mit deinen Voraussagen". Sie kostete diese Begrüßung aus und freute sich, die richtige Entscheidung getroffen zu haben. Auf seine Frage antwortete sie „Ich habe mich gestern bei den Wochentagen um einen Tag verzählt, da ich ja schon heute frei bin. Das kann bei so vielen Wochentagen schon passieren" ( und dabei dachte sie, dass es eigentlich zu wenig Wochentage waren). Kaffee war diesmal noch nicht vorbereitet, ersetzte das Mittagsessen, und das wurde zum Abendbrot. Natalie zeigte ihm, was sie für Aufgaben zu erfüllen hatte und Tom holte den Stuhl, den er heimlich schon als „Nataliestuhl" getauft hatte. Sie suchten eine passende Stelle, wo Natalie arbeiten konnte und fanden einen geeigneten Platz, von dem Natalie ins Atelier und er sie draußen sehen konnte. Jetzt hatte er ganz plötzlich wieder Lust an der Arbeit, griff zum Pinsel und stellte fest, dass noch immer nicht die geeignete Farbmischung gefunden war.

„Jetzt ans Werk" sagte er laut vor sich hin. Er geriet allmählich in Fahrt, wenn auch seine Gedanken und Blicke oft nach draußen gingen. Eine Pause für die kleine Kaffeerunde war auch eingeplant und gegen Abend stellte jeder für sich fest: es war ein schöner Tag mit einigen guten Ergebnissen geworden. Als Natalie ins Auto stieg, um die Heimfahrt anzutreten, war es kein trauriger Abschied, jeder freute sich schon auf den morgigen Tag.

## 16. Tom (Montag)

Für Tom fühlte sich der Montag grau an. Zwar zeigte sich die Sonne schon von ihrer besten Seite, aber Tom sah und spürte sie nicht. Er wusste nur, dass mit Natalie erst morgen zu rechnen war. Und was sollte dieser heutige nutzlose Montag? Irgendwie wird er ihn schon „herumkriegen", aber an eine Arbeit zu denken, war nicht möglich. Er hatte die letzten Jahre eigentlich immer nur für seine Arbeit gelebt, und das mit großer Begeisterung, wenngleich sie ihm keine sonderliche Anerkennung in Fachkreisen einbrachte. Ob vielleicht Natalies Bericht etwas bewirken kann? Obwohl er nun bereits 35 Jahre alt war, eine feste Beziehung zu einer Frau hat es noch nie gegeben. Frauen waren ihm ziemlich fremd und sein Interesse hielt sich in Grenzen. Die einzige Bekanntschaft lag schon weit zurück und war aus seinem Gedächtnis fast verschwunden, er wünschte sie auch nicht zurück. Bis zu diesem Moment, als eine junge Frau in sein Atelier kam und sagte „Ich bin Natalie von der Zeitschrift Die Kunst in unserem Leben". Etwas elektrisierte sein Inneres und plötzlich fand er die Anwesenheit einer Frau angenehm, so angenehm, dass er sie immer herbeisehnte. Als echter Spätentwickler, hatte er, außer auf Bildern, noch nie einen weiblichen Körper „ohne" gesehen. Ehrlich gesagt, war ihm das auch kein Bedürfnis. Aber bei Natalie war das alles anders. Sie war so frisch, angenehm und unkompliziert, dass er sich in ihrer Nähe froh und zugleich gehemmt fühlte. Er mochte ihre Nähe und fürchtete sie zugleich. Als er sie heute hören konnte und in Empfang nahm, fühlte er sich als der glücklichste Mann der Welt. Natürlich war kein Kaffee vorbereitet (für sich machte er das nicht) und nahm sich vor, jeden Morgen die Kaffeemaschine vorzubereiten, damit immer ein Kaffee vorhanden war, auch wenn nicht mit Besuch zu rechnen war. Aber nun war sie da. Sie sitzt vor dem Atelier und er konnte sie jederzeit ansehen. Trotzdem musste er auch arbeiten. Sie inspirierte ihn mit ihrer Anwesenheit so, dass er am Abend zufrieden mit seinem Ergebnis sein konnte.

## 17. Natalie (Dienstag)

Natalie hatte sich vorgenommen, ihre Besuche in die späten Vormittagsstunden zu legen. Sie musste in ihrer Wohnung mal für Ordnung sorgen, und das war bitter nötig. In den letzten Tagen war alles liegengeblieben.

Sie trat ihre Fahrt gegen 10.30 Uhr an. Tom wirkte unruhig und unsicher. Als er sie dann bei der Umarmung, die sich von den ersten flüchtigen Umarmungen unterschied, fest drückte, merkte sie seine Freude aus allen Worten und Bewegungen. Er war wieder der „alte".

Obwohl es für einen Kaffee schon etwas spät war, wurde es doch eine gemütliche Runde.

Wie es schien, hatte Tom noch nicht mit einer Arbeit begonnen.

Als der Kaffee ausgetrunken war, ging er in sein Atelier, bewaffnete sich mit Pinsel und Farbe, sah nicht nach rechts oder links, sondern konzentrierte sich voll auf sein Bild, natürlich ausgenommen der Blicke, die er auf Natalie warf.

Natalie holte den „Nataliestuhl", setzte sich an die vereinbarte Stelle und arbeitete. Dann musste sie aufstehen, die Beine vertreten um ihren Krampf aus den Muskeln lösen. Das Sitzen auf einem kleinen Stuhl war doch allmählich anstrengend.

Als sie sah, dass Tom auch eben den Pinsel abgelegt gelegt hatte, ging sie zu ihm.

Sie hatte sich ihre Worte, die sie jetzt sagen wollte, gut zurecht gelegt, nun, da sie sie aussprechen wollte, war der Kopf leer. So musste sie improvisieren und sagte: „Ich hatte dich gestern nach Aktbildern gefragt, und du hast geantwortet, du hast noch keine gemalt, weil du keine Lust hast und keine Person findest, die dir Modell sitzen will. Ich habe meine Gedanken hin und her geworfen und bin zu dem Entschluss gekommen, dich zu fragen, ob du mit mir als Modell zufrieden wärst. Wenn dir aber ein anderes Vorbild von einem Modell vorschwebt, sage es mir offen, ich bin dann nicht beleidigt."

Sie hatte es möglichst schnell herausgebracht um es schnell hinter sich zu bringen, bevor sie es sich anders überlegen würde.

Natalie sah, wie es in Tom arbeitete. Ihre „Innere Stimme" ließ sich hören „Sag mal, bist du noch zu retten? Du willst dich ihm zeigen, so wie du bist? Du bist doch nicht mehr normal."

„Ich will ihm doch nur helfen, wenn er kein Modell findet. Was ist denn schon dabei?"

„Hast du kein bisschen Schamgefühl?"

„Wenn ich am FKK Strand bin, kann mich doch auch jeder sehen."

„Na, mach was du willst, ich habe dich gewarnt."

Natalie sah, wie Tom überlegte. Wohin gingen seine Gedanken? Wollte er ihr Angebot ablehnen? Stellte er sich ein Modell ganz anders vor? Blieb er dabei, keine Aktbilder zu malen? Sie würde doch zu gern in seinen Kopf blicken.

Endlich kamen Worte aus seinem Mund. Zaghaft, unsicher und leise: „Natalie, mit diesem Angebot hätte ich nie gerechnet, dafür würde ich nie den Mut aufbringen. Aber wenn du mir dieses Angebot machst und es wirklich willst, dann würde ich schon mal einen Versuch mit einem Aktbild machen." Seine Stimme wurde am Ende immer leiser, als käme das gar nicht von ihm. Es war, als höre er jemanden zu.

Um ihn seine sichtliche Verwirrung zu nehmen, sagte sie: „Weißt du noch, dass ich einmal gesagt hatte, dass mein erster Gang an der Ostsee immer der FKK-Platz war, niemals der Textilstrand. Es ist mir nichts Neues, mich unbekleidet zu bewegen (wobei sie innerlich dachte, mit Tom wird das anders sein). Ihr früheres Modellsitzen musste sie ja nicht unbedingt erwähnen. „Außerdem hast du schon am ersten Tag Skizzen von meinem Gesicht aus dem Gedächtnis gezeichnet, und sahen mir alle sehr ähnlich. So wirst du es mit bei einem Aktbild prima hinbekommen." Insgeheim sagte sie sich, dass es dabei um ein Kunstwerk handeln wird; nein, es ist keine Peepshow, nein, das ist Kunst, und ich bin dann ein Teil dieses Kunstwerkes. Damals hatte sie sich beim Modellsitzen gar keine Gedanken gemacht, jetzt schon. Der Maler zeichnete sie ja nur von hinten. Na gut, von vorn hat er sie auch angesehen, was solls. Doch sie blieb bei ihrem Versprechen. Sie wollte Tom die Möglichkeit für einen Akt geben.

Tom ging wieder an seine Arbeit und sie an ihre Aufgaben. Der Nachmittag war schnell, viel zu schnell vorüber. Die Heimfahrt wurde kein Abschiednehmen, beide freuten sich schon auf morgen. Natalie nahm sich allerdings vor, dann etwas früher bei Tom aufzu-

63

tauchen. Vielleicht hatte er heute auch früher mit ihr gerechnet.

## 18. Tom (Dienstag)

In Tom kreiste nur ein Gedanke: Natalie will mir Modell sitzen und ich kann dann ein Aktbild malen. Kann ich das überhaupt? Gesichter und Personen hatte er schon oft gemalt. Die waren auch immer sehr gut gelungen. Aber da waren mehrere Personen auf dem Bild, nicht nur eines, das man ständig im Blick hatte. Das wäre dann Natalie. Natalie ihm Aktsitzen! Was für ein Gedanke. Ich würde sie dann ansehen können, ja müssen und dürfen, denn es sollte ja ein Bild werden. Er hatte bisher von Natalie nur ihr Gesicht und die Beine gesehen, na gut, auch mal einen scheelen Seitenblick in die ärmellose Bluse, aber nur ganz kurz. Und jetzt würde sie so ganz „ohne" vor mir sitzen? Nein, ich glaube, sie will mich nur schockieren, um dann lachend zu sagen „Es war doch nur ein Scherz". Aber wiederum klang ihr Angebot durchaus ehrlich. Und die Sache mit dem FKK-Strand wird wohl auch stimmen. Nein, ich glaube nicht, dass das was wird. Gestern hatte ich mir vorgestellt, ihr diese Frage zu stellen und hätte mich nie getraut. Und heute bringt sie mir dieses Angebot? Er stellte sich wieder vor, wie Natalie vor ihm sitzt, er sie anschauen darf. Ob sie dann ebenso rot wird wie ich? Oder denkt sie dabei nur an ihre Redaktionsaufgaben? Wie werde ich, wenn es Wirklichkeit werden sollte, beginnen? Steht sie vor mir und ich mach eine Ganzkörperzeichnung? Wird sie sitzen und dabei an mir vorbeischauen, weil es ihr peinlich ist? Und wenn sie nach der ersten Sitzung erklärt, sie habe keine Lust mehr und es käme ihr doch alles anders vor als gedacht? Könnte ich dann aus dem Gedächtnis wieder ihren Körper nachzeichnen? Tom kam zu keinem Ergebnis, zumindest nicht zu dem, das er sich wünschen würde. Und wie würde das aussehen, das Ergebnis?

Um auf andere Gedanken zu kommen (was er eigentlich gar nicht wollte), stellte er sich den Tag noch einmal vor. Sehr zeitig war er aufgestanden, viel früher als gewöhnlich und auf ihr Kommen gewartet. Es wurde 8.00 Uhr, es wurde 9.00 Uhr, dann war es schon 10.00 Uhr, sie kam nicht. Er klappte in sich zusammen und kam zu der Erkenntnis, dass sie heute vielleicht schon den „Aus-Tag" nimmt. Sie wusste doch nicht, wie sehnlichst er auf sie wartet. Tom setzte sich auf den Nataliestuhl, stand wieder auf, lief drei, vier Schritte, kam zum Stuhl zurück und wurde immer unglücklicher. Als sie dann endlich erschien, musste er erst seine Enttäuschung hinunterschlucken, um sie dann überschwänglich zu begrüßen. Dann wurde es ein wunderschöner Tag, der darin gipfelte, dass sie ihm das Angebot mit dem Modellsitzen gemacht hatte.

Und schon war er wieder bei den vorigen Gedanken und die begannen erneut zu kreisen.

## 19. Natalie (Mittwoch)

Natalie hatte sich vorgenommen, lieber schon gegen 8.00 Uhr loszufahren. Der Tag war sonst viel zu schnell vorbei. Nun lag eine lange Woche vor ihnen. Als sie kam, wirkte Tom nicht so traurig wie gestern. Er stand schon auf dem Zufahrtsweg als sie um die Ecke bog. Die letzten 100 Meter saß er neben ihr auf dem Beifahrersitz und ließ sich chauffieren. Nachdem sie ausgestiegen waren, folgte eine freudige Begrüßung, die obligatorische Kaffeerunde schloss sich an.

Sie bemerkte, dass er mit einem Problem rang und wieder keine Worte fand. Nach dem der letzte Tropfen Kaffee getrunken war, sagte sie: „Was meinst du, sollen wir unsere Sitzungen am Morgen oder lieber nachmittags abhalten, das überlass ich gern dir, wie es am besten in deinen Tagesablauf passt. Meiner Arbeit ist es gleichgültig, ob sie morgens oder nachmittags gemacht wird." Sie spürte, dass sie ihn bei der Lösung seines Problems geholfen hatte. Wahrscheinlich sagt er jetzt: „Ach weißt du, Natalie, ich hab nochmal überlegt, lassen wir das lieber sein. Ich weiß nicht, ob ich das kann.". Aber er sagte etwas anderes: „Natalie, das mach ich zum ersten Mal. Vielleicht wird es eine große Enttäuschung."

Natalie, etwas überrascht, weil sie gedacht hatte, er habe sich über ihr Angebot gefreut und möchte bald beginnen, antwortete: „ Alles was wir machen, machen wir zum ersten Mal, das hat mal ein kluger Mann gesagt, und das stimmt. Lassen wir es auf einen Versuch ankommen wenn du nicht mehr willst oder kein gutes Ergebnis siehst, können wir wieder aufhören. So, und nun musst du dich festlegen, wann, danach richte ich meine Arbeit ein."

Tom sagte, er wolle verschiedene Positionen auf seinem Notizblock festhalten. Die Rückenpartie, von der Seite, aber nur die obere Hälfte und später eine Ansicht von vorn und hinten. Er müsse sich dann entscheiden, was zu verwenden ist.

Als er die Worte: „Ansicht von vorn" sagte, rieselte es Natalie leicht den Rücken herab.

„Ich würde sagen, es ist jetzt 10.00 Uhr, vielleicht haben wir bis 12.00 Uhr schon etwas Brauchbares im Notizblock.

Nun wäre zu überlegen, wo wir das machen. Im Atelier ist kaum Platz. Es bleibt nur der Garten, wenn du das akzeptierst." Wenn sie das jetzt ablehnt, ist die ganze Angelegenheit vorbei, was ihn einerseits von seiner Aufgabe erlösen würde, andererseits hätte er keine Möglichkeit, ein Aktbild zu malen. Im Grunde hatte er sich schon darauf gefreut, das musste er zugeben. Wie würde Natalie entscheiden?

„Das ist doch gar kein Problem. Der Garten ist prima geeignet und Bewohner sehe ich im weiten Umkreis nicht. Also, auf denn."

Tom packte den Nataliestuhl, seinen Notizblock und Zeichenstift und suchte eine geeignete Stelle, wo die Sonne weder Natalie noch ihn blenden konnte.

Er bat Natalie, sich auf den Stuhl zu setzen und zeichnete sie von vorn, von der Seite und von hinten. Das dauerte schon eine ganze Weile, denn er war nie zufrieden und machte viele Korrekturen. Natalie wunderte sich, dass er sie mit Oberbekleidung zeichnete, das wird doch nie ein Aktbild, dachte sie.

Er war sich nicht sicher, wie man ein Aktbild beginnt und scheute den Moment, wo er Natalie bitten musste, die Oberbekleidung abzulegen. Er gestand sich auch ein, dass er diesen Moment herbeigesehnt hatte. Tom bat sie nun, die Oberbekleidung abzulegen, er würde sie jetzt gern ohne diese zeichnen. Natalie, die wusste, dass dies geschehen wird, zog ihre Bluse aus, tüftelte länger als gewöhnlich am Verschluss ihres BH und war bereit. Tom hatte sich währenddessen abgewendet, dann drehte er sich wieder ihr zu. Was hatte er für scheele Blicke in ihre Bluse geschickt, jetzt lag die ganze Pracht vor ihm. Er tat sehr geschäftig und hatte doch nur ihre Brüste im Auge. Sie waren wunderschön geformt, hatten der Erdanziehungskraft ein klein wenig Tribut zollen müssen, aber rund und schön.

Natalie wurde es unter seinen Blicken warm. Sie wusste, dass sie einen schönen Oberkörper hatte, sie sah ihn ja jeden Morgen im Spiegel.

Tom dachte, das ist ja nur die obere Hälfte, und die ist wunderschön. Er bat sie, sich zur Seite zu drehen, diese Ansicht möchte er auch gern festhalten. Natalie drehte den Stuhl zur Seite und er zeichnete ihr Gesicht und die Partie darunter als Seitenansicht. Er zeichnete sie viele Male. Ihre Brust von der Seite gefiel ihm sehr. Er bekam große Lust, sie mit den Fingern zu berühren. Aber das wird nie sein. Es lag ja auch kein Grund vor, er konnte sie ja nicht wie Natalies Gesicht zur Seite drehen, die würden ihm sowieso nicht Folge leisten. Er gab sich große Mühe, Natalie nicht zu nahe zu kommen, sonst würde sie vielleicht seine Erregung spüren, und das durfte nicht sein. Während Tom seine Zeichnungen machte, hing Natalie ihren Gedanken nach. Als sie auf die Uhr blickte, sah sie, dass es bereits 12.30 Uhr war und die heutige Sitzung eigentlich beendet sein müsste. Aber wenn er das nicht merkt, sage ich nichts. Und als ob der Gedanke auf ihn übersprungen wäre, sagte Tom „Ach du liebe Zeit, die vereinbarten zwei Stunden sind schon lange überschritten. Wir müssen aufhören, es warten ja noch andre Aufgaben auf uns." Natalie zog ihre abgelegten Sachen wieder an und sagte fröhlich „Na Tom, sind dir schöne Zeichnungen gelungen? Kann ich mal sehen?" Er zeigte ihr seine Entwürfe, sie fand sie sehr gut, auch, dass er ihre Brustpartie so vorteilhaft in Szene gesetzt hatte. Sie kam in die Versuchung zu fragen „Na Tom, wars schlimm?" Aber was hätte er darauf sagen sollen.

Sie fragte sich, was er wohl morgen zu zeichnen gedachte, ließ aber die Frage unausgesprochen.

Am Nachmittag arbeitete sie an ihren mitgebrachten Aufgaben und stellte fest, dass morgen schon Mittwoch ist. Schade, dass die Zeit immer dann so schnell vergeht, wenn man sie langziehen möchte. Aber Mittwoch ist noch kein Sonntag. Sie fuhr fröhlich nach Hause und ließ einen fröhlichen Tom zurück.

Daheim ließ sie den Tag noch einmal ablaufen.

Der entscheidende Moment an diesem Tage war, dass sich Tom entschlossen hatte, das Aktbild in Angriff zu nehmen.

Sie hatte während des Morgenkaffees gespürt, dass er immer noch unsicher war. Dann war sie gespannt, wie er wohl beginnen würde. Aus der damaligen Sitzung war ihr nicht mehr gegenwärtig, wie dieser Maler vorgegangen war. Hätte sie das noch gewusst, könnte sie Tom Hinweise geben, wiederum auch nicht, denn woher wären ihr die bekannt gewesen. Sie hätte sagen müssen, dass sie schon einmal Modell gesessen hatte, aber das wollte sie nicht.

Während er die ersten Zeichnungen machte und sie dabei bekleidet war, fragte sie sich, „weiß er es wirklich nicht oder geniert er sich meinet- oder seinetwegen". Als sie dann „oben ohne" vor ihm saß, wurde ihr recht eigenartig. Das hatte sie nicht erwartet. Am liebsten wäre sie aufgestanden um einen Schlusspunkt zu setzen. Sie musste sich gewaltig zusammennehmen. Natürlich merkte sie seine Blicke auf sich, aber irgendwie tat ihr das auch gut. Als Frau merkte sie ganz deutlich, warum er immer Abstand zu ihr hielt. Im Grunde genommen freute sie sich darüber, denn so konnte sie ihm nicht gleichgültig sein.

Sie hatte sich am Morgen ganz fest vorgenommen, sich keine Gedanken während der Sitzung zu machen, wenn er sie ständig ansieht. Aber es war eben doch anders als am Ostseestrand nackt anderen Nackten zu begegnen. Hier stand Tom, den sie sehr mag und er sie sicher auch, aber ausgezogen bin eben nur ich, nicht wir beide. Obwohl sie sich allmählich an ihr Nacktsein vor ihm gewöhnte, war sie doch froh, als sie endlich aufstehen und sich wieder anziehen konnte. Was wird er morgen vorhaben?

Beim Einschlafen waren ihre letzten Gedanken „Ich mag es, wenn du mich ansiehst.

Ich genieße deinen Blick auf meinen Körper. Ich liebe dich. Du darfst mich ansehen, solang du willst, und ich fühl mich wohl dabei."

## 20. Tom (Mittwoch)

Tom bestand an diesem Abend nur aus Freude, nichts als Freude, ausgesprochen viel Freude, denn die erste Sitzung mit Natalie war vorüber und glücklich vorüber. In seinen Gedanken war nur Platz für Natalie. In seinem Zimmer sah er sie überall, in jeder Ecke, auf dem Sofa, auf dem Bett und an der Tür, die er vorsorglich abgeriegelt hatte, damit sie ihm nicht entkommen konnte. Er sah seine Natalie auf dem Stuhl, noch bekleidet; er sah seine Natalie auf dem Stuhl, unbekleidet, sah sie von vorn, von hinten und von der Seite, überall Natalie.

Er hielt lange Zwiegespräche mit ihr, „Hast du dich sehr gelangweilt? Warst du froh, als du endlich aufstehen konntest? Hast du morgen wieder Lust?" Und auf die letzte Frage erhoffte er sich natürlich ein fröhliches „Ja." Aber wird sie das auch sagen? Vielleicht hat sie sich alles ganz anders vorgestellt. Das lange Sitzen strengt doch bestimmt auch an. Vielleicht braucht sie morgen einen Ruhetag. Dann kann, dann muss er an seinen Skizzen arbeiten, er würde aber auch gern weiterkommen. Für ihn, den Fünfunddreißigjährigen, war es etwas vollkommen Neues, eine Frau, und dann noch eine unbekleidete Frau direkt vor sich zu sehen, zum Greifen nahe. Der Anblick ihres unbekleideten Oberkörpers lösten bei ihm leichte Schwindelanfälle aus. Und die Tatsache, dass diese Frau, die er so liebte, sich für ihn entblößte, machte ihn in den Knien schwach. Er fragte sich, ob er als Maler sein Modell nur mit Maleraugen betrachten darf, Gefühle und Empfindungen völlig außer Acht lassen muss? Dann ist er kein echter Maler, denn bei ihm entfachte sie Gefühle, die er nicht beherrschen konnte.

Noch nie hatte er die Gelegenheit, eine Frau „oben-ohne" zu sehen, denn FKK war für ihn bisher ein Fremdwort. Er hoffte sehr, dass Natalie seine ausgiebigen Betrachtungen und die Wirkung auf ihn nicht bemerkt hat, sonst sagt sie morgen vielleicht „Nein, ich bin doch keine Besichtigungsobjekt." Aber eben das ist sie doch für mich. Ach, war das ein Vormittag, ihre Brüste waren noch voll in seinen Gedanken und er ist glücklich, sie gesehen zu haben und auch weitersehen darf.

„Mein Gott" sagte er zu sich „Ich bin doch kein kleiner Junge, der sich im Medizinbuch heimlich einen Frauenkörper ansieht. Nein, sie sitzt direkt vor mir und ich muss, nein ich darf sie anschauen."

Tom war sich nicht sicher, was er morgen tun wird. Er könnte schon aus den Skizzen drei auswählen und diese bearbeiten. Sollte sie morgen keine Lust haben, dann wird er sich damit beschäftigen.

## 21. Natalie (Donnerstag)

Natalie hatte wunderschöne Träume gehabt, leider verschwammen sie beim Wachwerden immer mehr und am Ende blieb nur noch Tom mit seinem Stift und Zeichenblock übrig. Das war eigentlich alles, woran sie denken konnte und wollte. Ihr gefiel immer aufs Neue, wie er sich gab. Meist zurückhaltend, er konnte aber auch ziemlich forsch auftreten, wobei man gleich merkte, dass dieses nicht seinem Wesen entsprach. Er war zuvorkommend, höflich, aufmerksam und gesellig. Das waren Punkte, die ihn zu einem Menschen machten, den man einfach mögen, gernhaben und lieben musste. Es war ist unerklärlich, dass solch ein Prachtexemplar von Mann nicht verheiratet ist. Er wäre sicher ein wunderbarer Ehemann und liebevoller Vater. Vielleicht liegt es an der Arbeit, die ihn an sein Atelier bindet. Dass sie ihn vor längerer Zeit bei einer Ausstellung gesehen hatte, war sicher eine Ausnahme und für sie ein großes Glück, denn dadurch hatte sie ihn gesehen und sich eingeprägt. Sie gratulierte sich selbst dazu, dass sie ihren Chef überzeugt hatte, dass es Tom verdient hat, einmal der Öffentlichkeit vorgestellt zu werden. Und so konnte sie jetzt fröhlich zu ihm fahren. Ihr kamen wieder die Gedanken von gestern: „Soll ich mich vor ihm ausziehen oder soll ich kneifen?" Es war schwer, eine richtige Entscheidung zu treffen. Einesteils zog es sie mit Ge-

74

walt zu ihm, andererseits hatte sie gestern schon beim Ablegen der Oberbekleidung gewisse Hemmungen bekämpfen müssen. Sie wusste ja, dass von diesem Moment an, ihr Oberteil, unbekleidet, in seinen Blicken und Gedanken fest verankert sein werden. Als sie die Bluse ausgezogen hatte, brauchte sie länger als notwendig um ihren BH-Verschluss zu öffnen. Nachdem sie ihn dann geöffnet und beiseite gelegt hatte, bekam sie eine leichte Gänsehaut und hätte ihn am liebsten wieder angelegt. Aber sie sagte sich: „Ich liebe ihn doch, das habe ich doch laut in meinem Zimmer ausgerufen, was hoffentlich keiner gehört hat. Warum macht mir das Ausziehen dann solche Schwierigkeiten. Wenn man sich liebt, kann man sich auch ansehen lassen. Es ist eben so, dass nur eine Person entkleidet ist, während der andere in seinen Sachen bleibt. Da ich nicht weiß, was er heute vorhat, lass ich alle Einwände erst mal beiseite und freue mich auf die Begegnung. Schluss und Aus! Und du „Innere Stimme" hältst auf jedem Fall den Mund." So innerlich vorbereitet, traf sie auf einen glücklichen Tom. Natürlich gab es wieder Kaffee und Gespräche ums Mittagessen, Politik, Wetter, einfach alles, was interessant sein könnte. Sie wartete gespannt auf den Moment, wo er ihr sagen würde, was er heute zu tun gedachte. Das klang dann so „Also ich habe überlegt, wie wir das heute machen könnten. Der Vormittag ist etwas kühl für eine Sitzung, ich möchte doch nicht, dass du dich erkältest. Vielleicht ist der Nachmittag angenehmer, dann würden wir wieder zwei Stunden einplanen. Fühlst du dich fit dafür? Aus meinen Skizzen habe ich schon ein Bild ausgewählt und einige Farbstriche angebracht. Natürlich bin ich noch nicht sicher, ob das was wird. Auch habe ich einige Stellen gefunden, die mir nicht sehr gut gelungen sind. Vielleicht könnte ich heute Nachmittag einige Korrekturen anbringen." Er zeigte Natalie die genannten Bilder. Sie konnte nichts erkennen, was man ändern müsste, sie war ja auch kein Maler, das musste sie schon ihm überlassen. Also wird es heute ein „Oben Ohne-Tag", keine neuen „Sichtweiten", alles wie gestern. Sie wusste nicht recht, was sie fühlen sollte. Die Skizzen von gestern mit ihrem Sitz auf dem harten Stuhl waren ihr noch gut in Erinnerung. Auch an die Gänsehaut bei Ablegen des BH dachte sie noch. Sie wusste nicht, was sie heute erwartet hatte, ein bisschen schon war sie enttäuscht, das aber wollte sie sich nicht eingestehen. Hatte sie sich vorgestellt, wenn sie völlig frei sich ihm zeigen sollte, wie sie das empfindet? Ihr schauderte leicht und war froh, dies nicht entscheiden zu müssen. Im Grunde genommen hatte sie vor diesem Augenblick, wenn er dann da ist, doch mehr Befürchtungen als erwartet.

Also vormittags Redaktionsaufgaben, nachmittags ober-körperfrei im Garten. Warum nicht. Vielleicht traut er sich nicht an eine weitere Aufgabe. Das müsste man wissen.

## 22. Tom (Donnerstag)

Tom hatte sich noch nicht entschieden, welche Arbeitsgänge er heute vorhatte. Er scheute vor dem Augenblick, wenn er ihr sagen musste, sie möge sich bitte ihrer Kleidung entledigen. Nein, das brachte er sicher nicht über die Lippen. Vielleicht sagt sie, dass sie das nicht wolle und er stand wie ein Depp vor ihr. Dann kam ihm die erlösende Idee, Korrekturen an den gestrigen Zeichnungen vorzunehmen, das würde ihm Zeit geben, und logisch klingt das sicher auch.

Tom, der mit Aktbildern keine Erfahrung hatte (und die bei ihm bekannten Kollegen nicht einholen wollte) wusste nicht, wie lange diese Maler an den Skizzen und deren Ausführung gearbeitet hatten. Er musste sich selbst einen Plan zurechtlegen, der kann falsch (zu lang, zu kurz) sein. Wiederum wollte er gern am Ende der Woche ein Ergebnis vorlegen können, das dann später bearbeitet werden kann.

Als er beim Frühstück sein Vorhaben erläuterte, schien ihm, bei Natalie eine kleine Erleichterung bemerkt zu haben. Oder irrte er?

Der Nachmittag mit seinen „Korrekturen" und veränderten Positionen, gab ihm wieder die Möglichkeit, Natalie zu betrachten und sie war heute noch schöner als gestern. Nachdem sie ihren BH-Verschluss schneller als am Vortag geöffnet hatte, drehte er Natalie leicht in die Richtungen, die er für sein Bild vorteilhaft fand. Dabei berührte er leicht mit seinen Fingern ihren Körper und ein Stromschlag durchfuhr seinen ganzen Körper.

Er konnte nun wieder ihren schönen Oberkörper aus allernächster Nähe betrachten: den leicht geschwungenen Hals, die neckische Nase, ihre offenen fröhlichen Augen, die Wangen, und die Partie unterhalb ihres Halses. Alles, was ihn in der vergangenen Nacht nicht zur Ruhe kommen ließ. Um aus seinen Gefühlen herauszukommen, sagte er innerlich: „Du hast eine Aufgabe zu erfüllen. Alles was du siehst, ist dieser Aufgabe zugeordnet. Lass deine dummen Gedanken an ihren Körper, wenngleich er dich noch so sehr erregt. Er ist ein Teil des Bildes, das du malen sollst. Gefühle werden ausgeschaltet!!! (wenn das so leicht wäre!). Natalie hat sich nicht zum Vergnügen vor dich hingesetzt, sie will dir behilflich sein, ein Aktmaler zu werden. Also zeichne oder male".

## 23. Tom (Freitag)

Der Tag war dann recht gut verlaufen. Er hatte weitere Skizzen in sein Heft eingetragen. Und die Idee, die Sitzung auf den Nachmittag zu verlegen, war gut, denn der Vormittag war doch recht kühl geworden. Seit gestern hatte sich das Wetter etwas gebessert, aber so warm, wie am Vortag wurde es nicht. Sie brachen die Sitzung eine halbe Stunde früher ab, denn eine kranke Frau wäre für ein Aktbild unvorstellbar.

Nein, ich will Natalie schonen und schöne Bilder von ihr malen.

Aber heute, am Freitag, sah es draußen noch düsterer aus. Keine Sonne, kein einziger Lichtstrahl vom Himmel, und leichter Regen hatte eingesetzt, durchnässte die Wiese. Wie soll man da ein Bild erstellen? Wenn Natalie aus dem Fenster sieht und das Mistwetter bemerkt, kommt sie heute vielleicht überhaupt nicht, sie weiß ja, dass wir nicht vorwärts kommen. Ihm wurde die Hoffnungslosigkeit bewusst und verwünschte den Wettergott, der seine Vorhaben ins Wasser fallen ließ. Er hockte auf seinem Stuhl, wurde immer trübsinniger und nahm sich vor, heute seine Skizzen weiter zu bearbeiten, damit er Natalie morgen zumindest zeigen konnte, dass er trotz des Wetters fleißig gewesen ist. In den Jahren, seit er hier in seinem Atelier arbeitete, hatte er solches Wetter schon öfter erlebt; und manchmal liebte er sogar, wenn draußen der Regen aufs Dach prasselte. Dann fühlte er sich geborgen in seinen vier Wänden und arbeitete weiter. Das war überhaupt nicht mit der heutigen Situation vergleichbar. Nein, heute brauchte er keinen Regen, heute brauchte er Temperaturen, bei denen sich Natalie wohlfühlen konnte. Schon mehrere Male hatte er bemerkt, dass ihr Gänsehaut über den Körper lief. Es hatte ihn gewundert, denn es waren die vergangenen warmen Tage. Hat sie gefroren? Gesagt hat sie nichts. Wahrscheinlich, um ihn nicht in seiner Arbeit zu unterbrechen. Ach Natalie, du bist ein wunderbares Mädchen und ich liebe dich. Aber was wird aus unserem heutigen Tag? Ein verlorener Tag, der die Woche weiter verkürzt.

Gerade wollte er seinen Notizblock holen, da hörte er aus der Ferne Motorengeräusch. Wie es bei Hunden oft beobachtet wird, erkennen die schon lange vor dem Erscheinen ihr Herrchen. Ist er auf den Hund gekommen? Denn er erkannte genau, das ist Natalie. Ja, das ist sie. Er stand auf und ging zum Auto und konnte sich vor Freude kaum beruhigen. Seine Freudenausbrüche erstickte sie in einer langen Umarmung. „Ja aber, was können wir heute tun?" fragte er und hoffte, sie hätte eine bessere Antwort als er, denn er hatte selbst überhaupt keine.

„Weißt du was" entgegnete Natalie, „wir machen heute eine kleine Ausfahrt in die Umgebung. Sitzen und Malen sind heute abgesagt; oder du malst ein Bild mit dem Titel „Junge Frau im Regen." Weil es Freitag ist, und wir schon über die Mitte unserer freien Tage sind, gestatten wir uns eine Pause und unternehmen etwas." Tom war begeistert und unternehmungslustig. „Das hast du dir gut überlegt, meine liebe Natalie, hast du einen Vorschlag, wohin?" „Nein, wir fahren einfach los und wo es uns gefällt, da bleiben wir eine Weile. Der Regen kann uns gestohlen bleiben." Für Tom war das eine Freudenbotschaft und er war für alles bereit. „Hast du Regensachen hier?" fragte Natalie, aber Tom musste verneinen. Dafür hatte Natalie gesorgt und Schirme und einen Regenmantel für Tom mitgebracht. Den hatte sie noch im Schrank hängen und stammte von ihrer vergangenen Partnerschaft, das musste er nicht unbedingt wissen. Und in seiner Freude kam der auch gar nicht auf die Idee danach zu fragen. Er wäre auch ohne Regenmantel gelaufen um den Tag mit Natalie zu verbringen. „Weißt du, Tom, zu großen Spaziergängen ist das Wetter trotzdem nicht geeignet, wir fahren einfach los." Natalie hatte natürlich ein Ziel, denn sie war ständig mit dem Auto unterwegs und kannte die Gegend. Tom genoss die Fahrt. Er bekam selten die Möglichkeit, per Auto unterwegs zu sein. Während der Fahrt schaute er sie immer von der Seite an und dachte: „Heute weiß ich, was sich unter dem Pullover versteckt. Darin sieht sie ebenso verführerisch wie „ohne" aus, und so holte er seine inneren Bilder wieder hervor und erfreute sich an ihnen. Prächtig! Bei diesen Betrachtungen und Gedanken bemerkte er nicht, dass Natalie angehalten hatte. Sie standen auf einem Parkplatz vor einem Schloss. Natalie sagte: „Ich dachte, wir könnten uns dieses Schloss mal ansehen und dann suchen wir uns eine hübsche Gaststätte, essen schön zu Mittag, bleiben noch ein bisschen, und dann fahren wir weiter." Tom hätte auch eingewilligt, wenn ihn Natalie zu einer baufälligen Ruine gebracht hätte, die Hauptsache war doch, sie ist bei ihm. Natalie, die dieses Schloss bereits kannte, zeigte echte Anlagen einer Galeristin. Sie trabten durch die vielen Gänge, blieben bei den vielen Gemälden stehen und Tom versuchte zu erkunden, worin der wirkliche Unterschied in den verschiedenen Stilepochen liegen könne. In solch einem Schloss ausgehängt zu werden, muss ein gutes Gefühl sein, diese Künstler haben heute leider nichts mehr davon, sie sind alle schon längst gestorben. Ich wäre schon sehr stolz, in einer großen Ausstellung in Deutschland dabei sein zu können." Diese Gedanken gingen ihm eben durch den Kopf als Natalie fragte „Möchtest du auch hier deine Bilder an den Wänden hängen sehen?" und er sagte ihr, was er eben gedacht hatte.

Danach fanden sie eine gemütliche kleine Gaststätte mit einer guten Speisekarte. Tom wurde unruhig als er die Preise sah und dachte an sein geringes Gehalt, das er durch den Zeichenunterricht in der Schule bekam. Normalerweise kam er mit seinem Geld schon aus, aber da waren solche Gaststätten nicht eingeplant. Er suchte ein Gericht aus, das seiner Brieftasche entsprach. Natalie hatte schon gewählt als die Bedienung kam, ein Gericht, das für ihn nie in Betracht kam. Die Kellnerin notierte sich Natalies Bestellung und wandte sich an Tom „Möchte der Gatte vielleicht das gleiche?," und ehe Tom Protest einlegen konnte, bejahte Natalie die Frage. Nun wurde Tom erst recht unruhig. Wenn er jetzt beide Portionen bezahlen musste, war er gezwungen, bei Natalie .Geld zu leihen .

Natalie ahnte, was ihn bedrückt und sagte „Mach dir keine Sorgen ums Bezahlen. Ich habe daheim immer eine kleine Summe für solche Fälle zurückgelegt. Du kannst mit ruhigem Gewissen essen."

Nach dem Essen bestellten sie noch einen Espresso, der so klein war, dass er schon beim Hinschauen verschwand; also musste man noch einen Kaffee bestellen.

Natalie sah, dass das Wetter keinesfalls besser geworden war und plante noch eine Weile zu bleiben.

„Tom, was ich dich schon lange fragen wollte: Hast du das Atelier selbst gebaut?"

Tom antwortete: „Das Atelier war ein kleiner Stall und stand auf einer großen Wiese, die einem Bauern gehörte. Mein Stiefvater hat die Wiese dem Bauern abgekauft und wir haben gemeinsam aus dem Stall dieses Atelier gebaut. Es könnte etwas größer und heller ein, aber ich bin zufrieden. Ich gehe jeden Morgen von meinem Mietzimmer gleich dorthin und bleibe fast immer bis zum Abend. Dann mache ich mir ein schnelles Abendbrot und schlüpfe ins Bett. Fernseher habe ich nicht und brauch ich auch nicht. Ab und zu laufe ich durch die Gegend, die hier ja sehr schön ist, nehme neue Eindrücke in mich auf, die dann eventuell verarbeitet werden können. Selten, aber wirklich ganz selten, kommen Leute vorbei, sehen meine Bilder an und meist verschwinden sie ohne Wiederkommen. Aber einmal, und das war ein seltener Glücksfall, kam ein älteres Ehepaar, sah sich bei mir um und fragten, ob ich ein Bild von ihnen malen würde. Sie möchten es gern ihren Enkeln schenken. Den Preis solle ich festlegen. Und so habe ich dieses Ehepaar gemalt, sie haben bezahlt und ich hatte wieder etwas mehr Geld in der Tasche. Das Bild, das du in meinem Atelier gesehen hast, ist ein Duplikat, das ich für mich gemalt habe, weil es mir selbst gut gefiel.

Natalie hatte aufmerksam zugehört und meinte dann : „Da lebst du ja ziemlich einsam und verlassen" und Tom antwortete „Ich bin gern allein. Und allein ist ja nicht einsam. Sieh mal, aus dem Dorf hört man die Hunde bellen, manchmal verirrt sich eine Katze hierher, gelegentlich kann ich aus geringer Entfernung Rehe beobachten, auch Wildschweine hab ich schon gesehen. Um mich herum ist schon Leben, und so wie es ist, gefällt es mir. Hier habe ich meine Ruhe zum Arbeiten, und das ist mir wichtig."

„Oh weh", kam es aus Natalie, „Oh weh, oh weh, und ich habe dich um deine Ruhe gebracht. Muss ich jetzt ein sehr schlechtes Gewissen haben?".

Tom bekam einen roten Kopf und wusste nicht, was und wie er es sagen sollte, was er dachte. Er sagte gar nichts, zunächst. Dann stand er auf, kam zum Natalie, nahm sie beim Kopf, drückte sie fest an sich und gab ihr einen festen Kuss. „Weißt du, mein Mädchen, seit du da bist, sehne ich mich nicht nach Ruhe, sondern nur nach dir. Es ist ein richtiges Gottesgeschenk, dass du mich aufgespürt und mich der Ruhe entzogen hast. Ich danke dir vieltausendmal. Vielleicht hätte man mich in 50 Jahren als uralten Mann gefunden und nicht gewusst, wer das ist. Durch dich weiß ich wieder dass es im Leben noch anderes gibt als Atelier und Pinsel. Vielleicht denkst du irgendwann in vielen Jahren mal an mich, und wir wiederholen das, was wir heute gemacht haben."

Natalie wurde warm ums Herz.

Ein Blick aus dem Fenster zeigte ihr, dass der Regen aufgehört hatte und die Sonne durch einen winzigen Wolkenspalt schaute und sagte „Tom, es regnet nicht mehr und die Sonne kommt hervor. Wir könnten einen kleinen Spaziergang wagen. Was meinst du?"

Tom war schon während ihrer Worte aufgestanden, er freute sich auf einen Spaziergang neben Natalie.

Sie gingen die Straße entlang, standen oft vor Pfützen und überlegten, ob sie sie überspringen sollten. Sie liefen bis die Straße nicht weiterging und bogen in einen Seitenweg ein, der auf die Felder führte. Es war unmöglich, diese Wege zu gehen. Sie kehrten um und gingen wieder zurück. Liefen die lange Straße jetzt in die andere Richtung und standen wieder vor der Gaststätte. Natalie lud Tom zu einem abschließenden Kaffee ein.

Die Rückfahrt empfand Tom nicht so heiter wie die Fahrt am Morgen. Sollte der Regen morgen eine Pause machen, die Sonne wieder scheinen und dabei auch die Wiese trocknen, würde er morgen ein neues Kapitel in seiner Laufbahn als Aktmaler öffnen.

Allerdings, solch einen Tag wie heute, wird er mit Natalie nie wieder verbringen können.

## 24. Natalie (Freitag)

Natalie fuhr frohgemut nach Hause. Sie wusste, dass sie Tom eine Freude gemacht hatte. Das war ja nicht zu übersehen, wie er sich gefreut hat. Er konnte sich doch gar nicht beruhigen, so war er aus dem Häuschen. Bei der Planung des Tages hatte sie vorher Bedenken, es konnte doch sein, dass er sich über einen freien Tag freut und an seine Arbeit gehen möchte.

Zunächst dachte sie, lieber nicht fahren, dann wieder sagte sie sich, so werden unsere freien Tage immer weniger, soll ich auch noch einen davon ausfallen lassen? Irgendwie werden wir den Tag schon schaffen, und wenn er von meinem Vorhaben nicht begeistert ist, dann sitzen wir eben im Atelier und er kann arbeiten. Ich werde mir mit Nichtstun die Zeit vertreiben und habe ja außerdem meine Aufgaben, die ich in den letzten Tagen vernachlässigt habe; zumindest bin ich in seiner Nähe.

Sie kam sich jetzt, am späten Abend, wie ein Erwachsener vor, der den Kindern gezeigt hat, was es alles außerhalb des Kindergartens noch gibt. Der Aufenthalt im Schloss, die Bilder, das ganze Milieu schien für ihn ziemlich neu zu sein und er nahm alles tief in sich auf. Es ist doch kaum möglich, dass ein Mann, noch dazu ein Maler, nicht ab und zu in ein Museum oder Schloss geht. Sie konnte sich solch ein Leben gar nicht vorstellen. Bei ihr gehörte das einfach dazu. Wenn sie sich an seinen Lebensbericht erinnerte, kann das schon möglich sein. Ihr Leben war mehr die Öffentlichkeit, als das traute Heim. Es hatte ihr gefallen, mit welch heimlichen Stolz er von seinem Garten, dem Atelier erzählte und von seinen „Mitbewohnern" den Katzen und Rehen. Für sie war es unvorstellbar, solch ein Leben zu führen. Eine amüsante Kleinigkeit kam wieder aus ihrem Gedächtnis hervor:

„Und, möchte der Gatte das gleiche?" Es war köstlich anzusehen, wie er das herunterschluckte. Ihr hatte das gut gefallen und ein frohes Gefühl beschert. Sie führte das Gespräch danach absichtlich nicht in diese Richtung und er war zu schüchtern, diesen Fehler aufzuklären. Sie überlegte „Was wäre, wenn er wirklich mein Mann sei, ist dann unser Tag und die Mittagszeit auch so harmonisch und schön gewesen? Sie hatte oft von Ehepaaren gehört, wie man sich ab bestimmten Ehejahren auseinander gelebt und sich nichts mehr zu sagen hat. Hätten wir dann so gutgelaunt heute in dieser Gaststätte gesessen? Oder würde er in seiner Bude, wie er sein Atelier oft liebevoll nannte, sitzen und sie hätte daheim allein gesessen? Vielleicht auch noch mit mehreren Kindern? Und abends kommt er dann müde nach Hause, verschlingt das Abendbrot, das sie mit Liebe vorbereitet hatte, achtlos hinunter, dann hört sie nur noch „ Gute Nacht, ich geh schlafen" und sie sitzt wieder allein. Das konnte sie sich bei ihm nie vorstellen. Nein, so wäre er nicht. Und ihre „Gegenstimme" verkündete laut: „Na, du kannst ja vieles glauben und dir vorstellen, wissen kannst du es erst, wenn du es erlebst, aber dann ist es zu spät."

Nun hatte die verdammte Stimme mal wieder versucht, ihre Stimmung kaputt zu machen. Ob sie Recht hat? Nein, nein nein, sie hat Unrecht. Aber ich werde es wohl nie erfahren. Natalie ließ sich von der gemeinen Gegenstimme nicht den Tag, besser den Abend, vermiesen und freute sich sehr, dass sie Tom einen schönen Tag beschert hatte. Und das stimmt doch wiederum nicht, sie hatte sich beiden einen schönen Tag bereitet. Sie gratulierte sich, dass sie diesen Einfall hatte. Möglich wäre ja auch, dass sie am Sonntag, ihrem letzten gemeinsamen Tag, eine weitere Fahrt unternehmen. Aber bis dahin ist noch Zeit, denken wir jetzt an morgen.

Richtig: morgen. Was wird er vorhaben wenn die Wiese noch nass und der Regen weiter tätig ist? Was wird er tun, wenn die Sonne kommt und die Wiese trocken sein wird? Wieder durchfuhr sie ein leichter Schauer, wie immer dann, wenn sie nicht wusste, was morgen wird. Könnte es sein, dass er wieder die alten Zeichnungen durchblättert und weitere Korrekturen anbringen will? Oder wird er sie morgen bitten, alles abzulegen und sie wird ihren Körper „präsentieren"? Sie nahm sich fest vor, wenn dies eintreten wird, ihre Gefühle dabei verbergen und sich sagen, das hier ist der textilfreie Strand in Prerow; da kommen viele Leute an mir vorbei und sehen mich an. Na und? Das ist doch nichts Verbotenes oder etwas, wofür man sich schämen muss. Alles ist ganz natürlich. Und ich muss meinen Körper absolut nicht verstecken, vielleicht in 10, in 20 oder in 30 Jahren, aber jetzt noch nicht. Es ist ein Glück, dass er mich jetzt kennengelernt hat und malen wird. Wenn ich die 50 überschritten habe ,käme er sowieso nicht auf die Idee, ein Bild von mir zu malen( aber Halt! Die Idee kam doch von ihr!) Sie hörte auf, sich weitere Gedanken zu machen und legte sich ins Bett, diesmal wegen der Kälte mit Nachthemd. Die warmen Nächte verbrachte sie stets im Evakostüm. So fühlte sie sich am wohlsten, weil sich die Decke immer an ihren Körper anschmiegte, und das war schön.

## 25. Tom (Sonnabend)

Heute ist schon Sonnabend, sagte sich Tom. Heute muss ich mit einer Zeichnung beginnen, die ich bis jetzt immer verschoben hatte. Sonst kommt der letzte Tag und ich habe außer Skizzen ihres Oberkörpers, bekleidet und unbekleidet, kein Gesamtbild.

Heute wird er sie wohl bitten müssen, alles abzulegen. Schon der Gedanke, sie gänzlich nackt vor sich zu sehen, versetzte ihn in große Beklemmung. Wie wird er auf ihren Anblick reagieren? Wird er es schaffen, sie richtig anzusehen, ist es ihm peinlich? Aber warum eigentlich, sie hatte ja ihm zuliebe diesen Vorschlag mit dem Bild gemacht. Da wird sie sicher auch gewusst haben, dass dann dieser Moment kommen wird. Allein schon der Gedanke brachte sein Blut in Wallung.

Oder macht sie dem Geschehen ein vorzeitiges Ende?

Als er aus dem Fenster sah, bemerkte er, dass Petrus seine Schleusen geschlossen hatte. Eigentlich schon gestern Nachmittag. Die Sonne mit ihren warmen Strahlen hatte begonnen, die „Untaten" von Petrus heute wieder auszugleichen.

Mit großer Freude nahm er wahr, dass die Blumen den gestrigen heftigen Regen gut überstanden hatten und jetzt versuchten, sich in ihren satten Farben zu zeigen. Hinter seiner Wiese glänzte der rote Mohn. Auf seiner Wiese machten sich die Gänseblümchen breit. Einzelne Margeriten gaben ihre Farbe dazu und am Rande seines Gartens hatten sich die Pfingstrosen neu belebt. Seine ganze Umgebung sah aus, wie ein farbenprächtiges Gemälde, das nur darauf zu warten schien, endlich gemalt zu werden. Noch vor zwei Wochen hätte er sofort damit begonnen. Aber heute lag eine eine andere Aufgabe vor ihm, die er unbedingt erfüllen wollte. Die bunte Wiese wird auch noch in der nächsten Woche so aussehen, dann würde er die Gelegenheit wahrnehmen und sie aufs Bild bringen. Er fragte sich nur, ob dann noch Lust dazu vorhanden wäre.

Als sich Natalie durch das Motorgeräusch ankündigte, waren alle eben noch wichtigen Dinge vergessen. Er lief Natalie entgegen und war gespannt, ob sie die blühende Wiesenpracht bemerken würde. Als Natalie ausgestiegen und sich aus seiner Umarmung befreit hatte, rief sie aus: „Welch eine wunderbare Wiese. Die Blumen haben sich prächtig erholt, es sieht einfach phantastisch aus. Möchtest du das nicht malen?" Tom freute sich über ihre Begeisterung und murmelte „Na mal sehn, vielleicht nächste Woche." Sie vereinbarten, der Sonne noch Gelegenheit zu geben, Boden und Gräser weiter zu trocknen und ihre Sitzung auf den Nachmittag zu legen.

Es wurde 14.00 Uhr und ein warmer, fast heißer Tag. Nun war es Zeit, die Arbeit zu beginnen. Sie suchten abseits des Ateliers eine geeignete Wiesenstelle, an der die Blumen am üppigsten blühten. Tom, bewaffnet mit Heft, Stift, Nataliestuhl und pochendem Herzen fragte Natalie, ob sie bereit wäre. Natalie, die damit rechnete, dass heute der Moment kommen wird, hatte ihren Bademantel mitgebracht, sich im Atelier heimlich ausgezogen und den Bademantel umgehängt. So war sie jetzt bereit. Als er die bewusste Frage stellte, ließ sie den Bademantel fallen und stand ihrer ganzen Nacktheit vor ihm. Tom, der nie ähnliches gesehen hatte, war geblendet von ihrem Anblick. Zwar hatte er sich gelegentlich ausgemalt, wie sie aussehen könnte, aber die Realität war für ihn überwältigend. Er sah ihr Gesicht, das kannte er ja, und darin hatte er sich zunächst verliebt. Er sah ihren Hals und die Brustpartie, die er in seinen Träumen oft gesehen hatte. Jetzt konnte er auch ihren Bauch mit dem kleinen Nabelloch sehen. Er konnte ihre wohlgeformten Beine betrachten und sah das kleine, mit leichtem Haarwuchs behaftete Dreieck.

Diese Ansicht überwältigte ihn und er musste sich erst einmal wegdrehen. Was muss es Natalie für Überwindung gekostet haben, sich ihm so zu zeigen, dachte er, und sah sie wieder an. Natalie lächelte ihm zu und zwinkerte mit den Augen: „Nun was meinst du, Tom, wird das ein Bild oder bin ich in deinen Augen nicht geeignet?" Tom konnte vor Hemmung und Glücksgefühlen keine Antwort geben. Dass sich eine Frau für ihn in ihrer ganzen natürlichen Schönheit sehen lässt, überwältigte ihn. Natalie hatte ihn mit ihrer, so leicht dahingesagten Frage, ein bisschen die Aufregung genommen und er sagte „Ein schöneres Modell kann ich mir überhaupt nicht vorstellen. Ich werde jetzt einige Skizzen anfertigen, mal sehn, wie du am schönsten aussehen wirst." Innerlich dachte er, das kann ich nicht den ganzen Tag ertragen, sie so zu sehen, ich muss mir etwas einfallen lassen. Er begann, wie üblich, mit der Rückenpartie. Er ließ sie auf dem Stuhl sitzen und bedauerte dabei, dass er sie dabei nicht von vorn sehen konnte. Später fragte er Natalie, ob sie sich eventuell auch auf die Wiese zwischen die Blumen legen würde. Sie tat es und er rief begeistert aus: „Ja, das ist es, das wird schön. Die Blumen geben ihr Bestes dazu, dich eindrucksvoll zu zeigen". Der Boden war warm und längst trocken. Natalie fühlte sich zwischen den Blumen sichtlich wohl. Er machte Zeichnungen, die Natalie in einer Hockstellung zeigten, dann Natalie lang ausgestreckt, Natalie auf der Seite, aber immer inmitten der Blumen. Seine anfängliche Scheu begann sich in Arbeitseifer zu wandeln. Bald dachte nur noch, was wohl das beste Bild werden könne und er entschied für sich: ich werde das Bild, auf dem Natalie lang ausgestreckt in den Blumen liegt, nehmen. Ob ich sie dann von oben oder seitlich male, entscheide ich und sie soll auch ihre Ansicht äußern. Aber das schönste Bild, das ich mir vorstelle, wird Natalie mit ganz leicht angewinkelten Beinen zeigen, sodass ich trotzdem alle Details zeigen kann, die eine Frau ausmachen, natürlich auch das kleine Dreieck, das gehört dazu. Wer weiß, ob ich in meinem Leben noch einmal Gelegenheit bekomme, einen Akt zu malen. Als es Natalie im Laufe der Zeit doch etwas kühl wurde, brachen sie die Sitzung ab. Natalie schlüpfte wieder in ihren Bademantel und sie gingen ins Atelier zurück. Sie nahmen sich vor, vielleicht in einer Stunde noch eine kleine Sitzung einzuplanen. Jetzt holten sie ihre Kaffeeparty nach, die sie am Morgen ausgelassen hatten. Sie versuchten Gesprächsthemen zu finden, die die Aktsitzungen ausblendeten.

Natalie erzählte ihm von ihrer Familie. Außer ihrer Mutter und dem Vater hatte sie noch drei Geschwister, alle schon erwachsen und in verschiedenen Berufen tätig. Eine Schwester war Ärztin, die andere Lehrerin und die dritte war Übersetzerin in einem Verlag. Ihre Eltern hätten Natalie gern auch als Ärztin gesehen, aber sie hatte sich für den Journalistenberuf entschieden. Sie hatte zu allen ein liebes Verhältnis und man besuchte sich, wenn sich Möglichkeiten ergaben. Am schönsten ist es, meinte Natalie, wenn sie alle am Heiligabend zusammen das Fest begehen können.

Die Zeit verrann und Tom hatte bemerkt, dass sich Natalie noch immer in ihrem Bademantel befand. „Sie will also die Sitzung wiederholen", dachte er und freute sich darauf. Plötzlich fuhr Natalie auf. Dass sich dabei ihr Bademantel öffnete, bemerkte sie gar nicht und sagte: „Beinahe hätte ich es vergessen. Heute Abend kommt im Fernsehen eine Sendung von einer Ausstellung, wo ich auch gewesen bin. Die will ich ansehen und dich fragen, ob du Lust hast, sie mit mir anzusehen." Als sie sich setzte, fiel ihr der Bademantel von der Schulter. Sie ließ ihn, wo er war und wartete auf seine Antwort. „Ach Natalie, du weißt doch, dass ich gar keinen Fernsehapparat habe. Wie soll ich die Sendung mit dir ansehen, so gern ich auch würde." Nun raffte Natalie doch ihren Bademantel, verhüllte sich darin und meinte: „Lieber Tom, das weiß ich doch. Ich dachte, du kommst mit zu mir, wir schauen die Sendung gemeinsam an und dann fahre ich dich wieder hierher. Wenn du Lust hast, würde ich sagen: Seien Sie mir herzlich willkommen. Kommen Sie so oft und so lang Sie wollen." Tom musste lächeln, weil sie genau die Worte gewählt hatte, die er zu ihr gesagt hatte. Er überlegte nicht lang und sagte ein fröhliches „Ja". Ich werde also ihre Wohnung kennenlernen, sehen, wie sie so lebt und schläft. Das kann ich mir gut vorstellen. Damit war alles geregelt. Natalie plante nun die Fahrt gegen 18.00 Uhr, damit sie Zeit hatte, ein kleines Abendbrot vorzubereiten. Die Sendung sollte 20.15 Uhr beginnen. Danach konnte sie Tom gegen 22.00 Uhr zurückbringen.

Nach dem Abendbrot setzten sie sich an den Fernsehapparat, holten den richtigen Sender und warteten, dass es 20.15 Uhr wurde. Als die Sendezeit gekommen war, erschien ein Sprecher des Senders und verkündete, dass man aus politischen Gründen die Sendezeit verschieben musste, jedoch 22.00 Uhr nachgeholt wird. Mit solchen Veränderungen hatten nun beide nicht gerechnet. Was nun? Tom zurückfahren und die Sendung allein ansehen? Sie hatte sich darauf gefreut und außerdem hoffte sie insgeheim, er würde bei der Sendung vielleicht Lust bekommen, der Öffentlichkeit durch eigene Ausstellungen etwas näher zu kommen. Und nun das. Eine andere Möglichkeit wäre, Tom hier eine Übernachtung anzubieten und mit ihm am kommenden Morgen zu seinem Atelier zu fahren. Und zu der bunten Wiese, auf der sie heute gelegen hatte, ganz seinen Augen preisgegeben.

Wie wird er auf dieses Angebot reagieren?

## 26. Natalie (Sonnabend)

Natalie war sich nicht sicher, ob sie ihm das Angebot mit der Übernachtung machen sollte oder wollte. Einesteils wäre es ein eigenartiges Gefühl, mit dem Mann, den sie liebte, in einer Wohnung zu sein. Andererseits wäre es vielleicht doch nicht passend, denn sie ahnte wohl, dass er sie auch liebt, aber gesagt hat er es nie. Vielleicht fühlt er sich unwohl bei dem Gedanken, in einer fremden Wohnung zu übernachten? Also unterbreitete sie Tom ihr Angebot und erwartete seine Antwort. Sie würde sie akzeptieren, ganz wie er sich entscheidet. Nach anfänglichem Hin und Her „Ach, ich will dir keine Umstände machen... Wie seht das aus, wenn das die anderen Hausbewohner merken, du bringst dich in schlechten Ruf... Ich habe auch gar kein Nachtzeug mit... Wenn ich bleibe, hast du bloß viel Arbeit mit mir... ich danke dir für das Angebot, aber ich weiß nicht recht...“ Natalie ließ ihn seine Bedenken äußern, sie versuchte nicht, jedes Argument zu widerlegen und sagte: „Wie ich sehe, kommen wir zu keinem Ergebnis.“ Diese Worte brachen bei Tom das

Eis, sie hatte wieder Worte gefunden, die ihn an ihre erste Begegnung erinnerte und er sagte leise: „Wenn du meinst, das ginge, dann würde ich das Angebot annehmen", damit war eine Entscheidung gefällt. „Schön, du bleibst hier. Ich werde im Wohnzimmer ein Lager für dich bereiten. Hoffentlich kannst du gut schlafen." Gemeinsam sahen sie die verspätete Sendung an und Tom freute sich, als er Natalie im Film erkannte. Er gab seine Kommentare zu den ausgestellten Bildern ab und dachte „na hier würden meine Bilder nicht schlecht aussehen" und er nahm sich vor, sich bei ähnlichen Ausstellungen öfter sehen zu lassen und eventuell seine Bilder anzubieten. Natalie zog sich gegen Mitternacht zurück, es gab ein kleines Küsschen, ein „Wunderschönes Schläfchen wünsch ich dir" und der Abend war beendet.

## 27. Tom (Sonnabend)

Tom wunderte sich selbst, dass er ihren Vorschlag angenommen hatte. In einer fremden Wohnung zu schlafen, das machte ihm nichts aus. Aber in der Wohnung, wo die Frau lebte, die er heimlich liebte (vielleicht müsste er ihr das mal sagen. Hätte er den Mut?) Irgendwie sagte sein Inneres „Sie liebt dich doch auch" konnte er das glauben? Sie kannten sich erst wenige Tage, aber er hatte sich schon bei der ersten Begegnung in sie verliebt. (Aber das wusste sie doch nicht.) Er konnte nicht einschlafen. Morpheus Arme waren sehr weit weg und er hatte eigentlich auch gar keine Lust zu schlafen. Er genoss die Gewissheit, dass sie auf der Liege, die jetzt sein Bett war, jeden Abend sitzt und arbeitet. Oder hat sie in den letzten Abenden auch an ihn gedacht? Er sah sich im Dunkeln im Zimmer um und nahm jedes Kleinigkeit in sich auf, damit er sie später, wenn er allein leben musste, wieder auskramen konnte. Er sah den großen Moment, als sie sich des Bademantels entledigte und nackt und fröhlich vor ihm stand. Welch ein Augenblick, den wird er nie vergessen. Selbst in 50 Jahren, wenn er die erlebte, würde er ihn nicht vergessen, nicht vergessen können. Denn es war ein Augenblick, wo sich ihm ein wunderbarer Anblick geboten hatte. Dann die Bilder, als er sie im Gras liegen sah, ohne alles, nur von Blumen umgeben. Es war für ihn ein Augenblick der höchsten Begeisterung. Schön war sie, wunderschön. Er sah sie aus der Entfernung und auch in unmittelbarer Nähe, so nahe, dass er hätte nach ihr greifen können. Er war verliebt wie ein Schuljunge und sah sie immer zwischen den Blumen; sah ihr kleines Nabelloch und das kleine Wollbüschel zwischen ihren Beinen und wollte sich nicht von diesem Bild trennen. Dann dachte er „ob sie wohl schon friedlich schläft?" Ob sie es schon bereut hat, ihn hier übernachten zu lassen? Er stand auf, sah die Tür zu ihrem Schlafzimmer und liebäugelte mit dem Gedanken, die Tür leise zu öffnen, um sie beim Schlafen zu sehen. Er blieb jedoch an der Türe stehen und stellte sie sich schlafend in ihrem Bett vor. Auf Zehenspitzen schlich er wieder zu seinem Lager. Wieder hatte er die Bilder des Nachmittags vor Augen, von Müdigkeit keine Spur. Er sah ihren himmlischen Körper. Sie hat sich nicht geziert, als sie den Bademantel ablegte. Es wird ein unvergesslicher Nachmittag für ihn bleiben. Werden wir die Arbeit morgen fortsetzen? Irgendwann verschwammen alle Bilder, die er sich eingeprägt hatte. Eigentlich wollte er nochmal an ihrer Tür lauschen und vielleicht ihren Atem hören; aber dann verschwand er in einem Nebel und merkte gar nicht, wie er einschlief. Erst als er eine fröhliche Stimme sagen hörte „Aufgewacht, du Langschläfer, der Frühstückskaffee steht auf dem Tisch" merkte er, dass er wider Willen doch eingeschlafen war Der heutige Tag erinnerte ihn an die langsam verschwindende Woche und machte ihn traurig, was Natalie zu der Frage brachte „Hast du schlecht geschlafen? War die Couch zu hart oder zu kurz? Besseres konnte ich dir nicht anbieten, leider." Tom widersprach ihr energisch; er habe gut geschlafen, nur, dass er vielleicht zu spät eingeschlafen sei und dass es ihm leidtut, dass die Tage so schnell vergingen. Er ließ keine Einwände gelten.

## 28. Natalie (Sonnabend)

Natalie brauchte auch eine ganze Weile, um Schlaf zu finden. Da der Tag wieder sehr heiß geworden war, legte sie ihre Kleidung neben dem Bett auf den Stuhl und machte es sich unter ihrer Decke gemütlich. Es gefiel ihr sehr, wenn die kühle Bettdecke direkt auf ihrem Körper lag. Da störte jedes Kleidungsstück. Sie fühlte sich in ihrem Bett immer am wohlsten, wenn sie gar nichts anhatte. Ihre Gedanken waren in Toms Garten bei den vielen Blumen und sah sich direkt zwischen ihnen. Es hatte sie überhaupt nicht gestört, als sie den Bademantel abwarf und völlig frei vor ihm stand. Sie hätte es peinlich empfunden, wenn sie sich vor seinen Augen ihrer Bluse, dem Hemd, ihrer Hose hätte entledigen müssen. So hatte sie vorsorglich diesen Bademantel eingepackt und freute sich über diese Idee. Als sie dann vor ihm stand, waren ihre Gedanken nicht am Strand von Prerow und den Badegästen, sie freute sich an seine überraschten und glücklichen Augen. Als sie dann auf der Wiese zwischen den vielen Blumen gelegen hat, fühlte sie sich ausgesprochen wohlig und machte sich um ihre Nacktheit überhaupt keine Gedanken mehr. Es war doch nur Tom, den sie liebte, der da war und sie sehen konnte, alles kein Problem, wenn man keines draus machte. Und sie machte keines. Sie setzte oder legte sich, wie er es wollte, und sie empfand allmählich sogar Gefallen daran.

Auch, als sie bemerkte, dass er ihrem Nabel und dem unteren Teil ihres Körpers mehr Aufmerksamkeit widmete, störte sie das nicht im geringsten, dies sah er ja bei ihr alles zum ersten Male („Und kleine Kinder sind eben neugierig").

Was wird er wohl jetzt denken? Schlafen wird er sicher noch nicht. Ob er wohl versucht, zu ihr zu kommen? Will er mich überraschen? Würde ich dann schnell mein Hemd überwerfen (wenn dann noch Zeit dafür ist)? Aber ich glaube, das traut er sich nicht; soll er ja auch nicht (warum eigentlich nicht?). Wartet er eine sehr späte Stunde ab, um mich zu sehen wenn ich schlafe? Soll ich lieber etwas anziehen? Aber warum, mehr als heute Nachmittag bekäme er auch nicht zu sehen, also auf diese Frage ein entschiedenes „Nein!"

Einmal war ihr, als ob sie vorsichtige Schritte vor ihrer Tür zu hörte. Kommt er jetzt? Wünsche ich mir das? Keine Antwort. Es waren keine Schritte mehr zu hören, also kam er nicht. Ist auch besser so, denn sie wusste noch immer nicht, wie sie sich verhalten würde. Der Schlaf wollte einfach nicht kommen, von Müdigkeit keine Spur. Die Bilder vom Garten, sie zwischen den Blumen, lang ausgestreckt, die tauchten immer wieder auf. Dann setzte sie sich aufrecht ins Bett, ihre Füße vorsichtig auf den Boden, ging zur Tür, öffnete sie unhörbar und betrachtete den schlafenden Tom. Er schlief also und die

Schritte, die sie gehört oder sich gewünscht hatte, waren nicht die seinen gewesen.

Sein Gesicht zeigte ein leichtes Lächeln. Träumt er jetzt von ihr? Vielleicht wäre er zu Tode erschrocken, wenn er sie gesehen hätte, wie sie ihn von oben aus betrachtete. So war es auch gut; sie schlich zurück, legte sich auf die Bettdecke und war im nächsten Moment schon eingeschlafen.

Gewohnt, zeitig aufzustehen, waren die wenigen Stunden schnell vorbei. Sie stand auf, und nachdem sie das Bad verlassen hatte, machte sie das Frühstück und rief „Aufgewacht, du Langschläfer, der Frühstückskaffee steht auf den Tisch."

## 29. Tom (Sonntagvormittag)

Das gemeinsame Frühstück durchlebte Tom mit vollen Zügen. Wann hatte er das letzte Mal ein Frühstück zu zweit erlebt. Da musste er sehr weit zurückdenken; er saß immer allein an seinem Tisch in seinem Zimmer. Das Frühstück, das er sich selbst zubereitete, bestand aus drei Scheiben Knäckebrot, einer Tasse Tee und einer Banane; das war alles schnell vorbei, er wollte in sein Atelier und arbeiten, möglichst bis zum Abend. Dann eine Suppe aufwärmen, eine Cola trinken, schnell in Bett. Morgens früh aufstehen und arbeiten.

So vergingen seine Wochentage, die sich kaum von den Feiertagen unterschieden.

Wenn mehrere Feiertage hintereinander lagen, fuhr er zu seinen Eltern. Zu Hause gefiel
es ihm immer gut, sehnte sich aber bald wieder nach seinem Atelier. Nach solch wenig
abwechslungsreichen Tagen, war dies heute
eine besondere Freude. Natalie hatte Bröt-
chen knackig aufgewärmt, dazu verschiedene
Marmeladen bereitgestellt und kleine Wurst-
scheiben und Gürkchen auf einen Teller gelegt.

Tom kam sich verwöhnt vor und nahm sich
Zeit, er fühlte sich wie zu Hause. Natalie
schaute ihn unbemerkt an und freute sich an
ihm.

Dann unterbrach sie die Ruhe mit der Frage
„Was hast du heute vor?" Tom, so aus der ge-
nussvollen Beschaulichkeit gerissen, musste
sich erst in die Gegenwart zurückfinden.
Überlegte ein Weilchen und sagte dann „Vielleicht können wir noch einige Sachen von
gestern wiederholen, je mehr ich Skizzen
habe, umso leichter fällt mir dann die Aus-
wahl." Eigentlich hatte er sich über den heutigen Tag noch gar keine weiteren Gedanken
gemacht, er lebte ja noch von gestrigen Stunden.

### 30. Natalie (Sonntagvormittag)

So wusste Natalie, dass heute die Blumen-
wiese wieder eine große Rolle spielen wird.

„Schön" sagte sie, „aber dann müssen wir
das heute Vormittag machen, denn nachmit-

tags habe ich etwas vor". Sie sah, wie sich Toms glückliches Gesicht veränderte und jede Nuance von Freude daraus entwich. Er tat ihr unendlich leid und sie setzte schnell hinzu: „Etwas für uns Beide natürlich" und automatisch bekam Tom wieder seine normale Gesichtsfarbe zurück. Er war über diese Formulierung so froh, dass er ganz vergaß zu fragen, was der Nachmittag bringen könnte. Es war ihm gleichgültig, wenn er nur nicht von Natalie getrennt würde.

Der Garten, die Wiese und die Blumen schienen schon auf sie zu warten. Die Gänseblümchen hatten sich wahrscheinlich über Nacht vermehrt, denn die Wiese erstrahlte in weiß. Es sah aus, als ob es geschneit hätte. Natalie fragte: „Hast du gewusst, dass man die Gänseblümchen auch essen kann?" Tom hatte das noch nie gehört und konnte es sich auch nicht vorstellen. Diesmal hatte Natalie keinen Bademantel mitgenommen, sie zog sich im Atelier aus und folgte Tom so in den Garten.

Wieder konnte Tom nicht den Blick von ihr abwenden. Natalie lief bewusst zwei Schritte neben ihm, dass er sie voll betrachten konnte. Sie begann Gefallen an seinen Blicken zu finden und ein Schauer des Glücks durchfuhr ihren Körper. „Ja, er liebt mich, es gefällt ihm, wenn er mich ansehen kann. Und warum auch nicht, ich sehe heute noch genauso aus wie gestern."

Sie suchten eine Wiesenstelle aus, wo noch andere Blumen blühten: Margeriten und Wiesenglockenblumen in reicher Fülle. Die Wiesenglockenblumen hatten ihre Endgröße von 70 Zentimetern noch nicht erreicht. Auch die Margeriten waren bestrebt, in weitere Höhen zu wachsen. Diese Blumen gaben einen schönen Kontrast zu ihrem Körper Er zeichnete sie langgestreckt seitlich, oder auf dem Rücken. Einmal steckte er ihr einige Gänseblümchen in den Mund, dann eine Margerite. Er legte ihr mehrere Gänseblümchen mit Margerite auf den Bauch. „Das sieht sehr hübsch aus", sagte er. Er gab ihr den Titel „Meine Blumenkönigin". Sie merkte wieder, dass er immer Abstand zu ihr hielt. Dabei dachte sie: „Er wird schon wissen, weshalb er das tut. Und ich weiß es auch. Siehst du, ich kann Gedankenlesen. Mir bleibt nichts verborgen. Und dir, wenn ich so vor dir liege, selbstverständlich sowieso nichts."

Sie vermutete, dass er die Blümchen auf sie legte oder ihr in den Mund steckte, um ihr ganz nahe zu sein (aber auch wieder nicht zu nahe!) und sie dabei sogar berühren könnte. „Kannst du doch, du Dummerchen, kannst du doch, denkst du, ich haue zu? Ach Junge, du kennst mich überhaupt nicht". Das dachte sie nur.

## 31. Sonntagnachmittag Tom und Natalie

Für den Nachmittag hatte sich Natalie etwas vorgenommen:

Natalie kannte in der Nähe einen kleinen, ziemlich unbekannten See mit einer schönen Wiese. Sie fragte Tom, ob er Lust hätte, ein kleines Picknick dort zu machen. Tom, der sonst kaum aus seinem Atelier gekommen war, fand die Idee recht gut und sagte freudig zu. Als sie dort angekommen waren, legte Natalie ihre Kleidung ab und gab sich der Sonne preis. Tom hatte zwar gewusst, dass Natalie FKK-Anhängerin war, aber heute nicht damit gerechnet. Er war etwas irritiert und setzte sich neben sie. Natalie fragte, ob er in seiner „Uniform" bleiben will, und er stammelte etwas von „Noch nie gemacht" „Ich weiß nicht recht" „Soll ich wirklich?" Natalie meinte, dieser Ort hier wird von keinem Fremden aufgesucht, denn er ist ziemlich unbekannt und liegt außerdem weitab. Aber wenn auch keine Fremden, so wäre es Natalie, die ihn sehen würde. Sie hatte er während der Aktbilder schon wiederholt gesehen. Das hier war doch etwas anderes, etwas Neues. Langsam begann er, Hose und Hemd abzulegen. Dabei merkte er mit Schrecken, dass seine innere Aufregung nun äußere Zeichen setzte. Sofort legte er sich auf den Bauch und hatte vor, diese Lage bis zu Schluss beizubehalten. Als Natalie ins Wasser ging, ermutigte sie ihn, das gleiche zu tun.

Und jetzt bereute er sehr, dass er in die falsche Richtung sah und er nicht sehen konnte, wie sie schwamm und sich im Wasser wohlfühlte. Er lag auch noch, als sie aus dem Wasser kam. Als er feststellte, dass seine Aufregung etwas abgeklungen war, stand er schnell auf und sprang ins Wasser. Natalie betrachtete ihn aus der Entfernung, was ihn nicht sonderlich störte, denn der See war tief genug, ihn einzuhüllen. Als er das Wasser verließ, klappte Natalie eben ihr Buch zu und überließ sich weiter der Sonne. Auf der Wiese angekommen, legte er sich auf den Rücken, denn das kalte Wasser hatte für genügend Abkühlung gesorgt und er dachte: „Wenn du so liegst, lieg ich eben auch so." Natalie hatte die Augen geschlossen und schlief. Nun hatte Tom genügend Zeit und Gelegenheit, sie zu betrachten. Zuerst kam er sich schäbig und gemein vor, sie, während sie schlief, anzusehen. Während der Malstunden hatte er sie schon gesehen; neu war es nicht mehr, aber zauberhaft. Und alles, was er sah, erregte ihn sehr: die schönen Brüste, die er schon immer bewundert hatte und bei den ersten Zeichnungen ganz dicht vor sich sehen durfte. Das kleine Loch mit dem Nabel und die tieferen Regionen. Er sah das kleine Wollbüschel zwischen ihren Beinen, das war gar nicht so braun wie die Haare auf ihrem Kopf. Er konnte seine Blicke nicht von ihr abwenden. Das Ganze wurde abgerundet von ihrem hübschen

Gesicht mit den dunklen Haaren. Sie sah so jungfräulich aus. Er konnte sich gar nicht satt sehen und hoffte, sie würde noch recht lange schlafen.

Was er nicht sah, waren die heimlichen Blicke, die Natalie aus den Augenwinkeln auf ihn warf. Sie sah, dass sich seine Erregung wieder sehr stark ausgebildet hatte und sie dachte: „Jetzt studiere ich dich. Ich werde alles in meinem Gedächtnis behalten, wie ein Foto." Sie sah seinen Körper, der gut durchtrainiert wirkte. Sie sah auch, dass die Betrachtung ihres Körpers sein Äußeres weiter verändert hatte. Auch Tom spürte das. Er beugte sich zu ihr herab und berührte ganz sacht ihre Brustwarze mit den Lippen, spitz wie beim Bruderschaftskuss. Sie war hart und erhaben, und als er sie in den Mund nahm , nahm er den Geschmack von Nuss wahr. Da Natalie von all dem nichts bemerkte, fasste er den Entschluss, auch die andere Brustwarze zu berühren. Und Natalie dachte: „Du Dummerchen, du denkst, ich schlafe. Wie kann ich hierbei schlafen, ich genieße jeden Augenblick, wo du mich ansiehst oder berührst. Wie habe ich mich nach deinen Berührungen gesehnt. Und jetzt, da sie wahr werden, soll ich schlafen?" Durch Natalies Körper ging ein kleiner Schauer. Tom gab ein Küsschen zwischen die beiden Brüste und gelangte allmählich bis zu ihrem Nabel; weiter traute er sich nicht. Gar zu gern hätte er ihre zarte Haut mit seinen Fingern berührt, aber dann wäre sie vielleicht aufgewacht und er hätte seine Betrachtungen abbrechen müssen. Natalie rührte sich leicht und Tom setzte sich ganz anständig wieder hin; seine Erregung ragte steil in den Himmel. Er bedeckte sie mit dem Handtuch, was nicht gelang und auch gar nicht nötig war. Es war ja niemand außer der schlafenden Natalie hier. Aber er wollte sich auch selbst nicht so sehen.

Natalie belustigte es sehr, ihn bei seinen eingehenden Betrachtungen zu sehen. Wie genau er alles ansah. Es lockte sie, ihn einmal in die Pobacken zu kneifen. Er betrachtete sie wie ein Kind ein Weihnachtsgeschenk. Und sie dachte, „Du denkst, du besiehst mich und ahnst gar nicht, dass ich dich dabei auch besehe."

Er war über sich selbst entsetzt, wie er dazu kam, Natalie zu berühren. Es war doch nur ein Picknick ausgemacht. Es war schon ein großer Unterschied zum Aktmalen, wo man den prächtigen Körper ansehen und malen konnte. Jetzt aber lag sie schlafend direkt vor ihm. Er konnte sie betrachten, ohne dass sie es sah. Er konnte sie berühren, ohne dass sie es merkte. Er konnte ihr Küsschen auf sonst verborgene Körperstellen geben, ohne dass sie es abwehren würde. Das war seine Glücksstunde, die hoffentlich noch lange nicht zu Ende sein wird. Eine Wolke hatte sich vor die Sonne geschoben und es wurde kühler.

Aber Natalies Körper reagierte darauf nicht und sie stellte sich weiter schlafend. Sie bemerkte sein leichtes Zögern, bevor Tom sie berührte. Er rückte ganz dicht an Natalie heran, sodass sich ihre beiden Körper berührten. Er genoss diesen Körperkontakt und fasste sich ein Herz. Fuhr nun mit dem Finger ganz zart über ihren Körper, begann am Hals, umkreiste die Brüste und spürte, dass sie unter seiner Berührung leicht nachgaben. Er führte ihn weiter nach unten, vorbei am Nabel. Bei dem Wollbüschel angekommen, verließ ihn zunächst der Mut. Tom fasste sich und sagte, „einmal angefangen, muss man auch bis zum Ende kommen" Er nahm die Härchen zart zwischen seine Finger, spürte und sah, dass das Büschel nur aus wenigen seidigen und lichten kleinen Löckchen bestand, die nicht in der Lage waren, irgendetwas zu bedecken. Natalie sah ihn ganz dicht neben sich und hätte ihn am liebsten berührt, irgendwo. Er blickte in Natalies Gesicht; nichts regte sich; so bekam die bisher ausgelassene Körperstelle endlich auch ein Küsschen. Er genoss diesen Anblick eine ganze Weile und sehnte sich plötzlich wieder nach der Brustwarze auf der anderen Seite. Die mit dem Mund zu berühren, würde bedeuten, sich über Natalie hinwegzuheben. Und wenn ich dann falle? Das wäre doch nicht auszudenken. Was soll Natalie von mir denken. Nun machte er zentimeterweise Annäherung an das geliebte und ersehnte Etwas. Doch der Arm war zu kurz und das „Objekt der Begierde" zu weit entfernt. Ein Glück, dass Natalie so fest schlief. Und als er sich schon sicher in Reichweite befand, wurden seine ernsten Befürchtungen wahr, er rutschte weg und landete direkt auf Natalies Körper. War ihm das peinlich. Mein Gott, das darf doch nicht passieren. Krampfhaft versuchte er die Stellung zu ändern. Seltsam, dass Natalie nicht davon erwachte. Da spürte er zwei Arme, die sich um ihn gelegt hatten und festhielten und Natalies Stimme, die flüsterte „Bleib so, es ist so schön, komm zu mir, bleib bei mir." Natalie ahnte und wusste, dass jetzt der Moment gekommen war, den sie gefürchtet und doch erwartet und herbeigesehnt hatte: kein „vielleicht" oder „doch lieber nicht", nein, ein glückliches „Ja, endlich." Natalie bäumte sich leicht auf, ließ sich sinken, und sehnlichst erwartend, öffnete sie sich ihm.

Dann saßen sie nebeneinander, glücklich und ausgelaugt. Zwei Menschen, die sich endlich gefunden hatten.

## 2. Teil

1

*Durch die unruhige Nacht war Natalie sehr geschwächt. Das ständige Weinen hatte sie sehr mitgenommen. Auch jetzt noch saßen die Tränen in ihren Augen. Sie dachte an Tom, immer wieder an ihren geliebten Tom. Im Traum hatte sie noch einmal durchlebt, wie sie Tom kennen- und lieben gelernt hatte. Sie freute sich, dass sie ihn so lebendig vor sich sehen konnte. Alles kam ihr wie ein Märchen vor und sie nahm sich vor, noch ein Weilchen liegen zu bleiben. Sie hoffte, ihr Tom erscheine ihr wieder und sie könne die vergangenen Jahre, die Jahre des Glücks, noch einmal erleben. Obwohl der Schlaf auf der Couch keineswegs gemütlich war, schloss sie die Augen und schlief wieder ein.*

Und sah sich auf einer großen Wiese. Im Hintergrund bemerkte sie einen Mann, der mit einem Hund spielte. Der Mann war schon älter, das konnte sie an seinen grauen Haaren erkennen. Da Natalie anfangs alles nur verschwommen wahrnahm, dauerte es eine ganze Weile, bis sie erkennen konnte, wer der Mann war. Es war Tom, ihr geliebter Ehemann, die große Liebe ihres Lebens. Natalie rannte, so schnell sie ihre Beine trugen über die Wiese auf ihn zu. Doch während sie rannte, merkte sie, das sie Tom keinen Schritt näher kam; es war, als hielte sie jemand fest. Plötzlich, als sie ihn dennoch fast erreicht hatte, entfernte sich Tom immer weiter von ihr.

Sie rief laut: „Tom warte. Tom, ich bin es doch, deine Natalie", doch er verschwand in einem Schleier von Nebel.

Sie stand auf der Wiese, rief ihn ununterbrochen und schluchzte. Dann sah sie ihn in großer Entfernung wieder, er aber ging in die entgegengesetzte Richtung davon. Ihr war, als würde er ihr zuwinken. Auch der Hund war verschwunden.

Natalie setzte sich schluchzend nieder, rief laut „Tom", aber bekam keine Antwort.

Allmählich öffnete sie ihre Augen und sah sich wieder auf einer Wiese, doch sie sah diesmal wieder anders aus. Auf dieser Wiese sah sie ein Haus, das sie sehr an Toms Atelier erinnerte. Sofort stand sie auf und lief auf das Häuschen zu; und wieder hatte sie das Gefühl, nicht von der Stelle zu kommen. Sie wurde festgehalten und sah, wie das Atelier ihrem Blickfeld entschwand. Hätte sie doch einen Blick hinein werfen können, vielleicht würde sie Tom darin erblicken. Natalie war am Ende ihrer Kräfte. Sie blieb auf der Wiese sitzen, weinte, schluchzte und rief immer wieder Toms Namen. Aber kein Echo.

Als sie sich entschloss, den Heimweg anzutreten, sah die Wiese auf einmal völlig anders aus.

Neben der Wiese lag ein kleiner See, den kannte sie gut, denn das war der See, an dem sie für Tom das Picknick vorbereitet hatte. Natalie versuchte zu gehen, und diesmal gelang es ihr, die Schritte zum See zu schaffen. Als sie dort angekommen war, sah sie Tom und sich eng umschlungen. Da fiel es ihr wieder ein, dass das Picknick ausgefallen war. Die Liebe war stärker. Es war für beide die

Sternstunde der Liebe.Sie genossen sie und wurden nicht müde, sich immer wieder zu finden. Es war der Beginn einer wunderbaren Liebe, die 40 Jahre dauerte und immer wieder aufs Neue begann.

Sie mussten sich damals regelrecht von der Wiese losreißen, sonst hätten sie auch dort übernachtet. Tom wollte sie immer wieder in die Arme nehmen, immer wieder suchte er ihre Lippen; wieder gab er ihr Küsse auf bestimmte Stellen. Er war froh, sie jetzt nicht mehr nur im Geheimen betrachten zu müssen, er durfte sie anfassen, nicht nur mit der Fingerspitze. Nun konnte er sie mit der ganzen Hand berühren, was viel viel schöner war als nur die Fingerspitze. Er brauchte sie jetzt nicht mit Maleraugen betrachten, sondern als verliebter und geliebter Mann.

Natalie fand es wunderbar, von ihm geküsst , berührt und geliebt zu werden. Sie hatte sich die vergangenen Tage oft gefragt, wie es sein würde, wenn sie ihn in sich fühlen würde. Sie hatte diesen Augenblick etwas gefürchtet, aber gleichermaßen herbeigesehnt. Ach, das war ein wunderbarer Moment, den sie mit allen Fasern ihres Körpers auskostete. So etwas hatte sie noch nie vorher erlebt und sie wusste, das ist der Mann, mit dem sie ein ganzes Leben teilen will.

Keiner von beiden hatte Lust, die Kleidung wieder anzulegen so saßen sie nackt im Auto.Tom betrachtete sie von der Seite und dachte, so sieht sie noch viel schöner aus als auf unserer Ausfahrt, er konnte sich an ihr nicht sattsehen. Und Natalie spürte seine Blicke und die Liebe darin.Sie fühlte sich geborgen. Sie wusste, dass seine Liebe keine Neugier, sondern eine tiefe echte Liebe war. Sie war rundum glücklich.

Am nächsten Tag beantragte sie bei der Redaktion eine Woche Urlaub, den sie genehmigt bekam. So konnten sie ihre Liebe auskosten und genießen. Diese Zeit brauchten sie auch dringend, denn ihr Liebesverlangen war noch lange nicht gestillt. Gearbeitet wurde auch.Tom nahm sich seine Vorlagen wieder vor, Natalie lag zwischen den tausend Blumen und fühlte sich viel wohler als die Tage davor.

Einmal geschah es, dass plötzlich eine kleine Besuchergruppe vor dem Atelier stand, völlig unangemeldet. Natalie blieb liegen und dachte: „Ja, ihr könnt mich sehen, jetzt oder später, wenn das Bild fertig ist. Ja, ihr könnt mich sehen, aber er kann mich haben."

Als sie merkte, dass die Besucher nicht eilends davon gingen, sondern Interesse an Tims Bilder zu haben schienen, stand sie auf, legte den Bademantel um und begleitete die Gruppe durchs Atelier. Diese blickten abwechselnd auf die ausgestellten Bilder und auf sie. Natalie störte das nicht. Sie konnte sogar eines der Bilder verkaufen. Das machte Tom und sie sehr glücklich.

Am Abend überlegten sie, wie die Übernachtung aussehen könne und man entschied sich für einen Wechsel zwischen seinem Zimmer und ihrer Wohnung. Natürlich wurde es ziemlich eng und er musste sich sehr dicht an sie anschmiegen, um nicht aus dem Bett zu fallen. Aber gerade dieses eng aneinanderschmiegen, machte die Nacht interessant und erlebnisreich. Sie stellte sich vor, wie sie in der vergangenen Nacht vor seinem Bett gestanden hatte, und er stellte sich vor, wie er an ihrer Tür gelauscht hatte. So, wie es jetzt ist, ist es einfach Freude. Wenn sie dann morgens, etwas verkrampft ihre Glieder lockern mussten, erfreute sich jeder am Anblick des anderen.

In dieser Woche kam Tom bei seinem Natalieaktbild zu einem Ergebnis, das er für sehr geeignet hielt. Er fand eine gute Farbmischung und malte das Bild fertig, i,kmmer bedenkend, dass noch vieles verbessert werden kann.

Als er Natalie sein fertiges Aktbild zeigte, war sie begeistert: „Herrlich, Tom das ist großartig. Sicher werden sich dafür Käufer finden. Ich finde es ganz toll, auch wie du meine untere Partie hinbekommen hast. Mein ziemlich lichtes Dreieck finde ich ganz wunderbar gelungen." Tom aber dachte „Nein, meine Liebe, dieses Bild bekommt keiner, das behalte ich für uns. Keiner soll meine Natalie so sehen, das darf nur ich. Vielleicht mache ich noch weitere Aktbilder von ihr, aber da zeige ich nicht alles. Dieser Anblick ist nur für mich." Sie wusste, das er in den folgenden Jahren diesem Vorsatz nicht immer treu geblieben war. Er malte sie noch oft und diese Aktbilder wurden zu seinen beliebtesten Verkäufen.

Aber auch diese Woche war einmal beendet, Natalie musste wieder ihrer Tätigkeit nachgehen. Tom war tagsüber allein und überhäufte sich selbst mit Arbeit, aber er wusste: nachmittags kommt sie und sie sind wieder zusammen. Tagsüber hatte er trotz der Arbeit, immer die Gedanken bei ihr und manchmal rief er laut „Natalie, ich brauch dich, ich brauch deine Nähe, wo bist du? Was machst du eben?" und wartete sehnlichst auf den Moment, in dem er ihr Auto kommen hörte.

An einem Tag kam Natalie zu ihm und sagte etwas kleinlaut: „Mein lieber Tom, ich werde dich drei Tage allein lassen müssen. Mein nächster Auftrag führt mich nach Rostock, dort ist eine Vernissage des Malers F. Und ich wurde gebeten, über diese zu schreiben. Ich bin aber wirklich nur drei Tage weg." Tom knickte in sich zusammen; er musste sich setzen, die Beine gaben unter ihm nach. O Gott, drei Tage ohne Natalie? Unmöglich. Sie hatte ja anfangs ihrer Bekanntschaft erwähnt, dass solche Fahrten zu ihrem Beruf

gehörten. Diese Tatsche war ihm längst ent-
fallen, jetzt stand sie vor ihm.Wird er das
überstehen?

„Nein Natalie, das kannst du doch nicht
machen, mich allein zurücklassen. Lässt sich
das nicht ändern?" Er wirkte wieder wie ein
kleiner Schuljunge.

Natalie wusste, was das für Tom bedeutete.
Sie wollte doch auch nicht die drei Tage ohne
ihn verbringen, das war für sie ebenso unvorstellbar. Sie hatte sich eine Möglichkeit ausgedacht, die wollte sie ihm sagen. Aber erst
musste sie den Unglücklichen in die Arme
nehmen, seine Tränen abwischen und einen
innigen Kuss auf die Lippen geben. „Tom, hör
mal zu, ich sage dir jetzt, was ich gedacht
habe, denn ich kann auch keine drei Tage
ohne dich leben, ja nicht mal einen Tag ohne
dich kann ich mir vorstellen. Also, schlage ich
dir folgendes vor: Ich fahre drei Tage nach
Rostock und du kommst einfach mit." Tom
hob den Kopf, machte große Augen und versuchte, eine Antwort zu finden, aber das gelang ihm nicht. „Wenn wir die Fahrt gemeinsam machen" fuhr Natalie fort, „ wären wir
diese Tage nicht getrennt. Ich organisiere in
Rostock für dich ein Hotelzimmer und du
kannst den ganzen Tag bei mir sein." Tom
überschlug in Gedanken, welche Hotelrech-
nung auf ihn zu käme und schüttelte den Kopf
„Mein geliebtes Mädchen, das kann ich mir
nicht leisten, du weißt, wie knapp meine Ein-

nahmen sind". Zum ersten Mal in seinem Leben wurde ihm richtig bewusst, wie karg seine Einnahmen sind und er Natalie nie an sich binden könne und dürfe. Innerlich total leer und hoffnungslos setzte er sich auf den Stuhl und merkte, dass er sich versehentlich auf den „Nataliestuhl" gesetzt hatte, der war doch nur für sie reserviert.

Natalie war mit ihrer Idee noch nicht fertig. „Liebster Tom, wenn ich sage, wir fahren zusammen nach Rostock, dann lade ich dich doch ein, dann kommen keine Unkosten auf dich zu. Stell dir doch einmal vor, wir sind in einer Stadt, in der wir noch nie waren. Wir können uns in meiner Freizeit die Stadt ansehen, wir könnten sogar einen Ausflug an die Ostsee unternehmen, da warst du auch noch nicht. Es würde sich viel Neues für uns ergeben und wenn wir dann wieder hier sind, hatten wir beide die gleichen schönen Erlebnisse, an die wir uns erinnern werden. Bitte gib deinem Herzen einen Stoß und sage „ ja."

Tom brachte keinen einzigen klaren Gedanken zusammen. Einerseits wäre es schön, eine andere Stadt zu besuchen; schon das wäre ein Erlebnis für ihn. Andererseits war die Tatsache, dass Natalie die Kosten übernehmen würde, für ihn fast unerträglich. War er denn so ein unwichtiger Mensch, der sich immer aushalten lassen musste? Gut, einen Kaffee, ein kleines Frühstück könnte er schon beisteuern, mehr aber nicht. Er kam sich plötzlich so unwichtig und nutzlos vor. Er konnte nicht mal seiner großen Liebe etwas Vernünftiges anbieten. Seiner Arbeit als Maler war er immer mit Freude und innerer Begeisterung nachgekommen; er war mit seinen Einnahmen immer zufrieden, wenn er seine Malerutensilien bezahlen konnte und fürs tägliche Leben hatte es auch gereicht. Jetzt bemerkte er, dass dieses alles nicht genug ist. Eine Frau, die er über alles liebte, zu beschenken und ihr diesen Aufenthalt zu bezahlen. Er fühlte sich nutzlos und wusste nicht, was er Natalie antworten sollte. Die stand, eine Antwort erwartend, vor ihm und konnte sich genau vorstellen, was in seinem Kopf für Kämpfe vor sich gingen. Er tat ihr unendlich leid. Sie sagte: „Mein Liebster, mein Aufenthalt dort wird von der Zeitschrift bezahlt, ich brauche nur deinen Aufenthalt zu begleichen. Bitte denke doch auch an mich. Wenn ich allein dorthin fahren muss, bin ich allein unter diesen vielen Menschen. Und denke daran, dass ich dann abends ganz allein in meinem Hotelzimmer schlafen muss, immer die Gedanken bei dir. Kannst du dir vorstellen, wie mir zumute sein wird?"

Die letzten Worte brachten Tom zu einer Antwort: „Mein Liebling ich komme mit." Natalie umfing ihn, küsste ihn leidenschaftlich und war glücklich über seine Antwort.

Einige Tage später gingen sie auf ihre erste gemeinsame Reise Schon die lange Bahnfahrt machte ihm viel Freude. Und wieder wurde ihm bewusst, wie eintönig sein Leben bisher verlaufen und was für ein Einsiedler er gewesen war. Natalie bezahlte seine beiden Übernachtungen. Tom konnte gar nicht hinsehen, um welchen Betrag es sich handelte. Zuhause hatte er aus der Kassette, in der er das Geld für sein Quartier aufbewahrte, den Schein mit der 50 genommen und so konnte er seine Natalie zu einem Abendbrot einladen. Er wusste, dass Natalie sehr von Hummer oder Aal geschwärmt hatte. Hummer gab es nicht, aber kleine Portionen Aal waren im Angebot. Als die Bedienung kam und Tom eine Portion Aal bestellte, machte Natalie große Augen „He mein Liebster, was ist denn in dich gefahren? Wie kannst du den teuren Aal bestellen? Hast du zu viel Geld bei dir? Hast du eine Bank überfallen?" Und Tom lächelte verschmitzt und sagte „Hoffentlich ist er gut und er bekommt dir" und freute sich ungemein, Natalie überrascht zu haben. Natürlich war der Aal gut und Natalie begeistert. Tom nahm sich vor, seine Eltern zu bitten, die nächste Mietzahlung zu übernehmen. Und er wusste, sie würden ihm gern helfen.

Für ihn war auch die Übernachtung in einem Hotel etwas ganz Neues. „Daran könnte ich mich gewöhnen", dachte er und schmiegte sich fest an Natalie. Das bestellte Zimmer blieb ungenutzt!

Am nächsten Vormittag sagte Natalie „Weißt du, mein Lieber, die Vernissage ist erst am frühen Abend. Wir werden den Vormittag nutzen und uns einen Aufenthalt an der See genehmigen. Bis Warnemünde ist es ein Katzensprung. Wir hätten viel Zeit, die Sonne und das Wasser zu genießen. Da werde ich dir zeigen, dass Nacktsein am FKK-Strand kein Problem für dich wird. Und Tom dachte „Bei dir macht es mir gar nichts aus, wenn du mich siehst, aber bei fremden Menschen mag es sicher anders sein. Aber wenn du es willst, ich gehe dorthin, wo du hingehst."

Also fuhren sie nach Warnemünde und gingen zum Strand. Händchen in Händchen liefen sie wie die Kinder, und so fühlten sie sich auch. Den bewussten Strand konnte Tom schon von Weitem erkennen. Als sie ankamen und Natalie aus ihren Sachen schlüpfte, tat er es ihr nach und bemerkte, dass diejenigen, denen er begegnete, ihm weniger er betrachteten; Natalie schon eher. Nach einer geraumen Zeit, empfand er das Nacktsein sogar angenehm und dachte, Natalie hatte Recht, es ist überhaupt nichts dabei ein Nackter unter Nackten zu sein. Diesmal legte er sich nicht auf den Bauch, sondern ließ die Sonne auch seine Vorderseite bearbeiten.

Am frühen Abend gingen sie zur Vernissage und betrachteten die ausgestellten Bilder. Tom war überrascht von den Themen, die sich F. für seine Bilder ausgesucht hatte und dachte wieder „Hier könnte ich meine Bilder sicher auch vorstellen. Vielleicht ergibt sich auch für mich mal eine solche Gelegenheit".

„Wenn ich Natalie bei mir behalten will, brauch ich Aufträge. Ich kann doch nicht ständig von ihrem Geld leben. Sie aber macht sich, wie es scheint, keine Gedanken darum. Er wollte sie unbedingt behalten und alles dafür tun. Er fühlte eine grenzenlose Liebe zu ihr und konnte sich ein Leben ohne sie nicht vorstellen.

Natalie unterhielt sich mit dem Maler über seine Bilder, machte sich Notizen und sah sich alle Weile nach Tom um, ob der in der Nähe sei. Nur in seiner Nähe fühlte sie sich wohl und behütet. Tom stellte fest, dass es anscheinend nicht üblich war, die Reporterin zum Kaffee einzuladen, und das beruhigte ihn sehr.

Abends im Bett stellte er sich vor, wie er und Natalie am Strand lagen und er nichts Unangenehmes dabei empfunden hatte. Er hatte vorwiegend Natalie angesehen und jetzt im Bett überwältigte es ihn wieder. Er schmiegt sich ganz fest an sie und sie ließen ihren Liebesgefühlen freien Lauf. Erschöpft und überglücklich schliefen sie ein.

Am nächsten Tag nutzten sie die Vormittagsstunden bis zur Abfahrt für eine kleine Stadtbesichtigung. Sie besuchten das „Kloster zum Heiligen Kreuz", die einzige vollständige Klosteranlage Rostocks aus dem 13.Jahrhundert; das Rathaus, und pilgerten die Kröpeliner Straße, die Haupteinkaufsstraße mit ihren im Original restaurierten Giebelhäusern entlang und konnten frohgemut die Heimfahrt antreten. Die schönen Tage waren vorüber, doch er wusste, es kommen noch viele schöne Tage auf sie zu. Das Allerschönste war, sie waren nicht getrennt gewesen über drei endlose lange Tage, sie waren immer zusammen, und so sollte es auch bleiben.

2

An einem Abend lud er Natalie in die Gaststätte, die sie bereits kannten, ein.

Er bestellte eine Flasche Wein, eine Sorte, von der er wusste, das Natalie sie besonders liebte.

Er trug seinen besten Anzug, was Natalie zu der Frage brachte „Hast du heute etwas Besonderes vor oder ist heute ein Feiertag? Hast du eventuell Geburtstag?"

Tom antwortete nicht, lächelte nur. Sein Inneres war aufgewühlt, er war gar nicht in der Lage, eine Antwort hervorzubringen. In seinen Gedanken arbeitete es „Was ist, wenn sie nein sagt? Was ist, wenn sie einen großen Lachanfall bekommt und sich nicht beruhigen kann? Wiederum, sie weiß doch, dass ich sie liebe und ich weiß auch, dass sie mich liebt, warum soll sie dann lachen? Sagt sie vielleicht: „Lieber Tom, es waren wunderschöne Tage und Wochen mit dir, aber heiraten? Das muss doch nicht sein. Lass uns einfach Freunde bleiben, dann brauchen wir uns auch keine Gewissensbisse zu machen, wenn wir auseinandergehen."

Tom wartete bis der Wein auf dem Tisch stand, er erhob sich und sagte: „Meine über alles geliebte Natalie. Ich werde dich jetzt etwas fragen und du solltest mir eine ehrliche Antwort geben. Ich glaube, ich habe dir noch nie gesagt, dass ich liebe. Mädchen, ich liebe dich grenzen-und uferlos. Ich liebe dich mehr als mein Leben und die Malerei. Bei unserem dritten Zusammentreffen habe ich dich um das „Du" gebeten und du hast „Ja" gesagt. Heute, einige Wochen später frage ich dich: (kleine Pause) „Willst du meine Frau werden? Würdest du mich heiraten?"

Solche langen Reden hatte Tom noch nie zustande gebracht, innerlich zitternd hatte er seine vorbereitete Frage gestellt und sah Natalie an. Sie antwortete nicht, ihre Augen füllten sich mit Tränen. Sie stand auf und stellte sich vor ihm hin :

„Ja, mein Liebster, natürlich will ich. Nichts auf der Welt möchte ich mehr. Ich will doch immer mit dir zusammen sein, du bist mein Lebensglück. Ich liebe dich, ich liebe dich über alles. Natürlich sage ich „Ja".

Dann lagen sie sich in den Armen, küssten sich und weinten vor Freude.

Die anderen Gäste applaudierten, denn sie ahnten, was hier vorging und spendierten eine Runde Sekt. Man stieß miteinander an und viele gratulierten. Es wurde ein fröhlicher geselliger Abend. Tom war überglücklich, dass sich seine Vorahnungen als falsch erwiesen hatten und seine innere Stimme rumorte nur leise vor sich hin. Sie hat "ja" gesagt, sie will meine Frau werden, wir werden immer und ewig zusammen sein, ein glückliches Leben liegt vor uns. Ach Mädchen, ich liebe dich doch so sehr.

Tags darauf wunderte er sich „Woher hab ich nur den Mut genommen, diese wichtige Frage zu stellen?"

Nun stand die Frage: "Wann und wo wollen wir die Hochzeit feiern?"

Schon bei der Überlegung, wer alles dabei sein wird, wurde es schwer. Wenn man alle Familienangehörigen zusammenzählte, kam man auf eine Zahl, die eine Übernachtung hier nicht möglich machte. Tom hatte sich erkundigt, welche Summen bei der Hochzeit auf ihn zukommen werden. Ein guter Bekannter sagte, dass die Hochzeit von den Brauteltern getragen wird und von der Braut selbst. Die Eltern des Bräutigams beteiligen sich finanziell an der Feier; den größten Teil tragen trotzdem die Eltern der Braut.

Diese finanzielle Seite machte Tom schwer zu schaffen. Er kannte Natalies Eltern überhaupt noch nicht. Sie hatten sich noch nie gesehen, und jetzt sollten sie die Kosten tragen? Das konnte er doch unmöglich erwarten. Es kann passieren, dass sie ihn überhaupt nicht als Ehemann ihrer Tochter akzeptieren und schleunigst wieder verschwinden. Auch sollen sich die Eltern des Bräutigams finanziell beteiligen; hieß es weiter. Das wären Ausgaben, die seine Eltern tragen müssten.

Tom wusste sich keinen Rat und war beinahe versucht, die Hochzeit abzusagen. Aber was würde Natalie, die so glücklich das „Ja" sagte, dazu meinen ? Denkt sie, er liebe sie nicht mehr? Er war unglücklich und merkte, was man alles bedenken sollte, bevor man die bewusste Frage stellt.

Nun erkundigte er sich an anderer Stelle. Da sagte man, dass seine Darstellung der Hochzeitskosten längst veraltet ist. Der größten Teil tragen heute Braut und Bräutigam, unterstützt von freundlichen Zugaben der Eltern und Bekannten.

Diese Erklärung erleichterte Toms Gewissen etwas, da die Eltern aus der Zwangszahlung herausgenommen werden. Zugleich wurde ihm bewusst, dass dies jetzt alles auf ihn zukam und die gerade aufgekommene Erleichterung wurde zum Bumerang. Wovon soll er die Ausgaben aufbringen und die Hochzeit finanzieren?

Tom hatte keinen Mut, sein Atelier zu verlassen. Er traute sich nicht, Natalie zu begegnen. Was sollte er ihr sagen? „Ich habe kein Geld für unsere Hochzeit. Sie fällt aus!"

Er mochte sich gar nicht vorstellen, was da in seiner geliebten Natalie vorgehen würde. Bleibt sie wie erstarrt stehen? Läuft sie weinend aus dem Zimmer? Fällt sie in Ohnmacht? Sagt sie „Ach, ist deine große Liebe so schnell erloschen?" Seine Natalie traurig zu sehen, wären die schlimmsten Momente, die er sich nicht vorstellen möchte. Nein, traurig darf meine Natalie nie wegen mir sein.

Und was sagte sie wirklich: „Mein allerliebster Tom; es ist noch eine ganze Weile Zeit bis dahin. Wir werden eine Möglichkeit finden. Bitte verzweifle nicht, wir werden das schaffen", sie umarmte ihn und küsste ihn voller Leidenschaft. In Tom löste sich ganz langsam der große Felsbrocken, der auf seiner Seele gelegen hatte und sagte: „Mein Engel, mit dir schaffe ich alles, und wenn es noch so unmöglich aussieht."

Zunächst machten sie sich daran, ihre Verwandtschaft mit der Tatsache einer Hochzeit zu konfrontieren. Schrieben Briefe und stellten ihre „zweite Hälfte" vor. Natalie schrieb, dass sie endlich den Mann ihrer Träume gefunden hat. Einen Mann voller Liebe, wie er besser nicht sein kann. Ein Leben ohne ihn, wäre für sie unvorstellbar. Sie würden den Termin der Hochzeit mitteilen, sobald sie sich entschieden haben."

Tom berichtete seinen Eltern von seiner Bekanntschaft mit Natalie. Charakterisierte sie als den besten Menschen, dem er je begegnet sei. Ein Leben ohne sie wäre für ihn gar nicht möglich. Es sei für ihn die erste, aber auch die größte Liebe seines Lebens.

Während sie dies an ihre Lieben schrieben, merkten sie mit Erschrecken, dass sie sich so lange nicht bei ihnen gemeldet hatten, dass den Eltern noch gar nicht bewusst war, dass sich im Leben ihrer Kinder etwas Grundsätzliches geändert hatte.

Als Tom anderntags wieder in seinem Atelier stand, hatte er sich entschlossen, einer Firma die Zusage für ein Reklamezeichnung zu geben. Als man diese an ihn herangetragen hatte, war er innerlich empört, mit diesem Ansinnen konfrontiert zu werden und hatte natürlich abgelehnt. Jetzt machte er sich Gedanken, diesen Wunsch zu erfüllen. Dieser Auftrag würde wenigstens etwas Geld in die Hochzeitskasse bringen. Er sagte sich: „Auch große Künstler haben kleine Gelegenheitsarbeiten gemacht, dazu waren sie sich nicht zu schade. Also werde ich es auch tun. Aber das wird eine Ausnahme sein, das schwöre ich mir."

*

Wenige Tage traf der erste Antwortbrief ein; es kam von Natalies Eltern. Sie freuten sich und schrieben:

„Liebe Natalie,

wir haben uns sehr über deine lieben Zeilen gefreut. Der Inhalt hat uns sehr überrascht. Wir haben noch gut in Erinnerung, dass deine damalige Beziehung ziemlich lieblos auseinander gegangen ist. Eigentlich waren wir von Anfang an nicht von dem Mann begeistert, den du uns damals vorgestellt hast. Aber es war unmöglich, dir unsere Einwände klar zu machen. So ist es eben bei Verliebten, da sieht man gar nicht über den Tellerrand hinaus, man sieht nur das, was man sehen möchte. Wir glauben, es war der richtige Weg, sich zu trennen. Er war kein schlechter Mensch, aber irgendwie passtet ihr nicht zueinander. Wir wünschen dir natürlich wie immer das allerbeste. Es wäre wunderbar, wenn du endlich einen Menschen gefunden hättest, der für dich durchs Feuer ginge, der dich liebt so wie du bist, der deine Gedanken lesen kann und alles tut, was für dich gut ist. Schade, dass du so weit weg wohnst und wir uns nicht vor der Hochzeit begegnen können. Wir würden uns gern ein Bild von ihm machen, das vielleicht ein ganz anderes ergibt als bei deinem „Verflossenen". Vielleicht würden uns dabei gar keine Einwände einfallen."

Dann wurden in dem Brief viele Situationen aus dem Leben der Eltern erzählt, die hatte Natalie inzwischen vergessen, wichtig für sie war nur, dass ihre Eltern einer Hochzeit nicht entgegenstanden und sich eine Begegnung mit ihm wünschten.

Natalie schrieb einen ausführlichen Antwortbrief, den sie noch jetzt teilweise im Gedächtnis hatte;

„Meine lieben Eltern,

Ich hatte schon im ersten Brief geschrieben, dass Tom ein Maler ist, leider noch sehr unbekannt. Aber ich bin mir sicher, dass er mal ganz groß rauskommt. Ich habe mich auf den ersten Blick in ihn verliebt. Er ist bescheiden, liebevoll und umgänglich. Er redet nicht viel, schon deshalb, weil er (vor mir) meist allein in seinem Atelier war. Er arbeitet mit großer Akribie an seinen Bildern und ist mit seinen Ergebnissen nie zufrieden, was als gutes Zeichen zu bewerten ist. Ich habe in seinem Atelier viele Bilder gesehen, die sicherlich eines Tages ihre Käufer finden werden. Im Moment lebt er nur von einem kleinen Entgelt, das er für seinen Unterricht an der Schule bekommt. Seine Eltern, die fest an seine Begabung glauben, unterstützen ihn mit einem kleinen Beitrag. Er hat in der Nähe ein Zimmer gemietet, das er nur zum Übernachten benutzt und ansonsten in seinem Atelier arbeitet. Vor längerer Zeit hatte ich die Gelegenheit, ihn in einer Vernissage zu sehen (die einzige, die er besucht hatte; hat er mir verraten) und ich wurde auf ihn aufmerksam. Er stand ruhig vor den Bildern eines Kollegen. Ich habe ihn kaum mit jemand sprechen sehen. Dieser Mann ging mir nicht aus dem Kopf. Ich habe meinen Chef überredet, dass ich ein Interview mit ihm machen und ihn so in die Öffentlichkeit bringen will. So haben wir uns kennengelernt und ich war vom ersten Augenblick in ihn verliebt. Jede Minute, jede Stunde, die ich ohne ihn verbringen musste, war unerträglich lang. Und ich weiß, dass er mich genau so liebt wie ich ihn. Er will ohne mich nicht leben, sagt er.

Nun hat er mir vor wenigen Tagen den Heiratsantrag gemacht, den ich mir auch sehnlichst gewünscht hatte. Und jetzt ist er am Boden zerstört, weil er nicht weiß, wovon er diese Hochzeit bezahlen kann. Er ist untröstlich, sitzt in seinem Atelier und arbeitet kaum noch. Ich möchte ihm so gern helfen, aber die Hochzeit kann ich auch nicht bezahlen, denn so groß ist mein Gehalt leider nicht. So sitzen wir nebeneinander und trösten uns gegenseitig und hoffen auf ein großes Wunder. Ich liebe ihn doch so sehr und möchte ihn nicht verlieren. Vielleicht noch dieses: er ist 35 Jahre alt und hatte noch nie eine enge Beziehung zu einer Frau und auch kein Bedürfnis. Er ist etwa so groß wie du, mein lieber Papa, also ca. 1.70 Meter, demzufolge ein ganz klein wenig größer als ich. Ich weiß nicht, wie ich ihn aufmuntern kann und befürchte fast, er will den Heiratsantrag zurücknehmen, das wäre auch das Aus für mein weiteres Leben.

So, jetzt habe ich euch mein Herz ausgeschüttet, das vor Liebe zu Tom fast überläuft. Ich bin ganz fest überzeugt, dass ihr ihn genauso mögen werdet, wie ich.

Ich liebe euch, meine Lieben, eure dankbare Natalie"

Einige Tage danach traf wieder ein Brief von ihren Eltern ein .

„Unsere liebe Natalie,

wir haben deinen, vor Liebe fast überschäumenden Brief erhalten und mindestens zehnmal gemeinsam durchgelesen. Wir sind zu folgendem Ergebnis gekommen:

Früher hieß es, die Hochzeit wird immer von den Brauteltern gezahlt. Wir wissen, dass diese Regel längst überholt ist und nicht mehr unbedingt gilt. Du weißt sicher, dass wir nach diesem alten Brauch die Hochzeiten deiner Schwestern ausgerichtet haben. Warum sollten wir das nicht auch bei dir so machen? Wir sind inzwischen Rentner, haben einiges gespart und würden es jetzt gut anwenden. Wir kennen deinen Tom nicht, aber aus deinen Zeilen spricht so viel Liebe, dass wir ihn schon fast in unser Herz geschlossen haben. Dass er mit seinem Einkommen keine Hochzeit bezahlen kann, ist uns völlig klar. Um die Sache nicht so einfach zu gestalten, knüpfen wir eine Bedingung an unsere Zusage: wir richten die Hochzeit aus, es wird sicher auch von den Eltern des Bräutigams einiges zugezahlt werden müssen. Aber wenn ihr euch wieder trennt, weil es nur ein kleines Aufflackern von Liebeslust gewesen sein sollte, dann zahlt ihr die Hälfte der ausgegebenen Kosten an uns zurück. Was sagst du zu diesem Vorschlag? Wenn eure Liebe auch noch in Jahren so heiß brennt wie jetzt, wollen wir diese Kosten liebend gern übernommen haben, denn dein Leben liegt uns sehr am Herzen. Wir lieben dich sehr und wünschen uns nichts sehnlicher, als dass du dein Glück gefunden hast und dein Leben in dieser Liebe aufblühen kann. Bitte richte ganz herzliche Grüße unbekannter Weise an deinen Tom aus.

In Liebe grüßen dich ganz herzlich dein Papa und Mama"

Auch Toms Eltern hatten sich gemeldet und brachten ihre Freude zum Ausdruck.

„Unser lieber Tom,

mit großer Freude haben wir gelesen, dass du endlich eine Frau gefunden hast, die du liebst und die dich liebt. Alles, was du geschrieben hast, spricht von großer Liebe. Wir wünschen von ganzem Herzen, dass du dein Glück gefunden habt. Deine Natalie scheint wirklich eine außergewöhnliche Frau zu sein, sonst wäre sie dir gar nicht aufgefallen. Du sprichst in einem Ton von äußerster Verliebtheit, du könntest dir ein Leben ohne sie nicht vorstellen. Was können wir zur Hochzeit, wenn sie stattfindet, beitragen? Nach alter Sitte heißt es ja, dass dies die Brauteltern übernehmen müssen, ist aber heute nicht mehr gebräuchlich. Wie du schreibst, ist es dir gar nicht möglich, eine Hochzeit zu bezahlen. Wir würden sagen, wir setzen uns mit den Brauteltern in Verbindung und beteiligen uns zur Hälfte an den Kosten. Wir haben uns schon viele Jahre gewünscht, dass du mal eine Frau findest, mit der du eine Familie gründen kannst. Wenn es jetzt soweit ist, wäre unsere Freude riesengroß. Schade nur, dass wir sie vor der Hochzeit nicht kennenlernen können. Du müsstest uns die Anschrift der Brauteltern mitteilen. Mit deinen zukünftigen Schwiegereltern werden wir sicher einig werden. Dein Brief hat uns froh gemacht und wir freuen uns ganz sehr für euch beide. Da du so gut zeichnen kannst, wäre es schön, mal eine Skizze von ihr anzufertigen und uns zu schicken, dann haben wir schon einen kleinen Vorgeschmack. Danke dir schon jetzt. Alles Liebe und Gute für euch, deine Mutter und Antonin.

Natalie las Tom am Abend den Brief ihres Vaters vor und Tom den seiner Eltern. Sie waren beide glücklich, dass sich beide Eltern so liebevoll zu ihnen bekannten. Vor allem von Tom fiel die letzte schwere Last ab, denn nun stand der Hochzeit zumindest in finanzieller Hinsicht nichts mehr im Wege. Für das kommende Wochenende planten sie ein, wenn nichts dazwischen kommt, eine Fahrt zu ihren Eltern zu unternehmen.

Am Sonnabendmorgen rief Natalie bei ihnen an, wünschte ihnen ein schönes Wochenende und fragte so ganz nebenbei, was sie heute so vorhätten. Das war der eigentliche der Grund für ihren Anruf, zu wissen, ob sie zu Hause sind, dass die sehr lange Fahrt über fast 400 Kilometer nicht umsonst ist. Sie traten ihre Fahrt gegen 9.00 Uhr an und rechneten damit, gegen 15.00 anzukommen. Die Fahrt verlief ohne Zwischenfall und sie trafen pünktlich ein. Sie hatten sich folgendes ausgedacht: das Auto in größerer Entfernung abzustellen, sich heimlich an das Haus heranzuschleichen und Tom vorauszuschicken. Er sollte klingeln und sagen, sein Auto hätte eine Panne und ob er hier Hilfe bekommen könnte. Natalie hatte lange reden müssen, ehe er diesen Vorschlag annahm. Er tat es ihr zu liebe. Tom ging also zur Haustür und klingelte. Ein Mann öffnete und schaute ihn fragend an. Als Tom seine Bitte vorgetragen hatte, ging der Mann ins Haus, um eventuelles Werkzeug zu holen. Als er wieder aus der Tür trat, stand Natalie neben Tom. „Die großen Augen, die du gemacht hast, hättest du sehen sollen" sagte Natalie später am Kaffeetisch.

Papa und Mutter stürzten sich förmlich auf beide. Sie nahmen Tom in die Mitte und gingen ins Wohnzimmer. Natalie hatte ihre Eltern auch lange nicht gesehen und sie Tom überhaupt noch nicht. Es wurde ein gemütlicher und fröhlicher Nachmittag und Abend. Man saß beisammen wie gute Freunde. Natalies Papa sagte gleich zu Tom „Ich heiße Gerhard, und du kannst nur Tom sein. Ganz so wie dich Natalie beschrieben hat. Du bist also der, der meine kleine Nat glücklich machen will." Tom bedankte sich mit vielen Worten für die liebevolle Aufnahme und erklärte mit begeisterten Worten, wie sehr er Natalie liebe und er alles tun wird, dass sie glücklich mit ihm leben kann. Ein Leben ohne sie, wäre ein verlorenes Leben.

Als sie sich zur Nacht verabschiedet und ins Gästezimmer zurückgezogen hatten, fand Natalies Mutter die Gelegenheit, ihrer Tochter zuzuflüstern: „Ja, das ist der Richtige für dich, behalte ihn und mach ihn glücklich. Ich glaube, ach nein, ich weiß, er ist ein prima Mensch."

Bevor sie am kommenden Tag wieder heimwärts fuhren, nahmen die vielen liebevollen Umarmungen kein Ende. Sie planten ein, bei der nächsten Gelegenheit, wenn wieder einmal Sonnabend und Sonntag frei wären, zu Toms Eltern zu fahren und die gleiche Überraschung vorzubereiten. Darauf freuten sie sich schon jetzt.

Tom war überglücklich, dass er von Natalies Eltern so liebevoll aufgenommen worden war und hatte nur Lobreden für sie im Repertoire.

Als Hochzeitstermin hatten sie den 5. September ausgewählt. Sie planten die Feier in der Gaststätte „Zum Ja", so nannten sie diese für sich. Da hier Hotelbetten vorhanden waren, musste man genau wissen, wer kommt und ob die Betten ausreichen. Die Gäste wären: Toms Eltern, Natalies Eltern, ihre drei Schwestern. Wenn die Männer mitkommen, womit ja zu rechnen ist, wären das zehn Personen, also fünf Doppelzimmer. Man muss nachfragen, ob das möglich ist. Vorausgesetzt, dass die Eltern die lange Reise auf sich nehmen werden. Dies zu erfragen, wäre der nächste Schritt.

Schon bald ergab sich die Gelegenheit, die geplante Fahrt zu Toms Eltern anzutreten. An einem Sonnabend machten sie sich auf den Weg. Es ergab fast die gleiche Kilometeranzahl, die sie fahren mussten, nur in die andere Richtung. Die Fahrt führte sie unter anderem an großen Wiesen vorbei, wo sich hunderte von Schafen am zarten grün der Wiesen gütlich taten. Sie durchfuhren Städte, die ihnen bis dahin unbekannt waren und freuten sich an ihrem gemeinsamen Unternehmen.

Nun musste Natalie vorangehen und eine Ausrede erfinden. Das Auto brauchten sie nicht verstecken, das kannten Toms Eltern nicht. Sie wollte an der Tür klingeln und demjenigen, der die Tür öffnet, sagen, in ihrem Auto wäre jemand, der dringend Wasser braucht, ihm wäre nicht gut. So ganz geheuer war ihr bei diesem Vorschlag nicht, aber besseres fiel ihr nicht ein.

Als sie das Haus erreicht hatten, blieb Tom im Auto und wartete, wie es Natalie wohl erreichen würde, jemanden seiner Familie zum Auto zu locken. Natalie klingelte an der Tür und sie hörte wie eine Männerstimme sagte: „Trudy, würdest du bitte mal zur Tür gehen, ich glaube, es hat geklingelt." Natalie hörte Schritte, dann ging die Tür auf. Die Frau, sie schätzte sie etwa aufs gleiche Alter wie ihre Mutter, sah sie fragend an: „Bitte, was kann ich tun? Kann ich helfen?" Natalie schloss die Frau sofort in ihr Herz und dachte: „Das ist also Toms Mutter. Ganz bestimmt ist sie eine gute Frau, genauso wie er immer sagt."

„Na es ist mir etwas peinlich, aber ich muss Sie fragen, ob sie ein Glas Wasser für mich hätten. Ein Kind in meinem Auto fühlt sich nicht wohl; vielleicht hilft ein Glas Wasser." Die Frau antwortete:

„Natürlich haben wir Wasser. Ich bringe Ihnen welches." Sie ging schnell in die Küche und kam mit einem Glas Wasser zurück. Natalie hatte sich inzwischen in Richtung Auto begeben, so dass die Frau nachkommen musste. Als sie vor dem Auto stand, ging die

Türe auf und Tom stand vor seiner Mutter. Die stand wie gefesselt da, dann fiel sie ihm um den Hals. Tom sagte „Mutter, ich möchte dir Natalie vorstellen, meine große Liebe." Er nahm die Mutter auf die eine Seite und Natalie auf die andere und sie gingen wieder zum Haus zurück. Trudy rief „Antonin, kannst du mal herkommen, ich brauche Hilfe, ich habe hier zwei Personen, ich werde mit ihnen nicht allein fertig." Schon eilte Antonin heran, versuchte verzweifelt seine Brille mit einer Hand aufzusetzen und sah Tom, Trudy und noch eine Frau. Er dachte, wieso wird sie nicht damit fertig, gefährlich sehen die doch gar nicht aus. Da erst erkannte er Tom und seine Verwunderung schlug in helle Freude um. „Und was hast du für eine hübsche Frau mitgebracht?" und Tom sagte voller Stolz „Antonin, darf ich dir meine Natalie vorstellen, die Liebe meines Lebens".

Es wurde ein lebhaftes freudiges Wiedersehen und Kennenlernen. Natalie, die Toms Mutter beim ersten Anblick sofort liebgewonnen hatte, lernte in Antonin einen herzensguten Menschen kennen und wie man merkte, hatten die beiden auch Natalie sofort in ihr Herz geschlossen.

Tom, der lange nicht zuhause war, freute sich, das Gefühl des „Zuhauseseins" wieder zu haben. Natalie war von den Eltern restlos begeistert und fühlte sich wie in der eigenen Familie, geborgen und willkommen.

Am Abend sagte Antonin, er habe schon Kontakt zu den Brauteltern aufgenommen, sie waren sich einig und werden die anfallenden Kosten teilen. Nun lag einer Hochzeit liegt nichts im Wege.

Das brachte Tom auf das Thema, das ihnen in den vergangenen Tagen viel Kopfzerbrechen bereitet hatte. Wo sollte man die Hochzeit ausrichten? Antonin und Trudy wollten wissen, wie es sich beiden Verliebten vorgestellt hatten. Etwas gequält schlug Tom vor, die Hochzeit in der Stadt unweit seines Ateliers zu feiern. Dann müssten aber die Eltern und Verwandten die lange Reise auf sich nehmen.

„Was heißt hier lange Reise", sagte Antonin, „wir sitzen immer in unserer Gegend fest und jetzt wäre mal eine Gelegenheit, eine andere Umgebung kennenzulernen. Also, wir," und er lächelte Toms Mutter an, „also wir würden gern zu euch kommen. Dann können wir auch Toms Atelier und seine Bilder betrachten. Ich finde diese Idee gut. Von unserer Seite ein deutliches „Ja"."

Am anderen Morgen zeigte Antonin Natalie seinen Garten, seinen ganzen Stolz. Seit er Rentner ist, verbringt er jede freie Minute hier. Und wenn sie Zeit hat, kommt auch Trudy und erholt sich hier in ihrem Liegestuhl. Natalie interessierte sich speziell für eine Sache „Wie kommen Sie, ach, Verzeihung, wie kommst du zu solch seltenem Namen?"

„Weißt du, liebe Natalie, ich bin eigentlich in der Tschechei geboren, also ein Tscheche. Dort ist der Name Antonin gar nicht selten, so kam auch ich zu diesem Namen. Als wir dann nach Deutschland gezogen sind, habe ich meinen tschechischen Namen einfach behalten. Klar, deutsch würde man Anton sagen, aber Antonin gefällt mir besser. Und außerdem haben bekannte Komponisten auch diesen Namen getragen."

Währenddessen redete die Mutter mit Tom: „Was hast du für ein Glück, dieser Frau begegnet zu sein. Das größte Glück ist, dass sie dich liebt, unwahrscheinlich tief und echt liebt. Ich würde dir nie verzeihen, wenn du dieses wunderbare Menschenkind verlassen oder nur traurig machen würdest. Ich glaube, so etwas wie Natalie findest du nie wieder. Sie ist ein Schatz, nicht nur im Äußeren, nein, im Innern ist sie verletzlich und zart, und sie liebt dich über alles. Sei dir dessen immer bewusst."

„Meine liebe Mutter, das weiß ich alles. Ich liebe sie so sehr, dass mir jede Stunde, in der sie nicht bei mir ist, verloren vorkommt. Ich liebe sie so sehr, dass ich es gar nicht mit Worten ausdrücken kann. Und sie verlassen? Nie und nimmermehr, wir gehören zusammen und bleiben auch zusammen, nur der Tod kann uns trennen. Ich könnte sie ständig in die Arme nehmen und küssen. Sie ist alles, was ich habe. Mach dir darüber keine Sorgen, wir werden auch in vierzig Jahren uns so lieben wie heute."

Gegen Mittag traten sie ihre Heimfahrt an, beide fröhlich und gutgelaunt. Tom, weil er endlich seine Natalie vorstellen konnte und sofort bemerkte, dass sie sich die Herzen seiner Eltern erobert hatte. Natalie freute sich sehr, dass sie hier eine wunderbare harmonische Ehe vorfand, eine solche, wie sie sich auch wünschte und sicher auch bekommen wird. Sie waren froh, dass es endlich zu einer Begegnung aller Angehörigen, mit Ausnahme von Natalies Schwestern, gekommen war. Natalies Schwestern würde Tom bestimmt bald kennenlernen. Tom war froh, dass Natalie bei seinen Eltern Gefallen gefunden hatte und Natalie wiederum war glücklich, das man Tom wie einen guten Freund in die Familie aufnahm.

3

Den Tag der Hochzeit würde Natalie nie vergessen, jede Minute dieses glücklichen Tages ist in ihr Gedächtnis förmlich eingebrannt.

Die Eltern, die Schwestern Natalies und deren Männer kamen natürlich schon am Vortag an und bezogen zunächst die bestellten Hotelzimmer. Ein Kind war auch mitgekommen, eine kleine Fünfjährige, die auf den Namen Jani hörte. Am Abend saßen alle beieinander, und wer sich noch nicht kannte, lernte sich jetzt kennen. Man saß in einem Teil der Gaststätte an einem sehr großen Tisch und bildete eine fröhliche, ausgelassenen Runde. Da die Gaststättenleitung für diesen Abend nicht das Schild „Geschlossene Gesellschaft" an der Tür angebracht hatte, saßen weitere Gäste im Raum. Einige davon erinnerten sich an den Abend, wo sich zwei Verliebte das „Ja-Wort" gegeben hatten. Die wurden in den Kreis der Hochzeitsgäste einbezogen und feierten den Vortag der Hochzeit fröhlich mit.

Natalie und Tom sahen mit großer Freude auf ihre Hochzeitsgesellschaft und dachten gleichzeitig: „Unser Leben wird genauso fröhlich werden, wie der heutige Tag." Natalie freute mich unendlich auf den Moment, ab dem sie Tom offiziell „mein Mann" und Tom sie „seine Frau" nennen kann.

In Anbetracht dessen, dass man zur Trauung gut aussehen möchte, wurde der Abend gegen 23.00 Uhr beendet und die Gäste bezogen ihre Zimmer.

Den großen Tag, den Hochzeitstag, eröffnete die Sonne mit ihren warmen, hellen Strahlen. Es schien, als ob sie diesen Tag ganz besonders schön machen wollte. Das Standesamt erwartete sie 10.00 Uhr. Tom war furchtbar aufgeregt und konnte seine Krawatte nicht selbst binden, sogar die Schnürsenkel an seinen Schuhen machten nicht so mit, wie er wollte. Natalie musste ihm helfen. Sie hatte kein typisches Brautkleid ausgewählt, aber weiß musste es schon sein und sie dachte, „Na ja, so ganz jungfräulich bin ich ja nicht mehr, aber hübsch möchte ich schon aussehen". Und sie sah überwältigend aus. Das weiße Kleid, die dunklen Haare, ihre Figur und der große Blumenstrauß gaben ein großartiges Brautbild ab. Toms Stiefvater, Antonin, dachte: „In dieses wunderbare Mädchen hätte ich mich auch auf Anhieb verliebt. Glücklicher Tom. Ich freue mich so sehr für dich."

Natalies Vater bewunderte seine Tochter. So hübsch, so fröhlich hatte er sie in den vergangenen Jahren nicht in Erinnerung. Und er war stolz, der Vater dieser Schönheit zu sein.

Aber auch Tom, in seinem schwarzen Anzug, den er jahrelang nicht gebraucht hatte und immer noch hervorragend passte, sah großartig aus. Ein prächtiges Hochzeitspaar.

Nach der Rede der Standesbeamtin kam der große Augenblick. Wieder tauchte in Tom der Gedanke auf: „Und wenn sie jetzt nicht bei ihrem „Ja" bleibt, dann ist alles verloren. Aber das glaube ich nicht, wir lieben uns doch". Und Natalie sagte ein deutliches" Ja" und Tom natürlich auch. Die Standesbeamtin wollte nun den beiden die Ringe anstecken. Tom suchte lange in seinen Taschen und fand sie nicht. Er wurde rot und verlegen, suchte vergeblich in allen Taschen. Er schämte sich vor allen Anwesenden und wusste doch, dass er sie noch gestern mit glückstrahlenden Augen in den Händen hatte. Nun hatte er sie sicher aus Versehen in die Jacke gesteckt, die er heute gar nicht trug.

Es entstand eine leichte Unruhe im Raum und Tom wünschte sich eine Falltüre, die ihn verschlingen würde. Da spürte er einen leichten Druck an seiner Schulter. Seine Mutter stand hinter ihm und legte eine kleine Schachtel in seine Hand und er erkannte sie, denn in ihr lagen die Ringe. Jetzt konnten sie sich gegenseitig die Ringe anstecken.

Toms Mutter hatte die Ringschachtel in seiner Jacke am Abend gefunden und war sich sicher, dass Tom sie am kommenden Morgen vergessen würde. Sie nahm sie an sich, fand aber keine Möglichkeit, die Ringe Tom vor der Trauung zu geben. Die Trauung war gerettet, sie waren Mann und Frau. Wenn Tom dies jemand vor vier Monaten gesagt hätte, wäre seine Antwort gewesen: „Ich und eine Frau? Das wird niemals sein."

Mendelssohn-Bartholdys „Hochzeitsmarsch" begleitete ein überglückliches Ehepaar und die Gäste aus dem Standesamt.

Wie üblich, war für diese Zeit ein Fotograf eingeladen. Der hatte viel Zeit viele Aufnahmen zu machen. Natalie und Tom nebeneinander, Tom zu Natalies Füssen, Tom hinter oder neben Natalie, Natalie auf einer Wiese, das frisch vermählte Ehepaar mit den Eltern, eigentlich alles, was später Erinnerungspunkte sein würden.

Schließlich wurde es Zeit für das Mittagsessen. Die Küche der Gaststätte war über sich hinausgewachsenen und hatte ein Menü vorbereitet, über das alle noch lange in Superlativen schwärmten. So konnte man wählen zwischen Beef Stroganoff, Rehrücken oder Aal, als Vorspeise eine wunderbare Spargelcremsuppe, und anschließend viele Eisvariationen.

Natalie hatte auch eine kleine Band organisiert, die mit ihrer Musik den Nachmittag und den Abend bereicherte.

Am Abend wurde die Musik etwas lauter, was aber höchstens die älteren Gäste weniger angenehm empfanden. Es wurde getanzt bis in die Mitternachtsstunde. Natürlich eröffnete das Brautpaar die abendliche Tanzrunde, wobei Tom einfiel, dass er bisher noch nie mit Natalie getanzt hatte und er überhaupt kein guter Tänzer ist. Er gab sich große Mühe, seiner Frau nicht auf die Füße zu treten. Trotzdem geschah es öfter und er entschuldigte sich beschämt. Natalie wusste, dass dies nur an seiner Tanzunbeholfenheit lag und gab ihm dann immer ein Küsschen (nicht mit den Lippenspitzen) und fegte so seine Befangenheit sofort wieder weg. Sie sah, dass er ebenso glücklich wie sie war; und sie war überglücklich, also war er es auch.

Am Nachmittag hatte sie Gelegenheit, sich näher mit ihren Schwestern zu unterhalten, man sah sich doch verhältnismäßig selten. Natalies Schwester, die Ärztin, hatte ihre kleine Tochter mitgebracht, die sich unter den vielen Erwachsenen recht wohl zu fühlen schien. Aber noch mehr freute die sich, als Onkel Tom mit ihr spielte. Tom hatte wenig Erfahrung mit kleinen Kindern, aber hier schien es, als ob er mit der Kleinen gut zurecht kam. Natalie, die das bemerkte, freute sich und dachte „Er wird sich mit unseren Kindern auch gut verstehen. Er wird ein guter Vater sein ", denn Kinder waren bei ihr fest eingeplant. Eine liebevolle Ehe ohne Kinder war für sie unvorstellbar.

Natalie hatte den ganzen Tag über ein Glücksgefühl, das sie nicht beschreiben konnte. Alles war so gut gelaufen. Die Eltern waren da, die Schwestern, deren Männer, die kleine Tochter und natürlich Tom, ihr ein und alles. Was liegen für wunderbare Jahre vor uns. Schnell lief sie zu ihrem Tom, musste ihn herzhaft drücken und umarmen, um das Gefühl der Zweisamkeit weiter in sich aufgehen zu lassen. „Was bin ich doch für ein glücklicher Mensch" dachte sie und konnte einige Tränen nicht unterdrücken.

Als sie die Geschenke auspackten, sagte Natalie spontan „Hierfür brauchen wir eine größere Wohnung. Wo sollen wir das alles unterbringen? Ach, mein Allerliebster, ich liebe dich so sehr, ich würde es gern noch anders ausdrücken, aber ich weiß nicht, wie. Du bist das Glück meines Leben, du bist alles, was ich zum Leben brauche, du bist mein Glück, meine Liebe." Sie fielen sich in die Arme.und waren die glücklichsten Menschen auf der Welt.

Natalie sah den folgenden Tag,als all die lieben Gäste ihre Heimreise antreten mussten. Sie wusste, dass alle in dem Gedanken wegfuhren „Wir haben ein glückliches Paar zurückgelassen, das ihren gemeinsamen Weg gehen wird. Ihre Liebe ist so stark, dass die kommenden Jahre gemeinsam gemeistert werden."

Und Natalie sah, dass sich einiges verändert hatte: die Sonne schien ihre Kraft verloren zu haben und Kälte hielt allmählich ihren Einzug. Die Bäume hatten über Nacht ihre letzten Blätter abgeworfen, als sei es eine Last gewesen und auf den Wegen bildeten sich kleine Eisschichten. Ein Blick auf den Kalender zeigte erst Mitte November an, man merkte, deutlich, dass sich der Winter ankündigte. Natalie wusste, dass viele glückliche Tage und Wochen hinter ihnen lagen; Wochen voller Liebe, des gegenseitigen Verstehens und ständiger Sehnsucht nach einander. Wenn sie ihren Dienst beendet hatte, konnte sie es gar nicht erwarten, ihn in seinem Atelier aufzusuchen, ihn in die Arme zu nehmen, ihn zu küssen und zu lieben. Das Nachtlager wurde in ihrer Wohnung hergerichtet .Das „Eng aneinanderschmiegen" wurde zur schönsten Zeit des Tages.

Tom arbeitete fleißig in seinem Atelier, jedoch verkauft hatte er bisher kein Bild. Das machte ihn sehr traurig und verbittert „Jetzt ist das eingetroffen, was ich befürchtet habe: Ich habe eine Frau und kann sie nicht ernähren, ich lebe von ihrem Geld. Das kann doch nicht ein Leben lang so weitergehen." Er fühlte sich nicht nur unwohl, er verwünschte sein nutzloses Dasein.

Natalie merkte einmal, dass er abwesend am Tisch saß, kein Wort sagte und sie kaum ansah. Er hat sicher irgendwelchen Ärger gehabt, sagte sie sich. Aber am folgenden Abend war das gleiche Bild und am nächsten Abend auch. Sie machte sich ernsthafte Sorgen „Ist seine Liebe doch nur von kurzer Dauer gewesen? Trifft das bei uns ein, was ich damals bei unserer Ausfahrt zum Schloss gedacht habe? Wird es bei uns wie bei anderen Ehepaaren, die sich nichts mehr zu sagen haben?" Ihr wurde bei diesem Gedanken unwahrscheinlich schwer ums Herz. Soll ich ihn wieder verlieren? Dann bin auch ich verloren, denn ein Leben ohne ihn wäre kein Leben für mich. Wir lieben uns doch wie immer.

Als Tom am folgenden Abend wieder wortlos am Tisch saß, brachte es Natalie einfach
nicht fertig, damit umzugehen und fragte
Tom ganz direkt „Mein geliebter Tom, was
bedrückt dich? Liebst du mich nicht mehr? Ist
die Zeit unserer großen Liebe vorbei?" Sie
konnte die Tränen nicht zurückhalten, kauerte sich vor Tom hin und schaute ihn mit tränenüberströmten Gesicht an. „War das jetzt
das Aus ihrer Liebe?"

Tom fuhr hoch „Wie kannst du so etwas
sagen? Ich liebe dich jeden Tag mehr. Jede
Faser meines Körpers ist voller Liebe für dich.
Das ist es ja, aber ich kann so nicht weiterleben." Tom schluchzte, sein Körper wurde
durchgeschüttelt „Ich kann so nicht weiterleben."

Nachdem Natalie ihre Tränen gebannt und
in Toms Antwort das „so" betont herausge-
hört hatte, fragte sie, was er damit meinte.
Tom rutschte in sich zusammen, wurde immer kleiner und wäre am liebsten unterm
Fußboden verschwunden.

„Weißt du, meine über alles geliebte Natalie, unser Leben ist schön, es ist voller Vertrauen und voller großer Liebe. Aber ich kann
zu diesem Leben nichts beitragen. Ich lebe
von deinem Geld, ich bringe nichts ein. Soll
unser Leben so weitergehen? Ich bin unnütz
und ich fühle mich wie ein Schmarotzer an
dir. Ich weiß ja, dass du alles gern tust und
mir nie Vorwürfe deshalb machen würdest,

aber ich bin nutzlos, verzichtbar. Ich habe wohl gemerkt, dass du die vergangenen Tage traurig gewesen bist, das hat mich wiederum auch traurig gemacht, weil ich dich nie traurig machen wollte. Das ist für mich das Schlimmste. Ach Mädchen, dabei liebe ich dich doch über alles und will auf ewig mit dir zusammen sein. Wird sich das irgendwann mal ändern?"

Natalie war aus tiefstem Herzen beruhigt. Zunächst beruhigt, dass sein Verhalten nichts mit erloschener Liebe zu tun hat. Sie suchte nach Worten, die ihn beruhigen und aufrichten würden.

Sie setzte sich auf den Stuhl neben Tom und sagte: „Mein Geliebter, ich kann deine Verzweiflung verstehen. Erinnerst du dich an die Worte im Standesamt, wo von „guten und schlechten Zeiten" geredet wurde? Wir haben in unseren guten Zeiten zusammengehalten, und wenn jetzt die „schlechten Zeiten" angebrochen sind, dann werden wir ebenso zusammenhalten. Unsere Liebe steht über beide Zeiten hoch über uns, wir müssen nur hinaufschauen und uns daran halten. Du, mein Geliebter, du bist nicht nutzlos, nein, du bist mein Halt, den ich oftmals brauche, öfter, als du vielleicht denkst. Wenn du mich nicht mehr lieben solltest, dann ist mein Halt weg und ich stehe ohne Boden unter den Füßen da, dann bin ich verloren. Weißt du, als ich dich noch nicht kannte, habe ich das Leben irgendwie gemeistert, aber immer fehlte mir ein Halt, an den ich mich festhalten konnte. In dir habe ich den gefunden, nimm ihn mir bitte nicht wieder weg, ich brauche dich so sehr". Und wieder kamen die Tränen. Sie kauerte sich wieder vor Tom, umarmte seine Beine, dann den Körper und zuletzt seinen Kopf und küsste ihn.

Tom war von ihren Worten so erschüttert, dass er keine Antwort fand und Natalie sprach weiter: „Mein geliebter Mann und mein Halt, ich wollte es dir in der nächsten Woche erst sagen, wenn es hundertprozentig bestätigt ist. Meine Zeitschrift veranstaltet eine Vernissage mit Malern, die sie in ihrer Zeitschrift vorgestellt hat. Und wie wir wissen," dabei lächelte sie Tom verschmitzt an „bist du einer der Künstler. Du kannst schon mal eine Reihe deiner Bilder zusammenstellen, die du für geeignet fändest. Bei einer Vernissage kommen viele kunstbegeisterte Interessenten, man kann also nie wissen, ob es für die Maler nicht ein Sprungbrett in die Öffentlichkeit ist. Es gibt ein Sprichwort, das lautet etwa so „Geht irgendwo eine Tür zu, geht an anderer Stelle eine Tür auf". Wörtlich kann ich es nicht wiedergeben, aber sinngemäß schon. Also denken wir an die beiden Türen, lassen den Trübsinn vergehen und leben in Hoffnung. Weißt du, alles kann ich verkraften, aber ohne deine Liebe bin ich verloren."

Tom stand auf, legte beide Arme um Natalie und drückte sie mit großer Inbrunst und sagte „Mein Engel, deine Worte geben mir Hoffnung. Wenn die nicht erfüllt wird, so will ich fürs ganze Leben wenigstens dein Halt sein, immer für dich da sein. Meine Liebe zu dir hört niemals auf, sie wird aber jeden Tag stärker und ich werde ein immer stärker werdender Halt für dich."

4

Anderntags stand Tom wieder in seinem Atelier. Er suchte, verwarf, suchte und hatte dann etwa 15 Gemälde, die er für geeignet hielt, ausgewählt. Selbstverständlich war Natalies Lieblingsbild das „Roggenfeld" dabei. Als er bei der Suche auf das Aktbild von Natalie stieß, stellte er es schnell wieder beiseite. Nein, seine Natalie bekommt niemand zu sehen, die ist für ihn reserviert. Aber gelungen war dieses Bild auf alle Fälle. Sollte er es doch mit ausstellen? Er würde Natalie um ihre Meinung fragen. Wenn die Vernissage vielleicht erst in drei Wochen stattfindet, könnte er einen weiteren Akt von Natalie malen, allerdings nicht ganz so frei wie auf diesem Bild. Mal hören, was sie dazu sagen wird. Bei den anderen Bildern handelte es sich vor allem um Landschaftsbilder, meist aus der Frühlingszeit. Auch das Bild, das er für das ältere Ehepaar gemalt hatte, stellte er dazu. Er wusste nicht, wie viele Bilder er ausstellen dürfe, das würde auch vom Platz abhängen, der für ihn zur Verfügung gestellt wird. Er bedauerte sehr, dass er sich beim Aufenthalt in Warnemünde keine Skizzen gemacht hatte. Sonst hätte er vielleicht ein Seebild malen können. Aber nein, sagte er sich, an der Küste gibt es viele Maler, die haben das sicher alles schon genügend ausgeleuchtet.

Wenn mal wieder ein Tag an der See möglich ist, dann wird er aber trotzdem Skizzen anfertigen, denn ein Maler vom Festland wie er, sah die See, die Wellen und die Umgebung sicher anders als Einheimische. Vielleicht im nächsten Jahr.

Am Abend fragte er Natalie „Was meinst du, soll ich deinen Akt mit ausstellen?" und erwartete ein empörte ablehnende Antwort, wie „Na hör mal, was soll diese Frage. Würdest du deine Frau so in aller Öffentlichkeit vorzeigen? Wie kannst du mich das fragen, die Antwort kannst du selbst geben", aber nein, ihre Antwort lautete „Warum eigentlich nicht. Das Bild ist ganz hervorragend gelungen, außerdem liegt da eine Person, da wird nicht jeder mich erkennen, wenn du nicht drunter schreibst „Meine Frau Natalie, meine große Liebe".

Tom war einigermaßen von dieser Antwort überrascht. Natalie fügte hinzu: „Weißt du, ich mache da immer einen Unterschied zwischen Bild und Natur. Wenn du ein Nacktbild von mir zeigen würdest, dann sage ich mir immer „Das auf dem Bild bin ich, aber in Wirklichkeit stehe ich jetzt hier, und das auf dem Bild bin ich mal gewesen. Also bin es und ich bin es auch nicht." Klingt sicher komisch. Von der Qualität des Bildes her wäre es sicher geeignet, ausgestellt zu werden.

Tom, der das Bild zwar gern ausgestellt hätte, aber auch wiederum nicht, fragte weiter „Oder was meinst du, wir malen noch einen Akt, den ich etwas anders malen werde, vielleicht etwas züchtiger?" Natalie lachte laut und fragte „Wo nimmst du in dieser kalten Jahreszeit die schönen Blumen her, die um mich herumlagen?" Tom gestand sich ein, daran nicht gedacht zu haben und fand die Lösung: er wird Natalie auf dem Sofa liegend malen . So nahmen sie sich dieses Bild für die nächsten Tage vor, vorausgesetzt, die Zeit bis zur Vernissage reicht aus. Und Natalie fühlte sich wieder einige Monate zurückversetzt, sah sich im Blumenmeer und einen verliebten Maler vor sich, der immer einen gewissen Abstand zu ihr hielt. Den brauchte er nun nicht mehr einzuhalten, tat es auch nicht, und als Ergebnis lagen sie beide auf dem Sofa und fanden sich in inniger Liebe vereint.

Am folgenden Tag begann er, das neue Aktbild zu entwerfen. Natalie seitlich liegend auf der Couch. So konnte er sie ins Bild bringen, leicht lächelnd, die Beine etwas angewinkelt. Es würde sicher ein gutes Bild werden und er brauchte seine Natalie nicht ganz preis zu geben. Das machte ihn sehr froh, und als Natalie nach Hause gekommen war, begannen sie mit den Entwürfen.

Als er dann sein Skizzenheft zuklappte, sagte Natalie mit spitzbübischem Gesicht: „Wie war das doch gleich gestern?" Tom, aus seinen Gedanken aufgeschreckt, überlegte und kam dann zur richtigen Entscheidung.

Eines Tages kam Natalie frohgemut nach Hause und überraschte Tom: „Mein lieber Tom, jetzt wird es ernst. Da unsere Zeitschrift im vergangenen Jahr nur zwei Maler vorgestellt hat, bist du einer von beiden, der in die Vernissage kommt. Der andere Maler hat den Termin abgesagt, weil er zu dieser Zeit in Afrika sein wird. Also wird die gesamte Vernissage für dich reserviert. Du kannst demnach wesentlich mehr Bilder ausstellen, als du gedacht hast. Nun mach dich an die Arbeit, vergiss dabei unser neues Aktbild nicht, das muss unbedingt dabei sein."

Tom hatte in seinem Atelier viele Bilder aus den vergangenen Jahren und wählte nun aus, was er ausstellen könnte. Sie sollten sehr unterschiedlich sein, sowohl von der Thematik, als auch von der Ausführung. Nichts ist langweiliger, als wenn sich die Bilder sehr ähneln, da lässt das Interesse der Besucher schnell nach und die ganze Veranstaltung wird zum „Langweiler". Glücklicherweise hatte er sich in verschiedenen Praktiken ausprobiert, er konnte also seine Aquarelle, Ölgemälde und die Acrylbilder anbieten, und einige gut gelungene Skizzen wird er auch auslegen.

Mit seiner Natalie an der Seite wird Unmögliches möglich. Im Grunde genommen, hatte er vor dieser Veranstaltung große Angst und Befürchtungen. Er würde die Besucher unterhalten müssen, ihnen seine Bilder nahebringen. Dabei fühlte er sich überhaupt nicht wohl, aber absagen kam auch nicht infrage, hatte sich doch seine Natalie für ihn eingesetzt und diese Vernissage mitorganisiert. Schon aus Dankbarkeit zu ihr wird er das überstehen.

Doch das liegt ja noch in weiter Ferne, nur nicht schon jetzt bange machen.

Die folgenden Tage waren ausgefüllt mit den Arbeiten am geplanten Aktbild von Natalie.

Er war glücklich und zugleich besorgt, wenn er an seine Ausstellung dachte. Es war die erste und er hatte keinerlei Erfahrung, wie diese ablaufen würde. Natalie gab sich große Mühe, seine Bedenken zu zerstreuen „Liebster, wenn es soweit ist und du vor deinen Bildern und den Besuchern stehst, ergibt sich alles von ganz allein. Denke daran, dass ich dich ganz sehr liebe und immer zur Seite stehen werde. Du bist nicht allein."

Eine Woche vor der Eröffnung der Vernissage kamen die Galeristen und holten die Bilder bei Tom ab. Tom kam sich vor, als würde er seine lang gehüteten Kinder aus der Hand geben. Der Ausstellungsraum waren in drei Teile aufgeteilt. Die Galeristen suchten die Stellen aus, wo die entsprechenden Bilder am vorteilhaftesten zur Geltung kamen. Tom hätte sicher eine ganz andere Zusammenstellung ausgewählt, wusste aber, dass die Galeristen die größere Erfahrung auf diesem Gebiet hatten.

Der Tag der Eröffnung kam heran. Tom wurde es immer ungemütlicher und wäre am liebsten auch nach Afrika gefahren.

Wenn sich Natalie an diesen Tag erinnerte, erfüllte sie ein mächtiger Stolz. Ihr Beitrag vor Monaten hatte leider nicht den ersehnten Erfolg gebracht. Jetzt schienen sich Viele bei der Ankündigung der Vernissage an Tom zu erinnern und kamen neugierig und interessiert. Er war immerhin ein Maler aus ihrer Region, der ihnen bis dato unbekannt geblieben war. Und wenn er jetzt eine eigene Vernissage bekommen hat, muss er doch was Besonderes sein.

Für die Eröffnung hatte Natalie Getränke bereitgestellt und angeboten.

Tom wusste nicht recht, wie er sich den Besuchern zeigen sollte, vielleicht in seinem schwarzen Anzug, oder in seiner „Malerkutte" und entschied sich für die erstere. Nun kam er sich vor wie ein Pastor vor seiner Gemeinde.

Seine kurze Begrüßungsrede hatte er sich mit Natalies Hilfe zurechtgelegt. Er begrüßte die Anwesenden und machte einige Bemerkungen zu seinen ausgestellten Bildern und erklärte die unterschiedlichen Techniken, denen er sich bedient hatte.

Die zunächst wenigen Interessenten wanderten die drei Räume ab, blieben gelegentlich bei Tom stehen, stellten eine Frage, die er mit leicht belegter Stimme beantwortete. Im Laufe des Abends wurde er zusehends lockerer und schließlich konnte er sich mit den Besuchern mit normaler Stimme unterhalten, ja, er genoss die Unterhaltung sichtlich. Natalie bemerkte dies mit großer Freude. Sie wäre ihm am liebsten öfter um den Hals gefallen und hätte ihm gern gratuliert. Sie war stolz auf ihn.

Von seinen Bildern fanden viele positive Beachtung, einige lösten sogar echte Begeisterung aus. So sagte eine Besucherin, dass sie beim Betrachten des „Roggenfeldes" die gleiche Empfindung haben würde, wie sie Natalie auch geäußert hatte. Und das wurde auch sein erstes Bild, das einen Abnehmer fand. Dabei war es Tom, als müsste er sein Lieblingskind zur Adoption freigeben.

Es wurde ein interessanter Abend mit aufgeschlossenen Besuchern. Als sie die Galerie abgeschlossen hatten, waren sie sehr auf den folgenden Tag gespannt.

Natalie hing sich an Toms Hals, küsste ihn unentwegt und sagte immer wieder, wie stolz sie auf ihren Mann sei.

Am folgenden Tag fanden sich viele Besucher ein, es wurde eng in den Räumen und Tom und Natalie waren wieder einmal sehr glücklich.

Tom hatte seine Bedenken besiegt und sich vorgenommen, Natalies Aktbilder, sowohl das erste als auch das zweite, das noch rechtzeitig fertig geworden war, nun doch zur Ausstellung mitzunehmen. Die Galeristen fanden einen geeigneten Platz mitten im dritten Raum, wo es gut sichtbar stand. Tom fühlte sich dabei gar nicht wohl und bereute schon seinen Entschluss. Das Publikum aber zog es an und fand ungeteilte Aufmerksamkeit. Tom wusste nicht, ob die Besucher jetzt Vergleiche mit seiner Natalie heranzogen, oder das Bild als selbstständiges Kunstwerk betrachteten. Natalie störte das überhaupt nicht und dachte „Ihr seht hier ein Kunstwerk, wunderbar gelungen. Ich bin ein Teil dieses Kunstwerkes, und stolz auf den Maler, meinen geliebten Mann."

Gegen Mittag fiel Natalie ein Mann auf, den sie noch nie gesehen hatte. Dieser ging sehr aufmerksam alle Bilder ab und machte sich

Notizen. Mal glitt ein Lächeln über sein Gesicht, anerkennend, und sehr interessiert. Dann sah Natalie, wie er sich mit Tom unterhielt. Sie hätte gern gewusst, was die Beiden besprachen. Sie ging näher und stellte sich so, dass sie die Gespräche belauschen konnte. Leider waren diese fast beendet und sie hörte nur noch „Also insgesamt eine beeindruckende Ausstellung, die verschiedenen Techniken sind nahezu meisterhaft gehandhabt. Mir ist nur schleierhaft, wieso Ihr Name absolut unbekannt ist. Arbeiten Sie nur in stiller Abgeschiedenheit? Dann wird es Zeit, dass wir das ändern. Ich lass wieder von mir hören."

Als er sich verabschiedet hatte, nahm sie Tom an der Hand, führte ihn in eine ruhige Zimmerecke und fragte ihn: „Wer war dieser Mann?"

Tom konnte noch gar nicht antworten; die Worte dieses Mannes arbeiteten noch in ihm.

„Wer das war? Ich wusste es auch nicht. Aber er fragte so detailliert, dass ich schon gleich merkte, dass er ein Mann vom Fach ist. Er hat mich sehr gelobt und mir zu meinen Bildern gratuliert. Ich kam mir ziemlich eigenartig vor, wie ein kleiner Schüler, der von seinem Lehrer gelobt wird. Dieser Mann ist war der berühmte Maler X aus Berlin. Auf sein Urteil kann ich sehr stolz sein und bin es auch. Wie es scheint, wird er Verbindung zu mir halten." Natalie warf sich Tom an den

Hals und weinte vor Freude. Wenn dies die einzige Auswirkung der Vernissage wäre, hätte sich die ganze Arbeit schon gelohnt. Aber die war es nicht. Es wurden Bilder verkauft, die nun schon seit Jahren ein tristes Dasein in seinem Atelier geführt hatten und weitere von seinen jüngeren Arbeiten. Sein Aktbild von Natalie hätte er gern fünfmal verkaufen können; er hatte aber vorsichtshalber an das Bild geschrieben „unverkäuflich!", so blieb es sein Eigentum, und das für immer. Das nachträglich fertiggestellte Aktbild Natalies konnte er für einen guten Preis verkaufen. Natalie berührte es nicht sonderlich, nun nackt in einer anderen Wohnung aufgehängt zu sein. Sie war ja hier bei ihrem Geliebten und er konnte noch viele solcher Bilder von ihr malen, trotzdem ist sie immer bei ihm, und das machte sie glücklich und froh.

Wenn alle bestellten Bilder abgeholt würden, könnte er mit einem Erlös von einer kleinen vierstelligen Summe ausgehen.

Etwa drei Besucher hatten sich bei ihm eingetragen, sie wollten, dass er sie in Farbe male. Solche Aufträge für die Zukunft machten ihn sehr froh. Er konnte etwas erleichtert nach vorn schauen und seiner lieben Natalie finanziell beistehen. Welch ein Glück.

Sie erfuhren später, dass die Käuferin des „Roggenfeldes" eine Ärztin aus der Stadt war. Sollte mal einer von beiden krank werden, können sie Natalies Lieblingsbild wieder sehen.

Am übernächsten Tag stand ein großer Artikel in der Tageszeitung und berichtete ausführlich von der Vernissage mit dem Künstler Tom Brand. Einem Künstler, der bisher nur im Verborgenen gelebt und gearbeitet hatte und nun in die Öffentlichkeit gebracht wurde.

Auch in der nächsten Ausgabe „Die Kunst in unserem Leben" erschien eine lange Abhandlung über diese Vernissage, die viel Schönes, teils Kritisches beleuchtete.

Dieser Beitrag war nicht von Natalie geschrieben, sondern von einem Malerkollegen, der während der Vernissage unerkannt geblieben war.

5

Ja, Natalie dachte noch heute gern an diese schöne Zeit zurück. Tom hatte wieder Zuversicht gewonnen, seine „Unwichtigkeitsgefühle" abgelegt, er wurde wieder er selbst, ein verliebter fürsorglicher Ehemann. Ihrer beider Liebe wurde immer stärker. Zwischen ihnen gab es nie ein böses oder hartes Wort, keine Vorwürfe, es war wie ein Leben in einem schönen Traum. Natalie hatte es nie für möglich gehalten, dass es so ein Leben geben kann. Sie tat alles für Tom, Tom tat alles für sie, es war einfach wunderbar.

Er hatte begonnen, die Bilder, die bei der Vernissage beauftragt wurden, zu skizzieren und zu malen. Es waren zwei Ehepaare, älteren Jahrgangs, die diese Bilder verschenken wollten. Tom gab sich die größte Mühe, ihnen gerecht zu werden. Das Ergebnis und die glücklichen Gesichter des Paares beim Erhalt des Bildes, machten ihn genauso glücklich, wie des gemalten Ehepaares.

Ein jüngeres Ehepaar hatte sich folgendes Bild vorgestellt: sie sitzen auf einer Hängeschaukel nackt und umarmen sich. Sie sagten, sie wären von seinen Aktbildern so begeistert gewesen, dass sie sich auch so malen lassen würden, wenn er den Auftrag übernähme. Sie hätten dann in vielen Jahren eine Erinnerung an ihre Jugendzeit. Tom überlegte lange. Diesmal müsste er eine andere Frau nackt malen und einen nackten Mann dazu. Einen männlichen Akt hatte er bisher noch nie in Betracht gezogen. Alles macht man zum ersten Mal, hatte Natalie damals gesagt. Hierzu würde er erst seine Natalie fragen und ihre Meinung einholen. Diese Einschränkung sagte er aber nur leise zu sich und versprach dem Ehepaar, sich bei ihnen zu melden. Man müsse sowieso bis zu wärmeren Tagen warten.

Am Abend versuchte er, diesen Auftrag Natalie zu erläutern: „Meine Geliebte, ich habe heute einen Auftrag bekommen, der mich einigermaßen ratlos macht."

Natalie wunderte sich, dass es das bei ihm geben könnte „In einer Technik, die du nicht beherrschst?"

„Nein, das Thema, das die beiden gewünscht haben."

„Was kann das schon für ein Thema sein. Wollen sie etwa „Oben ohne"? Und Natalie lachte laut heraus „Etwa ein Mann oben ohne? Wo kann da das Problem liegen?"

„Nein" antwortete Tom. „beide ohne, ohne alles. Auf einer Schaukel umschlungen. Was meinst du, soll ich den Auftrag annehmen?"

„Liebster Tom, wo liegt das Problem? Natürlich kannst du den Auftrag annehmen. Du schaffst das. Du musst dich doch nicht gleich in beide, oder in eine Person verlieben."

Tom wunderte sich über ihre Worte und dachte, das hätte ich mir denken können, dass sie so entscheidet und ihre Worte von „verlieben" hat sie auch nicht ernst gemeint, sie weiß doch, für mich gibt es nur sie, immer nur sie, in Ewigkeit nur sie.

„Meine Liebe, dann muss ich im Garten eine Stelle aussuchen, wo du nicht gelegen hast, diese Stellen sind für alle anderen Personen tabu. Ich werde versuchen, eine entsprechende Schaukel aufzutreiben und ein Bild probieren. Aber das wird noch eine Weile dauern, jetzt kommt der Schnee und die Kälte, da ist es draußen ungemütlich. Vielleicht rücken sie auch von ihrem Vorhaben ab. Das wäre auch nicht schlecht."

„Weißt du, mein Liebster, dann hättest du schon zwei Aktmodelle und man würde nicht in jedem Akt mich vermuten. Also ich habe nichts dagegen einzuwenden. Mach es, und wenn sie dann vor dir steht oder auf der Schaukel sitzt, dann stelle dir immer vor, dass ich es bin."

An einem schönen warmen Sommertag meldete sich das Ehepaar an.

Tom hatte eine Schaukel herbeigeschafft und im Garten, weitab von der „Nataliestelle" aufgestellt. Er zeigte ihnen den Platz mit der Schaukel und ging ins Atelier, seine Zeichenutensilien holen. Als er zur Schaukel kam, sah er gerade, wie der Mann, nackt, seine Frau, ebenfalls nackt, auf die Schaukel setzte.

„Sie hätten sich heute noch nicht ausziehen müssen," sagte Tom. „Wir machen erst einige Skizzen."

„Ach wissen Sie", entgegnete der Mann „heute ist so ein schöner Sonnentag, den wollen wir genießen und uns schon auf die Malstunden vorbereiten." Er stand neben der Schaukel, und wirkte ausgesprochen fröhlich und natürlich. Als er seine Frau auf die Schaukel hob, sah Tom, dass sich bei dem keinerlei Erregung zeigte.

Tom dachte, die sind sicher schon länger verheiratet, bei ihm wirkt sich das nicht mehr aus.

Die Frau, die jetzt nackt auf der Schaukel saß, winkte ihm fröhlich zu, wobei ihre Brüste, die umfangreicher als bei Natalie waren, bei den Bewegungen auf- und abwärts hüpften. Sie fragte „Was wird jetzt als erstes geschehen? Wir waren noch nie in einem Atelier oder daneben, das sind für uns ganz neue Erfahrungen."

Tom sah die Frau an, die vielleicht im gleichen Alter wie Natalie war. Als sich eine Erregung bei ihm andeutete, sagte zu sich „Das ist auch eine Frau, eine andere als meine Natalie, diese geht dich nichts an" und er sah auch, dass die Brüste dieser Frau mehr abwärts geneigt waren als die, seiner geliebten Natalie. Er überlegte weiter „Es gibt doch nichts Schöneres, als den nackten Körper einer Frau, auch wenn sie sich an verschiedenen Stellen unterscheiden. Jede ist ein Schönheit für sich. Die Allerschönste ist und bleibt meine Natalie. Er nahm sich vor, auch in Zukunft den Bitten nach Aktfotos nachzugeben. Die Zukunft gab ihm Recht.

So saßen also jetzt die beiden Personen vor ihm und ließen sich zeichnen. Tom brauchte eine ganze Weile, zwei verschlungene Menschen auf einer Schaukel zu skizzieren. Er zeigte seine Entwürfe und löste Begeisterung bei den beiden aus. Tom freute sich über die Reaktion und machte noch weitere Skizzen.

Natalie war nach Hause gekommen, fand das Atelier leer und ging in den Garten. Sie sah Tom vor der Schaukel und zwei nackte Menschen darauf. Sie ging zu Tom, begrüßte ihn wie immer mit fünf Küsschen und Tom sagte „Das ist meine Frau Natalie". Der Mann sprang von der Schaukel, kam zu Natalie und begrüßte sie mit einem Handkuss „Das ist also die Frau des Meisters, der uns für die Ewigkeit im Bild festhalten wird." Natalie sah, als er wieder zur Schaukel ging und dachte „Sieht nicht schlecht aus, aber keine Konkurrenz für meinen Tom, der ist der Schönste."

Als die Sitzung beendet war, sprangen beide von der Schaukel und legten ihre Kleidung wieder an.

Am Abend kuschelte sich Tom eng an seine Natalie. Kein Gedanke an die andere Frau kam in ihm auf, er sah und spürte nur seine heißgeliebte Natalie und zeigte es ihr auf seine Weise.

Da die beiden Personen auf der Schaukel gesessen hatten und er seine Skizzen hatte, war der wichtigste Teil seiner Arbeit die Ausarbeitung des Oberkörpers, den unteren Teil konnte er in der Deutlichkeit ziemlich unkonkret gestalten, nur bei dem Mann, musste er sich etwas einfallen lassen, was er malen sollte, etwas musste schon zu sehen sein. Und er fand eine Lösung.

Als er fast mit dem Bild fertig war, überraschte ihn der Mann mit einem weiteren Anliegen. „Wissen Sie, Herr Brand, ich sehe, das
wird ein wunderbares Bild, so schön, wie ich
es nicht erwartet hätte. Wenn Sie noch Zeit
haben, würde ich gern noch ein zweites Bild
bestellen. Auf diesem Bild sollte meine Frau
seitlich auf der Schaukel liegen, während ich
stehe und die Schaukel anschiebe. Was meinen Sie dazu?"

Tom überlegte und stellte sich vor, wie das
aussehen würde und kam zu dem Schluss
„Warum nicht, könnte ich mir gut vorstellen"
und der Mann war begeistert. Sie hatten
schon beim ersten Bild einen Betrag festgelegt, der Tom zufriedenstellen würde, wenn
er bescheiden in seinen Ansprüchen wäre, ein
zweites Bild würde die Einnahme verdoppeln,
und das käme ihm auch sehr entgegen. So
sagte er zu. Als das erste Bild fertiggestellt
war und das Ehepaar überaus begeistert reagierte, nahmen sie die zweite Aufgabe in Angriff.

Die Schaukel war so groß, dass sich die
Frau ausgestreckt darauflegen konnte. Der
Mann kam neben der Schaukel aufs Bild, die
Hände nach der Schaukel ausgestreckt, diese
anzuschieben.

Nun lag wieder eine nackte Frau vor Tom,
ebenso wie Natalie auf dem Akt. Nicht auf
dem Rücken, sondern seitlich. Aber alles, was
eine Frau ausmachte, musste hier aufs Bild

gebracht werden, von oben bis unten. Einmal musste er die Frau berühren, ihr zeigen, wie er es gerne hätte. Sie ließ ihn gewähren und nahm seine gewünschte Position ein. Es geschah auch, dass er versehentlich ihre Brust berührte, was ihm mehr zu schaffen machte als ihr. Sie gab seinen Wünschen bereitwillig nach, denn er war ja der Künstler. Für den elektrischen Schlag, den er dabei verspürte, verwünschte er sich und stellte sich immer seine Natalie vor. Die zur Seite gefallenen Brüste der Frau brachte er gekonnt ins Bild und dachte an seine Natalie. „Du bist auf jeden Fall viel schöner und deine

Brust fällt nicht so seitlich weg, und wenn, dann dürfte ich sie etwas richten. Meine liebe Natalie, du bist das Schönste auf der Welt und das allerschönste Modell."

Da Tom schon einen Akt von Natalie seitlich gemalt hatte, konnte er jetzt seine Erfahrung einsetzen und ein Bild entwerfen, dass das Ehepaar wieder in Verwunderung versetzte. Dann wurde der Mann gebraucht. Er war mit seiner Vorderseite und den ausgestreckten Armen zu sehen. Erstmals war Tom gezwungen, einen Ganzkörperakt von einem Mann zu malen.

Natalie war wieder zu ihnen gekommen, was dem Ehepaar nichts auszumachen schien. Die Frau lag seitlich auf der Schaukel, fühlte sich offensichtlich sehr wohl dort und der Mann hatte auch keine Bedenken, sich vor

Natalie zu zeigen. Die untere Partie des Mannes gelang Tom so gut, dass sich dieser überaus begeistert äußerte; er war sichtlich stolz auf das, was er da zeigen konnte.

Und Natalie dachte wieder: „Was ist mein Tom doch für ein Prachtexemplar. Dieser hier kann ihm nicht das Wasser reichen, wenngleich er nicht schlecht aussieht, alles gut in Form und männlich. Doch Tom bleibt Tom, den würde ich für nichts hergeben, nein das ist mein Mann, der ist schöner als alle anderen Männer, überall."

Als die beiden Bilder fertig waren, die Käufer ihren Geldbetrag entrichtet hatten, sagte Tom zu ihnen: „Sollte ich wieder eine Ausstellung haben, dann würde ich gern diese beiden Bilder von Ihnen ausleihen und ausstellen. Haben Sie etwas dagegen?" Beide antworteten wie aus einem Mund „Natürlich nicht, wir würden uns freuen, uns in einer Ausstellung wieder zu finden."

Tom freute sich sehr, denn in der letzten Zeit waren bei ihm nicht so viele Bilder entstanden, die er bei einer Vernissage hätte vorstellen können. Jedoch hatte die Vernissage mit ihren Verkäufen eine Lücke in seinen Bestand hinterlassen.

Der erste Winter ihrer Ehe kam mit Riesenschritten. Die Kälte nahm enorm zu, sodass bald mit Schnee zu rechnen war.

Und der kam mit geballter Faust. Als sie aus dem Fenster schauten, hatte sich das ganze Land mit Schnee eingehüllt.

.Die Zeit der wärmeren Kleidung war gekommen.

Natalie hatte verschiedene Anoraks und Pullover. Wenn sie diese angezogen hat, verliebte sich Tom immer wieder aus Neue in seine wunderbare angebetete Frau. Er musste sie in die Arme nehmen, sein Gesicht in ihren Anorak stecken und den Duft Natalies und des Kleidungsstückes in sich einsaugen. Wie sehr genoss er es, wenn er hinter dem Anorak den Pullover Natalies beschnuppern konnte und dabei ihre weiche volle Brust berührte. Davon konnte er nicht genug bekommen und mancher Spaziergang wurde für eine ganze Weile hinausgeschoben, weil er mit schnuppern und liebkosen kein Ende fand. Manchmal fanden sie sich auf der Couch wieder und mussten ihrem Liebesverlangen Tribut zahlen. Tom dachte dabei „Was habe ich doch für ein großartiges Leben, mit einer großartigen Frau, für mich gibt es nichts Besseres" und Natalie dachte „Was habe ich doch für ein Glück im Leben, mit einem großartigen Mann, ich könnte mir nichts Besseres vorstellen".

Sie waren so glücklich wie vor Wochen. Es wurde ein immer wiederkehrendes Neuentdecken und ihre Liebe entwickelte sich ständig weiter. Sie zeigte sich in ihren Worten, die

Art, dem anderen Freude zu machen und in allen, wenn auch ganz normalen Situationen, für den Anderen da zu sein.

In der zweiten Schneewoche überlegte Tom, wie er diese weiße Pracht auf einem Bild unterbringen könnte. Einfach einen Schneewall zu zeigen, war ihm zu wenig. Ein Auto, dass sich mühselig durch den Schnee kämpft war ihm nicht genug.

Eines Abends überraschte er Natalie mit einem Bild, auf dem nichts als Schnee zu sehen war, sonst nichts. Natalie sagte, „dann hättest du doch auch ein weißes Blatt nehmen können und drunter schreiben „Schneewinter", würde doch auch gehen." Tom lächelte und sagte „Das hier ist der Anfang, das Wichtigste kommt noch, und das bist du."

Natalie fragte „Willst du mich mit Anorak hier im Schnee vergraben?" „Ach mein geliebtes Schätzchen" erwiderte Tom, „Ich kann dich doch nicht vergraben, dann wärst du ja weg. Ich brauche dich doch immer. Ich will dein Bild in diesem Schneegebilde unterbringen." Er erklärte ihr, wie er das gedacht hatte. Natalie konnte sich das nicht vorstellen und war auf sein Ergebnis gespannt.

Nach einigen Tagen zeigte er ihr sein Bild. Natalie sah es und sagte: „Mein über alles geliebter Tom, mein Meistermaler, da hast du doch gar nichts gegenüber den Vortagen geändert. Ich sehe nur Schnee."

„Das denkst du, meine Liebe, das denkst du nur. Geh doch bitte etwas näher ran und schau mal genau hin. Was siehst du?"

Natalie nahm das Bild in die Hand und schaute es sich genauer an. Da entdeckte sie ihr Gesicht im Schnee, allerdings ebenso weiß wie der Schnee und nur erkennbar, wenn man es aus der Nähe betrachtete. Sie war fasziniert. „Mann, das ist ja ganz toll. Am Anfang sah ich nur Schnee, und wenn ich das Bild wieder weg halte, wieder Schnee. Und doch hast du mich im Bild untergebracht. Das ist eine wahrhaft großartige Leistung." Sie hing sich an seinen Hals und küsste ihn.

Tom hatte eine wirklich großartige Leistung vollbracht. In einem Schneebild seine Natalie zu zeigen, aber nur, wenn man das Bild ganz genau ansah, das war ihm gelungen. Weiß in weiß und doch nicht nur Schneebild. Er war selbst von diesem Ergebnis überrascht und gratulierte sich selbst.

Natalie wusste, dass dieses Bild Furore gemacht hat und ihm später einen Preis der Akademie bescherte.

Das erste Ehejahr war mit wunderbaren Erlebnissen vollgepackt. Durch die Vernissage und den Artikeln in den Zeitschriften war Tom jetzt bekannter als vorher. Sein Tagesablauf war fast stets der gleiche und unterschied sich nicht wesentlich( voneinander). Er ging zum Atelier, arbeitete, und wartete sehnsüchtig auf Natalies Erscheinen. Er arbeitete weiter, erlebte den Abend und die Nacht mit seiner Natalie und begann den folgenden Tag wie immer. Allerdings wurde er dort jetzt öfter besucht, als ihm lieb war.

Fremde kamen, sahen sich im Atelier um, machten „kluge" Sprüche, zu zeigen, dass sie Ahnung haben. Meist verschwanden sie wieder und Tom fühlte sich dann allein am wohlsten.

Eines Tages erschien wieder einmal ein solcher „Sprücheklopfer" und wollte sich in Toms Arbeitsstelle umsehen.

Tom ließ ihn allein gehen, um seine begonnene Arbeit nicht unterbrechen zu müssen.

Der Besucher ging. Plötzlich rief er laut: „Ja, das ist es. Endlich habe ich gefunden, was ich gesucht habe". Er kam zu Tom und schüttelte ihm die Hände „Verehrter Meister, ich wusste gar nicht, dass Sie sich auch mit abstrakter Malerei beschäftigen. Was ich entdeckt habe, ist einfach grandios". Tom versuchte unter seinen Bildern eines zu entdecken, das diesem Ausruf standhalten würde. Er fand keines, denn abstrakte Bilder hatte er noch nicht gemalt. Der begeisterte Besucher zerrte Tom an eine zweite Staffelei, die sich Tom eingerichtet hatte, wenn er zwei Bilder bearbeiten musste.

Tom konnte kein Bild sehen, weder ein fertiges, noch ein angefangenes. Sein Gast zeigte auf eine Holztafel, bekleckst mit allen möglichen Farbresten, Striche kreuz und quer. Es war seine kurze Ablage des Pinsels oder auch für Farbmischungsversuche. Sein Besucher konnte sich vor Begeisterung nicht beruhigen: „Nein, so etwas hatte ich hier nicht erwartet, auf Holz gebracht und so ausdrucksstark. Meister, dieses Werk muss ich unbedingt haben, das kommt in mein Arbeitszimmer. Es wird mich bei meiner Arbeit stimulieren. Sagen Sie bitte, an welchen Preis hatten Sie gedacht?"

Tom dachte: „Was soll ich ihm antworten? Soll ich ihm die Wahrheit sagen, dass ich dies nur für meine Pinselablage und ähnliches benutze? Dann wird er sehr enttäuscht sein, oder er glaubt es nicht.

Tom hatte einmal gelesen, dass in einem Land, Affen mit Pinsel und Farbe Bilder gemalt hatten, die phänomenale Erträge einbrachten. Dies hier ist so etwas Ähnliches, nur, dass er selbst kein Affe ist und dieses „abstrakte Gemälde" nur sein Ablageholz war.

Der begeisterte Besucher vermutete in Toms langem Schweigen, dass der über die Höhe des Verhandlungspreises nachdachte und machte sogleich ein Angebot: „Was meinen Sie, wie wäre es mit eine Eins mit drei Nullen. Wäre das in Ihrem Sinne? Ich muss dieses Gemälde unbedingt haben, notfalls lege ich noch etwas dazu."

Tom kam sich recht schäbig vor, wenn er dieses Angebot annehmen würde. Andererseits hatte er doch vor, zur Weihnachtszeit eine Fahrt mit Natalie ins Gebirge zu machen. Dafür würde sich diese Summe gut eignen. Außerdem wollte er dem Begeisterten seinen Enthusiasmus nicht nehmen und gab das „Bild" für die genannte Summe (ohne Zuschlag) ab.

So standen sich zwei Personen mit unterschiedlichen Empfindungen gegenüber: ein begeisterter Käufer, glücklich, dieses „Gemälde" in der Hand zu haben und Tom, mit etwas schlechtem Gewissen und einem Scheck der Hand.

Am Ende waren mit dem Ergebnis beide zufrieden.

Als Tom am Abend Natalie den Scheck zeigte, fragte sie: „Was, mein Lieber, was hast du verkauft? Etwa mein Aktbild? Das ist doch unverkäuflich und wird in unserem Schlafzimmer hängen. Nein, das kann es nicht sein, aber welches ist es?" Und als Tom ihr die Geschichte mit dem Besucher erzählte, amüsierten sie sich beide und Natalie beruhigte ihren Mann: „Du musst dir keine Vorwürfe machen oder gar ein schlechtes Gewissen haben. Bedenke, du hast einen Menschen glücklich gemacht. Er wird in diesem Bild immer das sehen, was er will. Vielleicht jeden Tag gänzlich anderes, wie immer auch seine Gefühlslage sein mag. Und da wir gerade von

Gefühlslagen reden, weißt du, wie meine Gefühlslage jetzt ist? Wenn ja, dann komm
schleunigst zu mir. Ich habe große Sehnsucht
nach dir, schon den ganzen Tag."

6

Natalie erinnerte sich einen anderen Tag.
Ein Tag, der sie Beide unwahrscheinlich glücklich gemacht hatte. Der Maler, der Toms
Vernissage besucht und dabei viel lobende
Worte zu seinen Gemälden gefunden hatte,
meldete sich bei ihnen. Beide waren sehr
überrascht, denn sie hatten seine Worte nicht
ernsthaft geglaubt. Er lud Tom zu einer kleinen Vernissage nach Berlin ein, die in Bälde
stattfinden würde. Tom geriet in helle Freude
und zugleich in Bestürzung. Soll er wirklich in
Berlin eine kleine Ausstellung mit seinen Bildern machen dürfen? Was soll er da anbieten?
Zwar hatte er in den vergangenen Monaten
viel gearbeitet, vieles angefangen, vieles
nicht beendet. Nun müsste er sich dieser Bildern wieder annehmen und, wenn es geht,
fertigstellen. Außerdem wollte er von dem
Ehepaar auf der Schaukel die Bilder ausleihen
und aufstellen, denn die waren ihm wirklich
gut gelungen.
Gemeinsam mit Natalie suchte er Bilder
aus, die für die Vernissage geeignet schienen.
Beide Akte von Natalie wurden auch berücksichtigt. Natalie hatte nichts einzuwenden.

Das Bild des älteren Ehepaares, wovon er sich ein Duplikat angefertigt hatte, legte er dazu.

So kamen doch etliche Bilder zusammen und gingen zu gegebener Zeit auf die Reise nach Berlin. Natalie tat alles, ihrem Geliebten bei der Arbeit zu unterstützen. Sie machte die gesamte häusliche Arbeit zu ihrer alleinigen Aufgabe und sorgte sich immer darum, dass er pünktlich und reichlich zu essen bekam. Sie stellte sich ganz in seine Dienste, und das tat sie mit größter Leidenschaft. Sein Wohl und seine Arbeit war ihr zur Herzensangelegenheit geworden. Die Arbeit in ihrer Arbeitsstelle machte ihr zwar Freude, aber die Weiterentwicklung „ihres" Malern ging ihr über alles. Als sie wieder einmal eine Aufgabe auswärts hatte, fuhren beide dorthin, machten anschließend drei Tage Urlaub dort und fuhren glücklich wieder heimwärts. Sie hatte den ganzen Tag nur ihren Tom vor Augen, und alles, was ihm guttun könnte, wurde umgesetzt. Sie liebte ihre Arbeit sehr. Ihren Tom liebte sie grenzenlos.

Einzelheiten aus der Berliner Vernissage waren nur noch bruchstückhaft in ihr. Sie sah die Besucher, die aufmerksam die Bilder „ihres" Malers anschauten, sich unterhielten, sich auf einzelne Stellen gegenseitig aufmerksam machten. Wie sie manchmal etwas verschämt beiseite sahen, andere wieder, die alles genau in Augenschein nahmen. Natalie freute sich sehr, dass Tom Bilder reges Interesse fanden. Im Stillen sagte sie immer wieder: „Das ist mein Mann. Er ist der Maler dieser großartigen Bilder. Er ist mein Mann, mein Geliebter, mein Halt, mein Ein und Alles. Schaut nur richtig hin und staunt, wie er das alles zum Bild verarbeitet hat. Er ist ein Meister, mein geliebter Mann". Und immer, wenn sie dieses dachte, kullerten ihr die Tränen vor Glück.

Während der Vernissage konnte Tom etliche Bilder sehr vorteilhaft verkaufen. Außerdem meldeten sich verschiedene Gäste bei ihm an, die dann ihre Bitte vortragen würden.

Auch in dieser Ausstellung wurden die Aktbilder Natalies für ausgesprochen gelungen in allen Details beurteilt. Sie schienen starke Anziehungskraft auf die Besucher auszustrahlen. Und wieder dachte Natalie „Ach Meister, du hast mich so wunderbar gemalt; hier scheint niemand eine Verbindung zu mir herzustellen. Nun bekommst du sicher viele Aufträge in Zukunft." Die Gemälde „Ehepaar auf der Schaukel" wurden zum Mittelpunkt der Vernissage. Ständig standen viele Besucher davor und diskutierten.

Tom hatte den Beiden mitgeteilt, wann und wo diese Vernissage stattfindet und freute sich sehr, als er sie begrüßen konnte. Das Ehepaar war äußerst beglückt, in der Ausstellung vertreten zu sein und fühlten sich sichtlich wohl, wenn die Besucher lange vor diesen Bildern verweilten.

Natürlich erfreuten sich auch die anderen Bilder Toms großer Aufmerksamkeit, aber die Aktbilder waren der absolute Höhepunkt.

In der Berliner Presse erschienen verschiedene Beiträge zur Vernissage, die allesamt nicht mit Lob und Anerkennung sparten. Es war eine wirklich gelungene Sache geworden. Der Name Tom Brand war jetzt in Berlin kein unbekannter Name mehr.

Tom war dem Mann, der damals zu seiner Vernissage gekommen war, der seine Bilder für gut befand und ihn nun zu dieser Veranstaltung eingeladen hatte, dankbar und sagte das mit vielen Worten. Auch Natalie bedankte sich lebhaft und hatte den Mut, ihn anschließend zu einem Kaffee einzuladen. Was dieser gern annahm. Die Gespräche hatte Natalie nicht mehr im Gedächtnis, aber die Verbindung riss seitdem nicht mehr ab.

Tom freute sich sehr, dass seine Aktbilder so großen Anklang gefunden hatten. Seine Freude wäre noch größer gewesen, wenn seine anderen Bilder auch solch Gefallen der Besucher gefunden hätten. „Ich will doch kein Aktmaler sein oder werden. Das Leben ist wesentlich abwechslungsreicher und bietet in allen Bereichen Sehenswertes." Er hatte jüngst ein sehr stimmungsvolles Bild gemalt mit einem dunklen Wald im Hintergrund. Der ganze Himmel darüber erstrahlte in einem beeindruckenden Abendrot. In dieses Bild war er selbst verliebt. Leider war es zum Zeit- punkt der Vernissage noch nicht fertig. Nach einigen Korrekturen wird er es bei einer kom- menden Gelegenheit ausstellen. Er war si- cher, dass sich für dieses Gemälde Käufer fin- den werden.

Er arbeitete von früh an, möglichst ohne Unterbrechung. Wenn seine geliebte Natalie kam, war das keine Unterbrechung für ihn, sondern ein Moment, wo ein förmlich von Glückshormonen überschütteter Körper ihr entgegen stürzte. Er war verliebt wie am ers- ten Tag und beglückwünschte sich, dass er sie kennengelernt und jetzt bei sich haben durfte. Er durfte sie ansehen streicheln und liebko- sen und lieben. Was war er doch für ein vom Leben reich beschenkter Mann.
Auch Natalia fieberte täglich nach dem Moment, wo sie ihn wieder in die Arme neh- men konnte, ihn ansehen, streicheln und zärtlich zu ihm sein konnte. Innerlich sagte sie „Was bin ich doch für eine vom Leben reich beschenkte Frau. Was wäre aus mir ge- worden, wenn ich damals das Interview nicht gemacht hätte? Er würde existieren, ich wür- de existieren, und keiner wüsste vom Ande- ren. Und keiner hätte eine Ahnung, wie wun- derbar es ist, mit solch einem Menschen zu leben.“

## 7

Allerdings wurden Toms Wünsche nur zum Teil erfüllt. Seine Aktbilder hatten übergroßen Anklang gefunden und so kam es, dass sich mehrere Besucher meldeten, er möge von ihnen ein Aktbild malen. Tom wusste zwar, dass die Bilder besser ausgefallen waren, als er es vermutet hatte, dass aber gleich mehrere sich anmeldeten, verblüffte ihn arg. Als Erste meldete sich das Ehepaar „Mit der Schaukel".

„Wissen Sie, Herr Brandt, Sie haben zwei so wundervolle Bilder von uns gemalt, und der Andrang bei der Ausstellung hat bewiesen, dass Sie hierin ein Meister sind. Da haben wir gedacht, wir machen ein Tryptichon, also ein drittes Bild von uns mit der Schaukel. Wie und was darauf zu sehen sein wird, das überlassen wir Ihrer Erfahrung."

Tom, der auch festgestellt hatte, welche Anziehungskraft die „Schaukelbilder" hatten, versprach ihnen, sich zu gegebener Zeit zu melden. Gegenwärtig wäre er mit anderen Aufgaben ausgelastet. Die beiden verabschiedeten sich und hofften auf eine positive und baldige Antwort.

Eines Tages kamen zwei ältere Menschen ihm. Sie hatten die 70 überschritten und der Mann wollte gern ein Aktbild von seiner Frau haben. Er erklärte Tom, er müsse demnächst in ein Pflegeheim und wollte sehr gern seine Frau, zumindest auf einem Bild mitnehmen.

Nein, nicht als Foto, sondern als Kunstwerk. Er sah seine Frau liebevoll an: „Ja, meine Teure, du bist doch ein Kunstwerk über alle Jahre gewesen und jetzt möchte ich dich in einem Kunstwerk sehen. Du hattest doch nichts dagegen?" Die Frau schüttelte den Kopf und sah ihren Mann mit verliebten Augen an.

Tom notierte sich die Adresse und versprach, sich gelegentlich zu melden.

Dann kam ein junges Mädchen, sehr jung, und fragte, ob er ein Aktbild von ihr anfertigen würde. Sie wolle es ihrem Verlobten zum Geburtstag schenken. Tom dachte, wie, erst sechzehn Jahre alt und schon verlobt? Na, kann ja sein, heute geht das alles schneller. Da sie aber erst sechzehn Jahre alt war, hatte er Bedenken, ob das zulässig ist, er hatte er keine Ahnung.

„Weißt du, du bist erst sechzehn Jahre alt, ich glaube, da brauche ich die Zustimmung deiner Eltern". Tom wusste nicht, ob das üblich ist, wollte sich gern absichern. Das Mädchen versprach, sich zu gegebener Zeit wieder zu melden.

So hatte Tom plötzlich drei Aufträge und er wusste nicht, ob er sich freuen sollte. Er nahm sich vor, immer, wenn er ein Aktbild fertiggestellt hatte, viel Zeit anderen Themen zu widmen. Viele Ideen schwirrten in seinem Kopf. Die gewünschten Aktbilder nahmen so viel Zeit in Anspruch, dass er seinen Wunschthemen kaum näher kam, und gerade an diesen lag ihm sehr viel.

Zunächst schrieb er an das ältere Ehepaar, weil der Mann in ein Pflegeheim gehen musste.

Sie kamen an einem Vormittag, beide freundlich lächelnd. Der Mann hatte beim Gehen wesentlich mehr Schwierigkeiten als seine Frau. Sie sah nicht wie 70 aus, nein, Tom hätte sie höchstens auf knappe fünfzig geschätzt. Sie war nicht sehr groß. Das Auffallendste an ihr waren die Augen, die liebevoll auf ihren Mann blickten, der ebenso liebevoll ihre Blicke erwiderte.

Tom hatte lange überlegt, was und wie er diesen Akt malen sollte. Er nahm an, dass ein Frauenkörper im Alter nicht sehr anziehend sein könne und nahm sich vor, dem Alter entsprechend die Frau auf einen Stuhl sitzend, zu malen. Tom ging in sein Atelier um seine Utensilien zu holen und bevor er etwas sagen konnte, hatte sich die Frau bereits ihrer Kleidung entledigt. Tom war aufs Höchste überrascht, als er ihren Körper sah. Sie sah in ihrer Nacktheit entzückend aus und er stellte sich seine Natalie vor, wie sie in diesem Alter aussehen möge. Klar, die obere Partie mit den vollen Brüsten unterschied sich etwas von seinen vorigen Modellen, aber es war sehenswert und für sein Bild gut zu verwenden. Auch

187

in den unteren Regionen war alles gut zum Malen geeignet. Er wunderte sich, dass die Behaarung unten dunkler war als die auf ihrem Kopf. Insgesamt hatte sie einen wohlgeformten und durchtrainierten Körper. Der Mann erzählte Tom, dass seine Frau in jungen Jahren eine sehr gute Leichtathletin gewesen ist und auch heute noch ihre Turnübungen jeden Tag macht.

Tom empfand eine echte Sympathie für die beiden und nahm sich vor, dass dieses Bild eines seiner besten werden soll. Alle drei überlegten lange, welches wohl die beste Position für das Bild hergeben würde. Tom versuchte es mit einem Stuhl (nein, nicht den Nataliestuhl, der ist „heilig") sitzend, oder auf dem Stuhl mit dessen Lehne vorn, wo sich die Frau aufstützen könnte; neben dem Stuhl, aber das gab alles nichts Geeignetes her; man ließ den Stuhl beiseite. Die Frau hockend, die Frau seitlich, von hinten, aber das wollte ihr Mann nicht. Die Schaukel war wohl dem Alter der Person nicht angemessen, so entschied man sich für die ganze Vorderansicht, da konnte Tom alles unterbringen, was vorteilhaft wirken kann. Tom hatte sich noch nie so viel Zeit genommen, wie bei diesem Bild, er hatte es schon vor Augen als ob es fertig vor ihm läge.

Die Frau, immerhin 70, aber wie 50 aussehend, machte alles bereitwillig mit, was Tom und ihr Mann vorschlugen. Auch wenn Tom sie berühren musste, um den richtigen Blickwinkel zu finden, zierte sie sich nicht und hatte niemals Einwände, es sollte doch auch ein gutes Gemälde für ihren lieben Mann werden. Irgendwann kam der Stuhl wieder ins Gespräch und man überlegte, die Frau neben den Stuhl zu stellen, wobei sie diesen leicht mit der Hand berührte. Das Bild zeigte dann die Frau von vorn mit allen Details und schönen vollen Brüsten, die leicht nach unten zeigten, so dass man selbst beim Betrachten des Bildes gern mit der Hand etwas nach oben nachgeholfen hätte.

So verblieb man zunächst. Tom machte von allen Positionen seine Skizzen, stellte sie dann den beiden vor und man einigte sich auf den letzten Plan. Tom war erstaunt, mit welcher Gelassenheit und Freude sie alles, was vorgeschlagen wurde, umsetzte. Eine wunderbare Frau.

Tom vereinbarte einen Termin für die nächste Woche und wollte sie mit seiner ausgearbeiteten Skizze überraschen.

Tom hatte den Termin auf die kommende Woche verlegt, weil er auch an seinen begonnenen Bildern weiterarbeiten wollte.

Das Paar erschien pünktlich zum Termin und Tom zeigte seinen Entwurf als Skizze, sowie als angefangenes Gemälde. Beide waren sichtlich begeistert. Tom bat die Frau sich noch einmal so zu stellen, wie es dann auf dem Bild sein sollte. Einige Korrekturen waren noch notwendig. Er zeichnete nochmals den gesamten Akt und fügte noch hier und da Wesentliches ein. Tom erfreute sich an der Natürlichkeit, mit der sich die Frau bewegte. Sie war fröhlich, offen und zu allen Änderungen bereit. Tom hätte nie gedacht, dass eine Siebzigjährige ein solches Aktbild ergeben könnte. Sie schien sich über ihre Nacktheit vor ihm keinerlei Gedanken zu machen; sie unterhielt sich mit ihm, hatte auch nichts dagegen, wenn er sie mit den Händen berühren musste, falls eine Stellung nicht gelungen war. So hatte Tom am Ende eine fertige Fassung für seinen Gesamtakt. Tom versprach, das Bild in den nächsten vierzehn Tagen fertigzustellen. Dann wäre es abholbereit.

Pünktlich wie beim zweiten Termin erschienen sie und waren überaus begeistert, als sie sein fertiges Bild in den Händen hielten. Der Mann konnte sich zunächst gar nicht beruhigen „Was habe ich doch für eine schöne Frau. Eine wahrhaft schöne Frau." Er konnte den Blick gar nicht abwenden und Tom dachte „Musst du denn deine Frau erst auf dem Bild sehen, ehe du erkennst, was du für eine Schönheit die ganze Zeit neben dir hattest? Wo hast du denn deine Augen gehabt? Ich habe das vom ersten Augenblick gesehen."

Und wieder standen sich zwei Personen gegenüber, die eine glücklich über das gelungene Bild, die andere mit einem Scheck in der Hand, der seine Kasse auffüllen würde. Bald wird er Natalie eine Überraschung bereiten können. Darauf freute er sich.

Auch Natalie hatte eine Überraschung parat: sie war als beste Reporterin des Jahres ausgezeichnet worden. Ihre Artikel zu den verschiedenen Vernissagen, ihre ausgewählten Bildbeiträge und ihre Art, dies an die Leser weiterzugeben, hatte eine Jury einstimmig bewogen, sie auszuzeichnen. Diese wurde in der Stadthalle während einer Festveranstaltung feierlich übergeben. In ihrer Dankesrede vergaß Natalie nie, die Werke ihres Mannes besonders lobend zu erwähnen.

Tom freute sich sehr, dass nun seine Natalie im Rampenlicht stand, wie er bei den Vernissagen. Er war stolz und glücklich. Er liebte sie so sehr. Und sie nahmen sich vor, am kommenden Wochenende ihren Eltern wieder einen Kurzbesuch abzustatten und die Freude gemeinsam zu genießen.

Ach, war das Leben schön.

Er hatte sich ein kleines Tonbandgerät gekauft und in seinem Atelier aufgestellt. Der einzige Titel auf dem Band war: „Freunde, das Leben ist lebenswert". Dieses Lied begrüßte ihn jeden Morgen, wenn er sein Atelier betrat. Nicht das Lied von Anfang bis Ende, nein, nur die Anfangszeile. Die Zeile, die sein Leben widerspiegelte und er dankte im Stillen Franz Lehar, der „für ihn" dieses Lied komponiert hatte.

Nachdem Tom das Bild, das ihm so am Herzen lag, fertiggestellt hatte, teilte er dem „Ehepaar mit der Schaukel" einen Termin mit. Wie immer kamen sie pünktlich und sofort wiederholten sie, wie gut sie sich auf der Vernissage gefühlt hatten. Dass viele Besucher lobende Worte geäußert haben und dass ihr Bild ständig umlagert von neugierigen und interessierten Besuchern gewesen ist, hat sie sehr erfreut.

Und nun wollten sie gern das Triptychon vervollständigen und das dritte Bild in Auftrag geben. Zugunsten dieses Bildes wollen sie in diesem Jahr auf ihren Urlaub verzichten, so sehr freuten sie sich, dass er ihre Frage positiv beantwortete hatte.

Als dann Tom mit seinem Notizblock ankam, hatten die beiden schon ihre Kleidung abgelegt und sahen ihn erwartungsvoll an. Tom verkniff sich „Sie hätten sich noch nicht ausziehen müssen" zu sagen, es wäre ohnehin zu spät gewesen. Als er die beiden nun vor sich sah, bemerkte er, dass die Frau einen „dichten Wald" oben zwischen den Beinen hatte, kein lichtes Dreieck, alles dicht bewachsen. Das war ihm beim vorigen Termin überhaupt nicht aufgefallen. Er musste zugeben, es sah toll aus, so etwas hatte er noch nie gesehen. Er stellte wieder fest, dass eine Frau nie wie die andere aussieht, jede schön, aber eben anders. Seine aufkeimende Erregung schlug er mit den gleichen Worten nieder, die er immer in solcher Situation sagte „Mein Lieber! Das ist nicht deine Natalie. Die hier geht dich gar nichts an. Malen sollst du sie. Anschauen ja, aber nur im Dienste der Kunst, merk dir das!" Und Tom ärgerte sich, weil er demzufolge kein richtiger Maler ist, sonst würde ihn das überhaupt nicht erregen.

Wie nun anfangen? Wie soll die Schaukel ins Bild kommen, denn es soll ja ein Schaukelbild werden.

Setze ich beide auf die Schaukel nebeneinander? Das hatten wir schon. Sollen sich beide auf die Schaukel stellen? Das wäre wohl gefährlich. Beide auf die Schaukel legen, geht auch nicht. Er liegt und sie sitzt auf ihm? Schwerlich durchzuhalten. Alle drei überlegten krampfhaft. Die Frau überlegte lebhaft, indem sie ihre Arme schwenkte, was ihre Brüste wieder zum Hüpfen brachte. Letztendlich kam man zu dem Schluss, dass beide die Schaukel hinter sich lassen, als ob sie gerade abgestiegen wären und dabei einen Schritt nach vorn taten.

Also entwarf Tom seine Zeichnungen; den beiden gefielen sie und Tom fertigte eine

Musterzeichnung, nach der er dann arbeiten wollte. Sein Blick ging immer mal wieder zu dem dichten Haarwuchs der Frau. Die schien das nicht zu stören und den Mann ebenfalls nicht. Nur Tom musste öfter seinen gewohnten Satz anwenden. Aber er sah sie ja ständig vor sich, er musste sie ja skizzieren, also ‚was solls? Viele Haare, wenig Haare, es wurde gemalt, was ihm angeboten wurde. Er wunderte sich nur, dass ihm das beim ersten Male nicht aufgefallen war. Na klar, da lag sie ja auf der Seite.

Und immer wieder verglich er seine Modelle mit Natalie, und die kam dabei immer am besten weg.

Den Mann konnte er malen wie auf dem zweiten Bild, mit der Vorderseite nach vorn.

Als er den Termin für die Übergabe des Bildes mitgeteilt hatte, kam das Ehepaar noch pünktlicher als früher. Sie umarmten Tom und sagten, sie wären sehr glücklich. Der Verzicht auf die Urlaubsreise wäre ihnen nicht schwergefallen. Tom bat sie wieder, die Bilder ausleihen zu dürfen, wenn er eine Ausstellung in Aussicht habe. Die beiden willigten bereitwillig ein.

Tom überlegte „Wo hängt das Ehepaar die diese Bilder auf? Im Wohnzimmer? Im Schlafzimmer? In seinem Büro oder in ihrem? Es ist doch klar erkennbar, wer das auf dem Bild ist." So freizügig wie diese beiden sehr sympathischen Personen waren, würde ihn auch nicht wundern, wenn sie es im Treppenaufgang zu ihrer Wohnung unterbringen würden."

Tom fragte sich manchmal, wie es wäre, wenn er für einen männlichen Akt Modell stehen müsste. Würde er? Würde er nicht? Eigentlich ist doch gar nichts dabei, man stellt sich hin, wird gemalt und das wars. Das haben sicher seine bisherigen Modelle auch gedacht.

Und Tom ahnte nicht, dass er in Kürze vor dieser Wahl stehen wird.

## 8

Die nächsten Wochen arbeitete Tom fleißig an seinen Aufgaben, die er sich gestellt hatte. Nach dem Triptychon „Ehepaar und die Schaukel" hatte er sich vorgenommen, auch ein Triptychon mit dem Thema „Frühling – Sommer – Herbst" zu malen. Und sollte er wieder Lust auf ein Aktbild bekommen, dann würde er ein Triptychon „Junge Frau – Frau im besten Alter – Alte Frau" entwerfen. Die betreffenden Modells würde er schon irgendwo finden. Nur beim Thema „Alte Frau" wurde es kritisch, hatte er doch eine „alte Frau" gesehen und gemalt, aber die sah nie wie eine alte Frau aus. Wie alt muss eine Frau sein, um alt auszusehen? Für die „Frau im besten Alter" hatte er schon ein Modell festgelegt: das wird seine Natalie sein. Was versteht man unter „Frau im besten Alter"? Gehört da seine

Natalie überhaupt hin? Diese Fragen würde er heute Abend mit Natalie besprechen.

Da die Sommerzeit ihren Höhepunkt erreicht hatte, machte sich Tom auf, für sein Gemälde ein passendes Sommermotiv zu finden. Er fand es auf einer großen Wiese. Blumen aller Art hatten sich breitgemacht und schienen nur darauf zu warten, endlich ins Bild zu kommen.

Tom dachte, das sieht zwar sehr schön aus, ist aber ein Motiv, das viele andere auch gemalt hatten. Und er nahm sich vor, hier etwas Besonderes einzubinden. Natalie, mit der er seine Pläne immer besprach, sagte er diesmal nichts von seinem Vorhaben. Erst als er ihr seine ersten Entwürfe zeigte, sagte sie das, was er auch gedacht hatte: „Das sieht sehr hübsch aus, mein Lieber, aber ich habe schon viele ähnliche Bilder gesehen. Ob sich das lohnen wird?" Tom lächelte in sich hinein und dachte „Warte nur ab. Kannst du dich noch an mein Schneebild erinnern? Da hast du auch gedacht, es sei nichts Besonderes, und dann hast du gestaunt" und arbeitete weiter an seinem Entwurf. Als er mit seinem Bild nahezu fertig war, zeigte er es ihr. Natalie staunte als sie es sah. Er hatte den Blumen in der Mitte des Bildes die Möglichkeit gegeben, den Namen „Natalie" zu zeigen. Allerdings musste er den Namen etwas verkürzen, er begnügte sich mit „Nat". Dieser Kurzname fiel den Betrachtern sofort ins Auge. Tom war stolz auf seine Idee und war erfreut, als er sein Ergebnis sah. Es war ein schönes Bild geworden und konnte ins Triptychon eingebaut werden. „Sommer"

Da meldete sich unverhofft Stefanie bei ihm. Sie war ohne Anmeldung erschienen und brachte ihm die Einwilligung der Eltern für ein Aktbild. Tom, aus seiner Arbeit gerissen, war nicht sonderlich erfreut. „Stefanie, das ist ein unglücklicher Zeitpunkt, ich stecke voll in anderen Aufgaben und habe wirklich im Moment keine Zeit dafür." Er sah, wie dem Mädchen die Tränen kamen und hatte sofort Mitleid mit ihr. „Bis wann brauchst du denn dieses Bild? Ist es sehr eilig? Wir brauchen schon etwas Zeit dafür. Wo soll ich die hernehmen?" Er dachte an seine Arbeit und gleichzeitig wollte er Stefanie nicht enttäuschen, so setze er hinzu „Eventuell könnten wir den angebrochenen Nachmittag zumindest für einige erste Skizzen verwenden. Hast du vielleicht etwas Zeit?"

Tom hatte noch keine Möglichkeit gehabt, Gedanken für eine Darstellung zu entwickeln.

„Wie hattest du gedacht, soll das Bild dich zeigen? Vorn, hinten, seitlich, oben, ganz? Was nehmen wir für einen Hintergrund? Das sind ja alles Fragen, die geklärt werden mussten."

Stefanie spürte aus seinen Worten, dass sie eventuell doch nicht ganz umsonst gekommen war und meinte „Das würde ich alles Ihnen überlassen. Sie sind der Meister, ich mach alles so, wie Sie es möchten. Zeigen Sie mir, was ich tun soll."

Tom stellte sie in seinen Garten und machte einige Zeichnungen. Er brauchte einen Bezugspunkt zu dem Mädchen, einen passenden Hintergrund. Am Rande seines Grundstücks stand abseits eine kleiner Baum, den würde er gern einbeziehen. Er ging mit Stefanie dorthin und bat sie, sich vor den Baum zu stellen. Das sah nicht übel aus, aber etwas fehlte, nur wusste er nicht, was. Einmal angefangen, war Tom sofort in seinem Element. Er bat sie, wenn es ein Aktbild werden solle, sich nun vielleicht ihrer Kleidung zu entledigen. Dabei bemerkte er, dass sie nicht viel abzulegen hatte, denn als sie ihr Kleid ausgezogen hatte, war nur das Höschen zu sehen von dem sie sich etwas beschämt verabschiedete. Als er sie dann bat, vor den Baum zu treten, sah er, dass sie einen total unbehaarten Körper hatte, nirgendwo ein Härchen, das hatte er noch nie gesehen. Dies war ein gewaltiger Unterschied zu dem Ehepaar auf der Schaukel. Stefanie hatte sich einigermaßen gefangen und stand nun lächelnd am Baum vor ihm. Tom fand dieses Bild sehr schön, trotzdem fehlte noch immer etwas. Wenn er sie so ansah, machte sich seine Erregung deutlich spürbar und er dachte wieder „Sei ein Maler und male sie, sie ist wunderschön anzusehen und zu malen. Denk an deine Natalie, dieser Frauenkörper geht dich nichts an. Du bist eben noch immer kein richtiger Künstler."

Tom machte einige Zeichnungen. Da kam ihm die Idee, wie das Bild besser aussehen könnte: er bat sie, den rechten Arm hinter den Kopf zu legen, das Lächeln unbedingt beizubehalten. Das würde sicherlich ein gutes, vielleicht eines seiner besten Bilder werden. Nach einer Stunde machten sie eine kleine Pause, und da Stefanie weiterhin nackt blieb, hatte er Gelegenheit, ihren Körper noch genauer zu betrachten. „Welch ein wunderbares Modell" dachte er, während er sich mit ihr unterhielt. Stefanie hatte sich an ihre Nacktheit sichtlich gewöhnt und schien sich so wohl zu fühlen. Dass er sie anschaute, störte sie nicht, sie war ja für das Bild gekommen und sie war dem Maler dankbar, dass er sie nicht weggeschickt hatte.

Nach der Pause nahm sich Tom nochmals seine Zeichnungen vor. Er ging zu Stefanie und neigte ihren Kopf etwas seitlich, was sie willenlos mitmachte. Als er sagte, sie möchte bitte ihren Oberkörper minimal nach hinten strecken, näher an den Baum, den Arm aber so beibehalten, musste er ihre rechte Brust etwas höher zeichnen; jetzt wurde es der Ausgangspunkt für ein gutes Bild.

Tom vereinbarte einen Termin in der kommenden Woche und versprach ihr, sein Bestes zu geben. Dann dürfte sie seine ersten Fassungen sehen und sich auch aussuchen, welche ihr am besten gefielen.

Stefanie verabschiedete sich fröhlich und freute sich auf den Termin.

Und Tom dachte „Ein Glück, dass heute Natalie nicht gekommen war. Sie hätte diese peinliche Sache sicher falsch gedeutet. Modell oder ein anderes Modell, für ihn gab es nur Natalie, immerzu Natalie, da konnten die behaarten und unbehaarten Modelle erscheinen, seine Natalie war das beste Modell und als Frau war sie unübertroffen. Es war eben s e i n e Natalie.

9

Tom hatte wenig Kontakt zu anderen Malern. Er lebte und arbeitete am liebsten allein und abgeschieden, wie schon immer.

Den Malerkollegen „Y" in einer entfernten Stadt kannte er. .Sie standen in regem Briefwechsel miteinander. Einmal waren Natalie und Tom bei ihm zu Besuch, das war rein zufällig gewesen, weil sie sich auf der Straße begegneten.

Für das Wochenende war eine Vernissage angemeldet, bei der „Y" seine Bilder ausstellte. Tom begleitete Natalie, die über diese Veranstaltung berichten musste. Tom dachte bei sich, schön und interessant sind diese Ausstellungsstücke wahrlich; ich glaube immer noch, dass ich mit ihnen konkurrieren kann. Das Aktbild einer schönen Frau wurde deren Schönheit nicht gerecht. „Ich hätte das sicher anders gestaltet, aber es ist seine Arbeit und nicht meine." Der Maler lud Natalie und Tom anschließend zu einem Kaffee ein und man besprach dies und jedes, man kam sich persönlich etwas näher und fand sich gegenseitig recht sympathisch. Tom sagte ehrlich seine Meinung zu den Bildern und hielt auch mit gelinder Kritik nicht hinterm Berg.

Plötzlich sagte der Maler „Ich habe den Auftrag, einen männlichen Akt zu malen und finde so schnell kein Modell. Es soll ein Mann sein, kein Jugendlicher und kein Greis, ein Mann etwa in Ihrem Alter. In meinem Umkreis habe ich niemanden, der infrage käme. Was meinen Sie, verehrter Kollege, dürfte ich Sie fragen, ob Sie mir als Modell stehen könnten?" Tom lachte laut heraus, er hielt es für einen gelungenen Scherz. Aber sein Gegenüber meinte es völlig ernst und war über Toms Reaktion echt erschrocken. „Nein, ich meine ganz ehrlich, würden Sie sich zur Verfügung stellen?"

Tom musste seine Gedanken erst in diese Richtung lenken. Es war also kein Scherz, sondern eine ernstgemeinte Frage. Er als Aktmodell? Was würde er für ein Bild abgeben? Bisher waren es die anderen, die gemalt wurden. Jetzt wäre er es, der sich zeigen sollte und in einem Gemälde festgehalten würde. Wie fühlt er sich dabei? Außer Natalie hatte ihn noch niemand gänzlich „ohne" gesehen.

Noch ehe Tom mit seinen Gedanken zu einem Entschluss kam, sagte Natalie „Natürlich ist das möglich. Das kann er. Und wenn das Bild fertig ist, dann gibt es ein Aktbild von dir und von mir. Was du mit mir gemacht hast, können auch andere mit dir machen. Du bist doch ein Vorzeigeexemplar.

Nun gib dir einen Schubs und willige ein."

Tom war wieder einmal von Natalies Reaktion überrascht. Er hatte gedacht, dass Natalie sagen würde: „Meinen Mann bekommt niemand außer mir zu sehen. Kommt gar nicht infrage." Nun war die Antwort eine ganz andere geworden und er musste reagieren. Also sagte er: „Man kann es ja versuchen, ich eigne mich sicher nicht als Modell." Der Maler, erfreut über diese Antwort, beglückwünschte Tom zu seiner Entscheidung. Natürlich würde er diesen Akt nicht betiteln „Tom Brand, der bekannte Künstler", sondern einfach „Männlicher Akt, stehend". Niemand würde in diesem Bild den Künstler Brand vermuten. Da der Abgabetermin für dieses Bild sehr nahe lag, vereinbarten sie den kommenden Tag. Tom musste warten, bis Natalie aus der Redaktion kam. Sie würde ihn fahren müssen, er hatte noch immer keine Fahrerlaubnis. Tags darauf, beim Maler angekommen, zeigte der zunächst sein Atelier, seine Bilder und andere Arbeiten. Natalie, die zugegen war, verhielt sich still und war äußerst gespannt, wie sich Tom verhalten wird. Tom wurde allmählich ruhig und als er dann Modell stand, war sichtlich Ruhe in ihn eingekehrt. Er stand nackt vor seinem Kollegen und schämte sich doch innerlich seiner Nacktheit. Tom dachte: „Ein Glück für mich, dass der Maler ein Mann ist und keine Frau. Wie würde ich dann so „ohne" dastehen?"

Natalie dachte „Heute sieht er so richtig gut aus. Da hat der liebe Kollege allerhand zu malen. Hoffentlich hat er genug Farbe dafür. Schön ist mein Mann, er ist der Allerschönste, und was er zu zeigen hat, das kann sich wirklich sehen lassen. Heute ganz großartig. Wenn der Maler ein Künstler ist, dann wird das ein Bild, dass alle Besucher begeistern wird; na gut, vielleicht nicht alle, aber die Frauen ganz bestimmt. Manche Männer bekommen eventuell Minderwertigkeitskomplexe, die brauchen nicht hinzusehen. Das ist m e i n Mann, der gehört mir ganz allein und alles, was an ihm dran ist, natürlich auch." Sie fühlte sich bestens und freute sich schon jetzt auf das fertige Bild.

Tom fühlte sich anfangs sehr gehemmt, obwohl ihn ein Mann skizzierte.Im Laufe der Sitzung verlor er diese Gefühle ganz. Er begann sich bei der Sitzung wohl zu fühlen; es machte ihn nichts mehr aus, in allen möglichen Stellungen gemalt zu werden und sich zur Schau stellen zu müssen.

Später fragte Natalie Tom, wie er sich dabei gefühlt habe. und er antwortete „Ich weiß jetzt zumindest, wie meinen Modellen zumute war. Anfangs ängstlich bibbernd, wenn das nachgelassen hat, hat man sogar Freude dabei. Gut, dass ich zugestimmt habe. Eigentlich warst du es, die zugestimmt hatte. Ich bin eine Erfahrung reicher und weiß jetzt die Gefühle meiner Modelle einzuschätzen. Die Beklemmung geht weg, man schaut mit fröhlichen Augen auf den Maler, der dich eingehend betrachtet. Schön ist auch, dass keiner weiß, das ich das bin. Und wenn es sich ergeben sollte, würde ich das vielleicht sogar nochmal machen. Es war eine gute Lehrstunde. Am schönsten wäre natürlich ein Bild mit Natalie und mir. Wer würde uns malen?"

Auf dem Gemälde wurde Tom dargestellt, wie er frontal zum Betrachter stand, im Hintergrund eine große Anzahl von Büchern, vielleicht eine Bibliothek. Tom hielt eines davon in der Hand und den Kopf leicht gesenkt, so war sein Gesicht nicht sofort erkennbar, sein übriger Körper durchaus. Es wurde ein gutes Gemälde, auf das „Y" stolz sein konnte. Bei einer späteren Vernissage wurde es als bestes Aktbild des Jahres ausgezeichnet, was auch Tom mit einigem Stolz erfüllte.

Später erfuhren Natalie und Tom, dass es durchaus durchgesickert war, wer auf dem Bild zu sehen ist, das störte keinen von beiden.

Nun kam der Tag, an dem Stefanie angekündigt war. Er freute sich auf diesen Termin, war es doch die erste Sitzung mit einem Modell, nachdem er selbst Erfahrung als Modell gesammelt hatte.

Er dachte „Jetzt habe ich in eine Vorstellung, was du denkst und fühlst, wenn ich meine Zeichnungen mache. Erst bist du ängstlich und dann freust du dich, wenn ich dich ansehe und male. Jetzt kann ich verstehen, dass ihr bei den Sitzungen fröhlich seid und mir in die Augen schaut, denn die Hemmungen sind weg und die Freude auf ein gelungenes Bild groß. Ich muss mir also keine Gedanken machen. Ihr seid ihr und ich bin ich, und gemeinsam schaffen wir die Vorhaben. Das Modellsitzen bei Maler Y hatte schon sein Gutes gehabt.

Stefanie kam fröhlich in sein Atelier, begrüßte ihn und fragte. „Lieber Herr Brand, was werden wir heute tun?" Sie schien richtig ausgelassen zu sein. Sie hatte offenbar ihre Hemmungen überwunden und freute sich auf die kommenden Stunden. Tom bat sie wieder zum Baum zu kommen, er wolle noch eine Zeichnung machen, die vorherigen zeige er ihr danach.

Verwundert sah Tom, dass sie sich bereits im Atelier auszog und in ihrer Nacktheit mit ihm zu dem betreffenden Baum lief. So konnte er sie die ganze Zeit ansehen und für das Bild gut einprägen. Das hatte er nun nicht erwartet, schön war es auf alle Fälle. Stefanie dachte, warum soll ich mich erst dort ausziehen, es ist wieder sehr heiß heute und wie ich aussehe, hat er ja schon gesehen; heute sehe ich nicht anders aus. Sie stellte sich wieder an den Baum gelehnt, den rechten Arm hinter dem Kopf, den etwas zurückgelehnt. Ganz so, wie es beim letzten Mal war, das hatte sie genau behalten.

Tom war wieder in Gedanken „Warum elektrisiert mich es mich, wenn ich einen Frauenkörper sehe oder anfasse? Ein richtiger Künstler würde sich da keine Gedanken machen. Ich bin eben noch immer kein richtiger Künstler. Das liegt vielleicht daran, dass ich bis zu meinem 35.Lebensjahr noch nie eine Frau nackt gesehen habe. Heute leben die Menschen anders. Da gehen schon die Kinder mit zum textilfreien Strand. Sie sehen Männlein und Weiblein und empfinden nichts Außerge- wöhnliches dabei. Ich „alter Knabe" bin jedes mal hin und hergerissen, wenn ich eine nackte Frau sehe. Ich bin ein absoluter Spätentwickler und habe noch vieles zu lernen.

Auch, dass eine Frau nie aussieht wie die andere, wusste ich nicht. Diese Unterschiede habe ich erst jetzt kennengelernt. Vielleicht bin ich in einigen Jahren weiter und kann meine Aktbilder ohne in innere und äußere Erregung malen. Im Moment ist es mir unmöglich, diese zu beeinflussen.

Stefanie war es zu lang geworden und setzte sich vor den Baum. Als sie aufstehen wollte, bekam sie heftige Krämpfe in den Beinen und kam nicht hoch. Tom war sofort zur Stelle, umfing sie und brachte sie wieder zum Stehen. Als er bei dieser Hilfsaktion völlig unerwartet ihre wohlgeformte Brust plötzlich in der Hand hatte, steigerte sich seine Erregung enorm. Er verwünschte seine Reaktion und hoffte, dass Stefanie nichts davon bemerkt hat. Stefanie war natürlich und fröhlich wie immer, hatte aber dennoch deutliche Unterschiede bei Tom gesehen und gespürt. Er zeichnete nochmals den gesamten Akt, machte kleine Änderungen, versuchte die untere Partie äußerst genau festzuhalten und gab Stefanie Gelegenheit, zu entspannen. Er ging zum Atelier, holte die Zeichnungen der vergangenen Sitzung und zeigte sie ihr.

Stefanie war sehr überrascht von seinen Skizzen und wählte eine davon aus. Das sollte ihr Bild werden. Tom freute sich, dass ihr ausgerechnet das Bild am besten gefiel, das er auch ausgewählt hatte. Das heutige Bild gefiel Stefanie nicht sehr gut. Den Eindruck hatte Tom allerdings auch, er war heute nicht so recht in Form. Zum Abschluss bat er Stefanie noch, sich bitte einmal hinter den Baum zu stellen und nur Kopf und Oberkörper zeigen.

Das gefiel ihm sehr und nahm sich vor, diese Skizze später zu verwenden.

Anschließend gingen sie gemeinsam zurück, er bekleidet, sie unbekleidet. So konnte er sie noch weiter betrachten und sich einprägen.

Er sagte ihr, wenn das Bild fertig ist, wird er sich bei ihr melden. Dann müsse sie auch den Preis für das Bild mitbringen.

Stefanie zog ihre Kleidung über und verabschiedete sich ebenso fröhlich, wie sie gekommen war.

Und Tom?

Tom war wieder in Gedanken versunken und stellte sich abwechselnd Stefanie und Natalie vor.

Er blieb bei Natalie stehen und freute sich unbändig auf die kommende Nacht mit ihr, seiner geliebten Natalie. Nichts geht darüber, nichts ist schöner, nichts ist ersehnenswerter als seine Natalie.

10

Eines Abends fiel Natalie ein Teller aus der Hand und zerbrach. Sie ärgerte sich mächtig und machte sich laute Vorwürfe. Tom war entsetzt; das war er von seiner Lieben nicht gewohnt. Er versuchte sie zu beruhigen, aber Natalie wurde immer ärgerlicher. Da er keine Möglichkeit fand, sie zu beschwichtigen, gab er es auf; er wunderte sich nur. Da fiel ihm ein, dass Natalie schon am Morgen so ärgerlich wurde, als sie ihren zweiten Schuh nicht finden konnte, der sich irgendwo versteckt hatte. Aber das waren doch Lappalien, keine ernstzunehmenden Ärgernisse.

Als am anderen Morgen Natalies Auto nicht wie gewohnt, sofort ansprang, stieg sie aus und knallte die Wagentür zu. Solche Reaktionen hatte Tom bei Natalie noch nie erlebt und machte er machte sich ernsthafte Gedanken: „Hat sie vielleicht einen heimlichen Liebhaber und ich bin ihr im Wege? Hat sie solchen Ärger auf der Arbeitsstelle, der ihr die gute Laune verdarb? Muss sie vielleicht einige Tage wegfahren und will oder kann mich nicht mitnehmen? Hab ich etwas gesagt oder getan, dass sie gekränkt hat; ich wüsste allerdings nicht, wann."

Tom war ratlos und traurig. War das seine geliebte Natalie, immer voller Liebe und Verständnis? Wenn Natalies Ärger vorüber war, wurde sie wieder die liebevolle Geliebte. Aber in den nächsten Wochen wiederholten sich ähnliche Vorfälle. Natalie war selber ärgerlich auf sich, sie wollte nicht so sein, sie liebt doch ihren Mann. „Warum bin ich so hässlich? Er hat mir doch gar nichts getan. Ich liebe ihn doch so sehr. Warum verhalte ich mich so, wie ich gar nicht will?"

Eines Tages stellte sie zum Abendbrot ein großes Glas saure Gurken auf den Tisch.

„Saure Gurken? Die haben wir bisher nie gegessen, du sagtest immer, die wären zu sauer" wunderte sich Tom.

„Ja, aber ich habe eben Appetit und da will ich welche essen. Ich habe einen Mordsappetit; du musst ja keine nehmen, ich eß alle allein. Schluss aus! Außerdem habe ich seit heute mächtige Brustschmerzen, kaum zum aushalten."

Tom voller Sorge: „Mein Gott, jetzt wird mir meine Natalie krank. Was soll dann werden?"

„Liebste Natalie, wir gehen morgen gleich früh zum Arzt. Ich werde in deiner Arbeitsstelle anrufen und sagen „Du bist krank". Das ist ja bisher noch nicht vorgekommen, dass mal einer von uns krank wird." Er war froh, dass sich Natalie nicht dagegenstemmte.

Tom konnte die ganze Nacht nicht schlafen. Was könnte wohl Natalia fehlen? Er hatte die ganze Nacht auf der Couch gelegen, weil Natalie starke Brustschmerzen hatte, da wollte er ihr den Platz im Bett überlassen. Denn eine Natalie mit Schmerzen, das war nicht vorstellbar. Wenn sie krank ist, dann bin ich auch krank, und wenn ich nur krank vor Sorge um sie bin. Auch ihr Verhalten bei solchen Kleinigkeiten, wie der gesuchte Schuh oder der zerbrochene Teller, machten ihn Angst. Ein Mensch kann sich doch nicht so schnell verändern, heute noch lieb und anhänglich und morgen zänkisch und unausstehlich. Hoffentlich kann der Arzt helfen. Er konnte gar nicht erwarten, dass die Nacht vorbei ist und stand schon sehr zeitig auf. Natalie schlief ruhig und er schöpfte wieder Hoffnung. Als sie dann erwachte, klagte sie über starke Rückenschmerzen. Tom bestellte ein Taxi, denn Natalie konnte in diesem Zustand nicht selber fahren. Er nahm sich ernsthaft vor, sich demnächst bei einer Fahrschule anzumelden. In einem solchen Fall wie heute, wäre das gut gewesen.

In der Arztpraxis machten sie sich auf eine lange Wartezeit gefasst. Als sie dann endlich an der Reihe waren, brachte Tom seine geliebte, im Moment etwas streitbare Natalie, zum Arzt. Natalie erzählte ihm, was sie für Beschwerden habe und der Arzt, als er sie untersucht hatte, schickte sie zum Frauenarzt. Der untersuchte Natalie sehr gründlich. Tom wurde immer banger zumute und hatte vor dem Ergebnis schreckliche Angst. Er wollte doch seine große Liebe nicht verlieren und sagte fortwährend im Geiste zum sich „Ein Leben ohne Natalie ist kein Leben für mich. Wenn sie mir genommen wird, dann will ich nicht länger leben."

Als die Untersuchung beendet war und Tom sich auf das Schlimmste gefasst machte, sagte der Arzt zu Natalie: „Ja wissen Sie, Frau Brand, ich muss Ihnen eine Mitteilung machen (Tom sackte innerlich zusammen „Was kommt jetzt? Wird sie wieder gesund?").

„Also kurz und bündig, ich weiß nicht, ob die Sie fröhlich oder traurig stimmt, das weiß man als Arzt nicht immer so genau. Ich kann Ihnen sagen, Sie sind schwanger."

Für Tom entstand aus einer zusammengefallenen Ruine plötzlich ein Schloss. Er stürzte auf Natalie zu und umarmte sie; wobei sich seine Tränen mit denen von Natalie vermischten. Natalie weinte vor Glück. Endlich begann sich etwas zu erfüllen, was sie sich immer sehnlichst erträumt hatte.Sie bekam ein Kind, ein Kind von Tom, ihrem heißgeliebten Ehemann. Und sie stellte sich schon vor, welch glückliche Familie sie sein werden.

Der Arzt gratulierte beiden Elternteilen und freute sich selbst, dass er mit seiner Feststellung Glück für die beiden verkündet hatte.

Tom war selig; er konnte Natalie behalten und sie würden eine richtige Familie werden, mit Frau, Mann und Kind.

Natalie war überglücklich und wusste, in Tom hat sie nicht nur einen geliebten Ehemann, sie wird auch einen wunderbaren Vater für das Kind haben.

Als sie wieder zu Hause angekommen waren, wollte Tom unbedingt, dass sich Natalie auf die Couch legen sollte; ab jetzt würde er alles in der Küche, im Haushalt, bei den Einkäufen tun, sie sollte nur ruhen.

Natalie lachte ihn aus „Mein Liebster, ich bin doch nicht krank, hast du doch gehört. Ich werde so weiter arbeiten wie bisher, wenn dann die Zeit ran ist, dann kannst du das alles gern übernehmen, aber bis dahin ändert sich in unserem Leben nichts."

Tom, der bereits das Telefon in der Hand hatte um Natalies Arbeitsstelle zu sagen, sie kommt sobald nicht wieder, ließ den Hörer auf die Gabel sinken und verwunderte sich immer mehr.

„Geht das denn? Und wenn du dich übernimmst und dem Kind schadest?"

Natalie musste ihm erläutern, dass es Wochen und Monate dauern wird dass das Kind heranwächst. Sie sagte auch, dass manche Frauen bis zum Tag der Geburt gearbeitet haben. Das konnte sich Tom überhaupt nicht vorstellen. Er nahm sich vor „Meiner Natalie soll es gut gehen, es soll ihr an nichts fehlen, er ist immer und ewig für sie da."

Nachdem sie nun auch beide wussten, woher Natalies Wutanfälle kamen, konnten sie besser damit umgehen und Tom dachte dann bei sich „Schimpf du ruhig, ich ärgere mich dann nicht mehr, bin auch nicht traurig wenn du so bist. Ich weiß doch, dein Körper muss sich allmählich daran gewöhnen, dass er jetzt ein Körper für zwei Personen ist." Und Natalie wusste, dass ihre Anfälle in der Schwangerschaft begründet waren.

Die folgenden Wochen verliefen in gewohnten Bahnen. Tom arbeitete an seinen Bildern und Natalie ging ihren beruflichen

Verpflichtungen nach. Jeden Abend fragte Tom, ob es ihr gut gehe, ob sie Schmerzen habe, was er für sie tun könne und war froh, wenn er Antworten bekam, die ihn beruhigten. Ihr Wohl stand bei ihm an höchster Stelle, und er hätte sofort seine Malerei aufgegeben, wenn es Natalie genutzt hätte.

Einmal erzählte er ihr von seinem Vorhaben, ein Triptychon von drei Frauen zu malen. Da er noch immer nicht in Erfahrung gebracht hatte, was eine „Frau in den besten Jahren" ist, fragte er Natalie, ob sie sich dafür geeignet fühle.

Natalie lachte und meinte „Was denkst du, lieber Schatz, natürlich bin ich eine Frau in den besten Jahren. Sieh mich an und entscheide selbst." Und Tom schaute sie an. Er schaute sie immer gern an, und sagte „Dann müsstest du mir wieder als Aktmodell sitzen," und Natalie antwortete: „Da wirst du wohl einige Monate warten müssen, denn wie du sicher auch festgestellt hat, werde ich langsam etwas rund, nicht gerade geeignet im Moment." Tom hatte auch seit einiger Zeit bemerkt, dass Natalie vorn schon zugenommen hatte und sagte spontan „Herzchen, was hältst du davon, wenn ich einen Akt in deinem jetzigen Zustand machen würde?" Natalie fand diese Idee schön, wollte aber gern noch etwas warten, bis ihr Bauch noch runder geworden ist. Also in einigen Wochen.

Tom arbeitete weiter an den angefangenen Bildern und überlegte, wo er für das Triptychon die anderen notwendigen Modelle herbekäme. Innerlich ärgerte er sich eigentlich, dass er fortwährend auf Aktbilder zu sprechen kam, aber die kamen bei allen Ausstellungen bestens an, warum sich dann sträuben.

Wo nimmt er eine „Junge Frau" her und wo findet sich eine „Alte Frau" die ihm Modell sitzen würde? Fragen, die er im Moment nicht beantworten konnte; die Zeit wirds bringen.

## 11

Eines Tages kam Stefanie, wie immer unangemeldet, mit einer Freundin ins Atelier. Die Freundin war etwa zwei oder drei Jahre älter als Stefanie. Sie sah so gut aus, dass sie Tom am liebsten für ein Modell nehmen würde. Stefanie fragte Tom, ob sie ihrer Freundin den Ort zeigen dürfe, wo er sie gemalt hatte. Bei dieser Gelegenheit möchte sie ihr auch den Maler dieses Bildes vorstellen. Ihr Bild habe sie nur ihren Eltern gezeigt und wurde von ihnen mit „großartig" bezeichnet. Ihrem Verlobten wird sie es zu seinem Geburtstag schenken.

Tom, so plötzlich aus seiner Arbeit herausgerissen, reagierte zunächst nicht sehr freundlich, er musste sich erst in die neue Situation hineinfinden. In Anbetracht der fröhlichen Stefanie konnte dann gar nicht anders, als sich freundlich mit ihr unterhalten und zum „Schauplatz" des Bildes gehen. Die Freundin wurde von Stefanie mit Franzi angeredet, so nannte er sie auch. Sie war ein ebenso fröhliches Mädchen wie Stefanie, ungezwungen und offen. Als sie zum Baum kamen, sagte Franzi: „Das kann ich mir gut vorstellen, dass du dich hier wohlgefühlt hast. Eine schöne Umgebung, ein freundlicher Maler, alles schön. Hier könnte ich mich auch wohlfühlen. Aber mich würde sowieso niemand malen." „Was soll das" entgegnete Stefanie, „das bildest du dir doch nur ein", und Franzi erwiderte: „Mein Körper eignet sich überhaupt nicht, nicht für eine Fotografie, schon gar nicht für ein Gemälde. Aber Herr Brand, das Bild von Stefanie ist Ihnen wirklich sehr gut gelungen." Tom nutzte die Zeit während der Gespräche, Franzi zu betrachten und dachte: „Mein Gott, das wäre das richtige Modell für meine Arbeit." Tom fragte sie, ob sie sich einmal neben den Baum stellen würde, er möchte gern sehen, was das für ein Bild ergäbe. Willig gingen alle zurück und Franzi lehnte sich an den Baum. Dann stellte er die Frage, die ihn die ganze Zeit beschäftigte: „Liebe Franzi, würdest du für mich als Modell stehen? Für mein geplantes Bild „Junge Frau" wärest du sehr geeignet." Franzi errötete leicht und fragte leise: „Soll

ich mich jetzt freimachen?" und Tom widersprach energisch.

„Wird das solch ein Bild wie mit Stefanie?"
wollte Franzi wissen. Tom antwortete wahr-
heitsgemäß: „So in der Art, vielleicht etwas
anders in der Haltung, auch nicht unbedingt
am Baum."

Bei einem Spaziergang auf seinem Grund-
stück hatte er kürzlich einen stillgelegten
Brunnen entdeckt; den konnte er sich großartig als Teil eines Bildes vorstellen. Er ließ die
beiden Mädchen am Baum zurück, während
er langsam zum Atelier ging. Als er sich nach
ihnen umdrehte, sah er, dass sich Franzi
oberkörperfrei vor Stefanie präsentierte und
deren Reaktion erwartete. Stefanie rief laut:
„Ja meine Liebe, das wird ein schönes Bild,
mach mit und sage ja." Tom hatte ihren
Oberkörper gesehen und war sich sicher: ein
besseres Modell hätte er sich gar nicht wünschen können (außer seine Natalie natürlich).
Als die beiden zu ihm aufschlossen, war
Franzi wieder bekleidet, aber ihr Oberkörper
war in seinen Gedanken fest verankert.

Beim Abschied waren sich alle einig, sie
hatten einen schönen Nachmittag verlebt. Für
Tom wäre er besonders gelungen, wenn sich
Franzi für das Modellsitzen entscheidet. Er
fragte sie nicht, sonders schlug ihr drei Termine vor, die sie, wenn sie sich entschieden
habe, nutzen könnte. Er hoffte sehr.

## 12

Natalie machte ihre Arbeit weiter, wie gewohnt, allerdings plagten sie öfter starke Rückenschmerzen. Da auch die Brust umfangreicher zu werden begann, traten auch dort Probleme auf. Ihr Bauch wurde zusehends rundlicher und begann sich nach vorn auszubreiten. Es machte beiden viel Freude, wenn Tom am Abend seinen Kopf auf ihren Bauch legte und sie für ihr Ungeborenes leise Lieder sangen. Das waren die Stunden, auf die sie sich den ganzen Tag freuten. Tom konnte sich anfangs gar nicht vorstellen, wie im Bauch seiner Natalie eine zweite Person Platz hatte. Im Verlaufe der weiteren Wochen wurde ihm allmählich klar: die zweite Person schafft sich schon Platz. Dieses zweite Lebewesen war sein Kind. Er freute sich jeden Tag mehr. Der Geburtstermin war auf Januar nächsten Jahres ausgerechnet.

Jetzt war die Zeit gekommen , wo er sein Aktbild mit Natalie und dem ungeborenen Kind malen konnte. Um ihr das lange Stehen abzunehmen, saß Natalie auf einem Stuhl. Er malte ihren rundlichen Körper seitlich. Er fand das gut und auch Natalie war mit dem Ergebnis sehr einverstanden.

Das wurde ein Bild, das in weiteren Ausstellungen vielen aufgeschlossenen Besuchern sehr gut gefiel

Tom war noch immer bei dem Gedanken „Wo nehme ich eine „alte" Frau her, die mir Akt sitzen würde. Da wird sich sicherlich keine finden lassen. Soll ich meine Mutter fragen? Welch absurder Gedanke, denn ich würde niemals meine Mutter vorzeigen. Die habe ich nicht mal als Kind nackt gesehen, und außerdem ist sie mit ihren 55 Jahren keine alte Frau. Fällt also weg.

Soll ich Natalies Mutter in Erwägung ziehen? Sie ist auch nicht älter als meine Mutter." Eine solche Frage würde er sich nie trauen zu stellen. Irgendeine Frau auf der Straße ansprechen? Die würde sofort die Polizei rufen.

Ja, mit den Jüngeren scheint es weniger Probleme zu geben. Wenn sich Franzi meldet, dann wäre dieses Problem „Junge Frau" schon gelöst. Leider hat sie sich noch nicht gemeldet und zwei Termine sind schon vorüber. Wahrscheinlich hat sie ihre „Fastzustimmung" schon bereut. Falls sie sich nicht meldet, muss ich eine andere finden. Wo aber finde ich eine „Alte"?

Er wird Natalie heute fragen, sie hat doch immer sehr gute Ideen.

Am Abend fragte er. Natalie überlegte ebenfalls lange und kam zu keinem Ergebnis. Ihre Mutter wurde sofort ausgeklammert, schon des Alters wegen. Dann sagte sie: „Weißt du, mein Schatz, das ist wirklich ein großes Problem, das hätte ich nicht erwartet .

Ich habe aber noch eine Großmutter, das ist ein ganz lustiges Persönchen. Sie ist immer zu Streichen aufgelegt und mit ihren 80 Lenzen noch ganz passabel. Ich weiß nicht, ob ich sie mal fragen sollte. Mehr als „nein" kann sie nicht sagen. Klar, es ist möglich, dass sie empört ist wegen dieses Ansinnens. Sie könnte auf uns böse sein, weil wir ihr das anbieten. Vielleicht kündigt sie uns die Freundschaft. Trotz alledem werde ich sie fragen."

Natalie schrieb an Großmutter und unterbreitete ihr den Vorschlag, „Komm einige Tage zu uns" um dann für Tom ein geeignetes Modell zu sein. So ganz wohl fühlte sich Natalia bei dem Vorschlag nicht und erwartete eine vernichtende Zurechtweisung.

Was schrieb Großmutter Agathe?

„Meine Lieben, zuerst hatte ich das für einen gelungenen Spaß gehalten und mich köstlich amüsiert bei dem Gedanken, mich vor Tom auszuziehen und dann nackt malen zu lassen. Allmählich, als ich gemerkt habe, dass der Spaß ernst gemeint war, bekam ich plötzlich Lust „ja" zu sagen. Du weißt ja, dass ich immer für ausgefallene Scherze zu haben bin. Dann dachte ich, ich sitze die ganze Zeit in meinen vier Wänden, bin zu nichts nutze und lass die Tage verstreichen, wie sie kommen. Vielleicht kann ich in diesem Fall sogar noch nützlich sein. Für ein Bild „Alte Frau" bin vielleicht sogar geeignet, denn alt bin ich und eine Frau auch. Also was solls, ich sage

„ja", wenn ihr mich abholen und wieder zurückbringen könnt. Bereite Tom darauf vor, dass ich wirklich eine alte Frau bin. Mal sehen, was der Maler aus mir macht. Eigentlich war das eine ganz gute Idee von euch, das bringt Abwechslung in mein Leben. Ich freue mich auf unser Zusammentreffen. Ich grüße euch ganz lieb, eure Großmutter Agathe."

Tom war begeistert über die Zusage und freute sich, endlich ein Modell „Alte Frau" gefunden zu haben. Natalie dachte, so habe ich mir sie vorgestellt, immer noch unternehmungslustig, für allen Schabernack zu haben; eben ein fröhliches Menschenkind.

An einem freien Wochenende fuhren sie los und als sie geklingelt hatten, öffnete eine fröhliche, ziemlich jung aussehende Frau die Tür und sie setzten sich zu einen Schwatz zusammen. Agathe hatte Kaffee und wunderbaren Kirschkuchen vorbereitet. Für eine Rückfahrt war die Zeit sehr knapp und man übernachtete bei Großmutter. Die gab sich locker und ungezwungen und brachte aus der Vergangenheit viele lustige Erlebnisse hervor. Sie war immer ein Mensch für Späße gewesen; die erzählte sie mit Freuden. Innerlich dachte sie ab und zu „Das ist also der Mann, der mich nackt malen soll. Er ist der zweite Mann in meinem langen Leben, der mich so sehen darf. Außer meinem Eduard, der durfte mich auch unbekleidet sehen, sonst niemand. Wird bestimmt ganz lustig. Wird es lustig? Immerhin bin ich keine 30 mehr. Vielleicht bekommt Tom Lachkrämpfe, wenn er mich sieht. Vielleicht sagt er zu sich „Nee, ich such mir eine andere." Ich hätte diesem Ansinnen überhaupt keinen Gedanken widmen sollen, aber nun ist es zu spät. Nein, es ist noch nicht zu spät, ich kann immer noch sagen „Ich will nicht". Dann fahren sie enttäuscht zurück. Ich sitze wieder allein in meinen vier Wänden und denke: ‚Ich hätte doch mitmachen sollen.Dann wäre es wirklich zu spät. Warum will Tom unbedingt eine alte Frau malen? Es gibt doch genug junge Frauen, alle sehen viel hübscher aus. So, und jetzt genug nachgedacht und „Ja" ist „Ja," dabei bleibt es. Basta!

Die folgenden Tage gaben sie Großmutter Gelegenheit, sich bei ihnen einzugewöhnen.Oma Bestbesuchte Tom in seinem Atelier, ließ sich Bilder zeigen, auch seine Aktbilder und dachte, das sieht doch alles sehr schön aus. Tom suchte im Garten eine Stelle, wo er sein Bild malen wollte und zeigte Agathe, wie er sich das vorgestellt hatte. Er fragte sie auch, ob sie ein Bild mit ihrer Rückenansicht wolle, oder vorn, vielleicht seitlich, eventuell nur die obere Hälfte. Agathe überlegte auch lange und meinte dann: „Also wenn möglich, wenn es mein Körper hergibt, dann hätte ich schon gern ein Bild, auf dem ich ganz zu sehen bin, damit ich mich selbst erkenne." So plante Tom diese Variante ein. Der folgende Tag war ein warmer Sommertag und sie nahmen sich vor, 14.00 Uhr zu beginnen. Nach Natalies vorbereitetem Mittagessen vorbereitet gingen sie zur geplanten Wiesenstelle. Tom stellte einen Stuhl bereit,auf dem Agathe ihre Sachen ablegen konnte. Während sie sich ihrer Kleidung entledigte, drehte sich Tom zur Seite, damit sie sich unbeobachtet fühlte. Agathe sagte: „Lieber Tom, ich bin soweit und wenn du das Bild wirklich malen willst, so stehe ich jetzt vor dir, wie du wolltest." Als Tom sich wieder zu Agathe umdrehte, sah er einen älteren Frauenkörper, aber so perfekt und schön anzusehen, dass ihm folgende Worte entfuhren: „Um Himmels Willen, ich wollte doch eine alte Frau malen. Was du mir hier anbietest, kann sich mit jeder jüngeren Frau messen. Ich wollte doch eine Alte". Als Tom „Um Himmels Willen" gesagt hatte, war Agathe zutiefst erschrocken (habe ich es nicht vermutet?). Seine folgenden Worte liefen wie Öl in ihr herunter. „Schade, dass ich dich enttäuschen muss, lieber Tom, aber so sehe ich nun mal aus. Willst du oder wirst du kapitulieren?" Tom sah eine wirklich schöne Frau, die ganze Vorderansicht war, auch die hängenden Brüste, sehenswert. Er sagte: „Liebe Agathe, das hätte ich nie von einer Großmutter erwartet. Ich bin begeistert von dem Anblick und werde mein Bestes geben, dass du es nicht bereust, hergekommen zu sein. Nur kann ich das Bild kann ich doch nicht „Alte Frau" nennen."

Agathe freute sich über seine Worte sehr, das machte ihr das Nacktsein sehr einfach und sie stand oder saß willig die folgenden zwei Stunden und kam Toms Bitten bei allen Änderungen freudig nach. Solch einen ansehenswerten Körper hatte Tom nie und nimmer erwartet. Gut, die Brüste hingen, was ja ganz natürlich war, aber der Bauch war glatt, hatte kaum Falten und das Dreieck über ihren Beinen machte sie geradezu um 30 Jahre jünger. Er konnte einfach nicht an sich halten, er musste sie immer und immer wieder betrachten. Na schön, das musste er ja sowieso und konnte sich an ihrem Bild gar nicht satt sehen. Und wieder rumorte es in seinen Gedanken „Wie ich schon festgestellt habe, ist jede Frau schön, ganz unabhängig vom Alter. Agathe sieht geradezu ideal aus. Das muss unbedingt ein gutes Bild werden. In gewissen Details oben oder unten unterschieden sie sich schon, aber jeder einzelne Körper ist vollkommen und schön."

Nachdem Agathe lange gestanden hatte, frage Tom, ob sie sich vielleicht etwas legen möchte, der Boden ist sehr warm. Agathe legte sich und fühlte die angenehme Wärme. Tom zeichnete sie währenddessen, mal auf dem Rücken, mal seitlich und von hinten. Aber das wollte Agathe nicht, wenn schon, dann von vorn.

Als Tom am Abend seiner Natalie die Skizzen zeigte, war sie erstaunt und verwundert

„Das soll meine Großmutter sein? Hast du dir ein junges Ding von der Straße geholt? Das ist ja unglaublich. Liebe Großmutter, du siehst fabelhaft aus. Du brauchst dich nicht vor Jüngeren verstecken." Und Agathe antworte : „Liebe Natalie, du siehst wohl nicht die Brust, wie die nach unten hängt?"

Natalie sagte „Liebe Großmutter, das ist es, was dich ausgesprochen schön macht. Deine Brüste sehen richtig toll und voll aus." Und Tom sagte etwas kleinlaut: „Und so nehme ich eine „alte" Frau her?

So saßen alle frohgelaunt und zufrieden bei einem kleinen Umtrunk zusammen. Eine Flache Wein, im Hause Brand ein seltenes Getränk, wurde zur Feier des Tages geöffnet. Nur Natalie begnügte sich mit Limo, um dem Kind nicht zu schaden.

Am nächsten Morgen ging es weiter. Tom entwarf noch viele Zeichnungen, es soll doch ein gutes, nein, ein sehr gutes Bild werden.

Agathe stand, Agathe setzte sich, Agathe legte sich auf den Bauch, Agathe legte sich auf den Rücken, legte sich auf die Seite (da musste den Brüsten ein wenig Hilfe geleistet werden) immer gab Agathe ein wunderbares Bild ab. Tom war wieder überrascht, wie eine achtzigjährige Frau so vollkommen aussah. Gemeinsam mit Agathe und Natalie suchten sie die gelungenste Skizze aus, die Tom für sein Bild verwenden wollte. Als er am nächsten Tag Agathe suchte, lag sie fröhlich schlummernd nackt im Gras. Sie fühlte sich ausgesprochen wohl und es tat ihr sehr leid, dass ihr Aufenthalt zu Ende ging. Sie hatte sogar noch die Idee, das Tom sie und Natalie auf einem Bild zusammen malen sollte.Er versprach ihr, im nächsten Jahr, wenn sie wieder herkommen wollte, das Doppelbild von beiden zu malen dann allerdings Natalie ohne rundes Bäuchlein. Und er hielt sein Versprechen. Oma Agathe kam und freute sich wieder auf die Sitzungen, gemeinsam mit ihrer Enkelin. Sie war eben eine fröhliche und unternehmungslustige Frau. Als sie nach Fertigstellung des Bildes zu ihr fuhren, hatten sie das Bild fotografiert, der Bildergröße entsprechend ausdrucken lassen. So konnte Agathe, jedem, der es wert für sie war, ihr Aktbild zeigen. Sie war mächtig stolz darauf.

13

Ganz sachte nahte der Winter, zwar noch ohne Schnee, aber der ließ sicher auch nicht mehr lange auf sich warten.

Als Tom am Morgen erwachte, sah er, dass seine Natalie friedlich schlief. So nahm er sich vor, die Strecke bis zu seinem Atelier zu Fuß zu gehen; wecken wollte er Natalie auf keinem Fall. Auf dem Weg sah er, dass Bäume und Sträucher mit Reif überzogen waren. Das musste er unbedingt ins Bild bringen. Im Atelier angekommen, holte er seinen Skizzenblock und machte erste Zeichnungen. In seine

Arbeit vertieft, bemerkte er gar nicht, dass seine Natalie gekommen war. „Mein Liebster, mir geht es heute gar nicht gut. Ich glaube, ich werde zum Frauenarzt gehen müssen." Tom zuckte zusammen, als er unvermutet die Stimme seiner Frau hörte. Sofort legte er Skizzenblock und Stift aus der Hand „Mein Schätzchen, ich komme natürlich mit, da lass ich dich nicht allein fahren." Er nahm Natalie behutsam am Arm und führte sie zum Auto. Er verwünschte sich wieder, weil er noch keine Gelegenheit hatte, sich bei einer Fahrschule anzumelden.

Heute weiß Natalie nicht mehr, was der Arzt verordnete, aber eines weiß sie noch genau, er sagte nämlich „Liebe Frau Brandt, ihr Termin der Geburt rückt immer näher, halten sie sich mit Aktivitäten zurück, ich glaube, in vier Wochen könnte es soweit sein."

Ab sofort gab Tom seine Beschäftigung als Maler auf und wurde zum „Hausmütterchen". Er kümmerte sich um die Wohnung, ums Essen, eigentlich um alles, ganz besonders um seine Natalie. Ihr darf es an nichts fehlen, ihr soll es gutgehen, sie ist doch das Wichtigste in seinem Leben.

Das Weihnachtsfest verlebten sie in ruhiger Zweisamkeit, immer mit dem Gedanken: „Nächstes Jahr sind wir zu dritt, eine richtige Familie mit Mann, Frau und Kind. Jetzt fängt für alle ein neues Leben an."

Am Silvesterabend setzten bei Natalie starke Wehen ein und sie wurde in die Entbindungsstation gebracht. Pünktlich am 1.1. kam das Baby zur Welt. Tom, der die Stunden in der Klinik verbracht hatte, konnte sein Kind und Natalie in die Arme nehmen. Ein glücklicher Vater, der den Tränen freien Lauf ließ; er war überglücklich. Natalie hatte die Geburt gut überstanden. Die junge Mutter lag strahlend im Bett und freute sich an ihrem Baby und dem glücklichen Vater. Tom war so überwältigt, dass er ganz vergessen hatte zu fragen; ob es ein Junge oder ein Mädchen ist. Erst als die Schwester sagte: „Herr Brand, ich beglückwünsche Sie zu einer wunderschönen Tochter", fiel ihm ein, dass ihm diese Frage nicht in seinen Sinn gekommen war. Ihm war nur wichtig, dass es der Mutter gut geht und dass sie jetzt ein Kind haben. Nun kam die Frage „Wie soll das Kind heißen?" Tom erinnerte sich an einen Abend an dem sie gemeinsam nach einem passenden Namen gesucht hatten und keiner gefiel ihnen so richtig. Da machte Tom den Vorschlag, es solle Tona heißen. Natalie fragte: „Was ist das für ein Name, den hab ich noch nie gehört" und Tom antwortete „Mein Schätzchen, du willst wissen, wie ich zu diesem Namen gekommen bin? Ganz einfach, du bist die Mutter, also „Na" und ich bin der Vater, also "To", und unser Kind bekommt einen Namen, in dem wir beide enthalten sind. Nun können wir das

Kind zwar nicht NaTo" nennen, aber Tona" schon. Und dann ist es völlig gleich, ob Mädchen oder Junge, es heißt Tona." Natalie war sofort mit diesem Namen einverstanden und als jetzt in der Klinik diese Frage gestellt wurde, konnten beide freudig sagen „Unsere Tochter heißt Tona". Also stand am Bettchen „Tona Brand".

Jetzt wurde es allmählich zu eng in Natalies Wohnung. Für das Kinderbettchen fand sich kaum Platz. Natürlich kam es ins Schlafzimmer neben Natalies Bett.

Als Natalie aus der Klinik nach Hause kam, blieb Tom bei seiner Arbeit als Hausmütterchen. Er kümmerte sich ausnahmslos um das Wohlergehen seiner geliebten Frau und seines Kindes, das er abgöttisch liebte. Er war regelrecht versessen, immer in der Nähe der Kleinen zu sein. Er beobachtete sie beim Schlaf, nahm das winzige Bündel auf den Arm, beobachtete sie, wenn sie gestillt wurde, und schaukelt sie notfalls in den Schlaf hinüber. Auch nachts war er ständig in Sorge und sofort auf den Beinen, wenn es notwendig war. Er kümmerte sich liebevoll um seine beiden „Damen", wie er sie nannte.

Da Tona fast den ganzen Tag schlief und Natalie in ihrer Nähe bleiben musste, lief er manchmal wieder zu Fuß in sein Atelier, um seine angefangenen Arbeiten zu vervollständigen. Zuerst nahm er sich das Bild mit den reifüberzogenen Bäumen und Sträuchern wieder vor. Seine Skizzen aus den letzten Tagen des Vorjahres lieferten ihn eine gute Grundlage. Es entstand ein Bild, das nicht nur ihm, sondern auch anderen Betrachtern ausnehmend gut gefiel. Um sein Frauentriptychon machte er sich keine Gedanken; jetzt im Winter wird er sowieso niemanden finden, der Modell sitzt.

Eines Tages erhielten sie unerwarteten Besuch. Die Eltern Natalies waren überraschend gekommen. Als Großeltern wollten sie doch ihr Enkelchen in Augenschein nehmen. Natalie und Tom freuten sich sehr über diesen Besuch und konnten mit Stolz ihre Tochter vorstellen. Die lange Fahrt mit dem Auto über verschneite Straßen nahmen die Eltern gern auf sich und waren froh, endlich angekommen zu sein. Natalies Mutter trug eine Pelzmütze und sah so gut aus, dass es Tom sehr reizte, sie darin zu malen als „Frau mit Pelzmütze". Er fragte, ob sie damit einverstanden wäre und sie sagte: „Lieber Tom, wenn dir die Pelzmütze so gefällt, musst du auch mein Gesicht mit malen. Aber sonst bitte nicht so wie Oma Agathe." Alle lachten bei der Vorstellung, eine nackte Frau mit Pelzmütze zu sehen, und Tom sagte „Na klar, dein Gesicht gehört doch dazu. Mütze ohne Gesicht geht nicht, das würde wie eine Reklame für Pelzmützen aussehen. Und das soll es nun wahrlich nicht." Zunächst wurde ein Zimmer für vier Tage in der bekannten Gaststätte bestellt, so lange wollten die Eltern gern bleiben. Für den folgenden Tag bat Tom die Mutter, etwas Zeit für eine Skizze einzuplanen. Das Gesicht und die Pelzmütze ergaben ein schönes Bild; der liebe Ausdruck in ihren Augen gaben dem Bild starke Ausdruckskraft. Es wurde bei einer späteren Ausstellung als eines der besten Porträtbilder bewertet.

## 14

Natalies Gedanken machten einen Zeit-sprung.

Sie sah sich, Tom und Tona im Garten, ne-ben dem Atelier. Tona war bereits acht Mona-te alt und spielte mit ihren Eltern. Sie hatte schon gelernt, fast allein zu sitzen und krab-belte munter über die Wiese. Wenn Tom oder Natalie sie bei ihrem Namen riefen, guckte sie hoch und versuchte, sie auf allen Vieren zu erreichen.

Natalie und Tom, als stolze Eltern, mach-ten sich, wenn sie ihre Tochter sahen, ihre Gedanken. Tom war sich sicher: „Ganz die Mutter, dieses hübsche Gesicht hat Tona von ihr.2 Währenddessen war Natalie vollkom-men überzeugt: „Bei solch einem Vater konn-te ja nur ein hübsches Kind entstehen, also: Ganz der Vater."

Das vergangene halbe Jahr hatte zwei Än-derungen ergeben: sie hatten eine größere Wohnung beziehen können. Tom hatte im zweiten Anlauf die Fahrschule bestanden. Darüber war er sehr froh, konnte er damit doch seiner Geliebten viele Wege abnehmen und sie unterstützen. Die Trennung von der alten Wohnung allerdings war ihm nicht leicht gefallen, war sie es doch, wo sie ihre ersten Nächte verbrachten. Überhaupt konnte er sich immer schlecht von Altgewohntem trennen. Nach der Fahrschulprüfung gingen sie gemeinsam auf Suche nach einem passenden Auto und fanden ein guterhaltenes gebrauchtes. So war Tom motorisiert und brauchte die Strecke nicht mehr zu Fuß zum Atelier zu gehen, das freute ihn auch sehr.

Der Garten war groß und Tom hatte sich angewöhnt, wenn Natalie dort angekommen und sich ihrer Kleidung entledigte, das Gleiche auch zu tun. Der Aufenthalt damals in Warnemünde hatte ihn überzeugt, dass man sich unbekleidet auch sehr wohlfühlen konnte. Besucher hätte man schon vom Weiten erkannt. Kleine Komplikationen ergaben sich dennoch.

Als er wieder mit Natalie und Tona spielte, stand plötzlich ein Ehepaar vor ihnen und fragte, ob sie hier den Maler Brand finden könnten. Nun war Tom doch einigermaßen in seiner Nacktheit vor ihnen betroffen. Er stand auf „Ich werde ihn holen" und ging zum Atelier. Die Frau sah ihn aufmerksam an: „Irgendwie kommt der Mann mir bekannt vor. Aber woher?"

Tom hatte sich in seinem Atelier schnell etwas übergezogen und kam zu dem Ehepaar zurück. Die Frau dachte: „Vorher hat er mir besser gefallen." Tom sagte: „Ich bin der Maler Brand, was ist ihr Anliegen?" Sie möchten gern ein Bild in Auftrag geben, wo sie in ihrem Wohnzimmer an einem Tisch sitzen. Man kam überein, dass Tom sie in ihrer Wohnung aufsuchen und sich eine Vorstellung zum Bild machen wird. Als das Paar sich verabschiedet hatte und auf dem Rückweg befand, sagte die Frau zu ihrem Mann: „Ich weiß jetzt, wo ich diesen Mann schon mal gesehen habe. Erinnerst du dich auch? Wir waren doch kürzlich zu der Ausstellung des Malers „Y", da war er als Aktmodell zu sehen. Ich wusste doch, dass ich ihn schon gesehen hatte. Es war doch ein sehr einprägsames Bild gewesen." Ihr Mann konnte sich nicht entsinnen, weil er das Bild nur nebenbei betrachtet hatte; sie umso intensiver.

Solche Überraschungsmomente waren nicht häufig und Tom war, wenn er arbeitete immer bekleidet, nur, wenn er mit seinen beiden „Damen" spielte, gab er sich „ohne".

An einem besonders warmen Tag, ließ er seine Arbeit liegen und tummelte sich mit Natalie und Tona auf der Wiese. Plötzlich, unergründlich, wie sie das unbemerkt geschafft hatte, stand Stefanie vor ihnen. Sie dachte „Oho", aber sagte „Guten Tag, Frau Brandt, guten Tag Herr Brandt, guten Tag, du kleiner Liebling. Ich komme vorbei, weil ich für Franzi fragen soll, ob Sie für ein Bild noch Interesse an ihr haben. n der vergangenen Zeit hatte sie keine Gelegenheit gefunden, Ihnen Bescheid zu geben. Jetzt wäre es ihr möglich. Was sagen Sie?" Tom rappelte sich anstandshalber hoch und dachte „So ein Pech, jetzt sieht sie mich, wie ich sie gesehen habe, aber was solls. Es ist passiert." Stefanies Gedanken waren ähnlich: „Oho, jetzt sehe ich dich, wie du mich gesehen hast" und wartete auf eine Antwort. Da rief Natalie „Hallo, Mädchen, wenn du hier bleiben willst, komm zu uns. Ansonsten warte am Atelier. Herr Brandt kommt gleich nach." Stefanie überlegte nicht lange und spielte sofort mit Tona. Die Kleine freute sich über die neue Spielgefährtin und ein lustiger Nachmittag schloss sich an.

.Natalie sah ein ausgesprochen hübsches Mädchen, das mit Kindern zu spielen, gutes Geschick hatte. Sie dachte „ Du siehst meinen Mann, wie ich ihn sehe, ja, das ist mein Mann mit allem Drum und Dran. Das ist also das Mädchen, das er im vorigen Jahr gemalt hatte, ja, sie ist schön. Schön jung wie ich auch mal war, und ich bin es noch, jetzt wo wir ein Kind haben. Bei mir sind noch keine Alterserscheinungen festzustellen, die haben noch viel Zeit. Jetzt blühe ich erst nochmal richtig auf und kann mit deinem schönen Körper gut konkurrieren." Tom hatte sich schnell seinen

Malerkittel übergezogen und sie spielten zu viert.

Tom dachte immer noch darüber nach, wie sie so unbemerkt zu seiner Wiese gefunden hatte . Als sich Stefanie verabschiedete, bot Natalie ihr an, gerne wieder zu kommen, denn Tona hatte Freundschaft mit ihr geschlossen. Stefanie sagte freudig zu und dachte bei sich „So sieht also der Mann aus, der mich gemalt hat. Eigentlich ist doch gar nichts dabei, wenn alle unbekleidet sind, da kommen keine Schamgefühle auf. Aber Tom, Oho, mein lieber Schwan."

Stefanie kam öfter und sie nutzten die warmen Tage für gemeinsame Spiele; jeder genoss es und es waren immer schöne gemeinsame Stunden. Stefanie erzählte, dass sie gern Kindergärtnerin werden möchte und schon immer eine Liebe zu Kindern hatte.

Tom schwor wieder „Ich werde keine Altbilder mehr malen, ich will endlich auch auf anderen Bildern zeigen,dass es viele interessante Themen gibt, die lohnenswert sind." Allerdings hatte er Franzi vergessen, die sich eines Tages meldete. Und schon war der Vorsatz wieder hinfällig. Auch in den folgenden Jahren wurde er wieder um Aktbilder gebeten, denen kam er selbstverständlich nach. Er fragte sich, warum sind es immer Aktbildern von Frauen? Männer kamen nie zu ihm. „Das ist doch auch völlig klar." gab er sich selbst die Antwort: „Es gibt wahrlich nichts Schöneres als ein Frauenaktbild, was ist denn an einem Männerakt schon interessant" und sah sein eigenes Aktbild in der Galerie. Aber das war wohl eine Ausnahme. Allerdings wurde er später wieder als Akt gebraucht, weil sich Natalie überlegt hatte, ein Aktbild von sich mit ihrer Familie zu wünschen.

So kamen eines Tages Stefanie und Franzi in sein Atelier spaziert. Stefanie sagte: „Herr Brand, hier bringe ich die säumige Franzi. Sie hat sich allein nicht hergewagt, also bin ich mitgekommen. Wo sind denn Ihre beiden „Damen"? Haben sie sich versteckt? Wo kann ich sie finden?" und Tom musste antworten: „Die sind heute leider nicht da, Tona ging es nicht sehr gut, da sind sie zu Hause geblieben". Stefanie war enttäuscht, sie wollte doch gern Franzi zeigen, was das für ein hübsches Kind ist, wie sich beide schon aneinander gewöhnt hatten und fragte „Herr Brand, kann ich solange hierbleiben? Ich leg mich in den Garten und werde auch überhaupt nicht stören." Tom hatte nichts einzuwenden, so legte sich Stefanie auf die warme Wiese, etwas entfernt von Toms Arbeitsstelle.

Franzi, anfangs nicht so lebhaft und offen wie ihre Freundin, wirkte etwas zurückhaltend. Tom wusste jetzt jedoch, wie es in ihr aussieht, er hatte diese Situation selbst erlebt. Sie war etwas kleiner als er, vielleicht die Maße wie seine Natalie und er versuchte, ihre Hemmungen etwas zu mindern. Dabei hatte er noch gut in Erinnerung, wie sich Franzi unbeobachtet vor Stefanie oberkörperfrei präsentiert hatte. Er dachte: Na Mädchen, bist du so schüchtern oder tust du nur so? Wir werden das schon schaffen. Wie immer, machte er sich einige Zeichnungen im Stehen oder Sitzen, von vorn und hinten, alle Positionen, die für ein Bild infrage kommen können. Dann sagte er „Liebe Franzi, würdest du auch mal deine Kleider ausziehen, damit ich einen Gesamteindruck von dir bekomme." Franzi nickte und legte das Wenige, was sie anhatte, beiseite. Ihren Oberkörper hatte er noch sehr gut in seinem Kopf gespeichert. Alles Übrige bis zu den Füßen war unbeschreiblich schön. Er fragte Franzi: „Wie hattest du dir dein Bild vorgestellt, möchtest du liegen oder stehen? Sie konnte sich nicht entscheiden und überlegte lange. „Ich weiß nicht recht. Was meinen Sie, was das beste wäre?" Tom konnte sich beides überaus gut vorstellen. Weißt du, wir machen erst mal beides, ich skizziere kurz und du sagst mir dann, was dir am besten gefällt." Also wurde ein Bild im Stehen gemacht.

Franzi machte ein verlegenes Gesicht und er zeichnete von oben bis unten. Dann bat er Franzi sich auf den Boden zu legen, vielleicht erst mal seitlich. Es war ihr sichtlich unbehaglich, aber sie tat es. Dann bei der Bitte, sich auf den Rücken zu legen, überlegte sie eine Weile und legte sich dann wie gewünscht auf den Boden.

Tom, der gedacht hatte, er sei jetzt ein „richtiger" Maler wurde vom Gegenteil überzeugt. Beim Anblick dieser schönen Frau wurde seine Erregung wider Willen so stark, dass er sich wegdrehen musste. Tom konnte nicht mehr an sich halten und ging einige Schritte zur Seite, er musste sich erst etwas beruhigen. Seine Erregung war beinahe schmerzhaft. Er hoffte sehr, dass Franzi das nicht bemerkte und wandte sich ihr wieder zu. Aber er konnte einfach nicht abreagieren und sagte zu Franzi „Ich glaube, das würde für heute erst mal reichen. Wenn du morgen wiederkommst, entscheiden wir, wie wir das Bild gestalten." Franzi war einverstanden und froh, wieder aufstehen zu können.

Da Franzi mit Stefanie gekommen war und wieder mit ihr nach Hause fahren wollte, mussten beide sie zunächst suchen. Ganz am Rande der Wiese fanden sie eine schlafende Stefanie. Er ließ Franzi bei Stefanie zurück und ging sehr langsam zu seinem Atelier. Hier zog er seinen Malerkittel aus und wusch sich mit kaltem Wasser von oben bis unten gründlich ab. Er wiederholte die Prozedur und als er fast fertig war, standen die beiden Mädchen vor ihm. Die beiden schauten nicht weg, sondern ihn genau an und Tom dachte „Ganz übel sehe ich sicher nicht aus. Jetzt kenne ich euch und ihr kennt mich. Also kein

Problem draus machen, ich bin eben so." So standen sie zu dritt im Atelier und verabredeten sich für den nächsten Tag. Stefanie fragte, ob sie wieder mitkommen dürfe, sie fühle sich hier fast schon wie zu Hause. Tom hatte keine Einwände und die Mädchen zogen frohgemut davon. Was sie dachten oder gesehen hatten, worüber sie sich unterhielten, davon hatte Tom keine Ahnung. Hätte er ihren Worten lauschen können, hätte er sicher mehrere Male „Mein lieber Schwan" hören können. Was auch immer das heißen soll.

Am Abend kroch er förmlich in seine Natalie hinein. Er war so glücklich dass er sie hatte. Alles war schön.

„Freunde, das Leben ist lebenswert".

## 15

Am nächsten Tag kam Natalie mit Tona zu ihm in den Garten. Tom bereitete für Franzi einen ausgewählten Entwurf vor, den wollte er eingehend mit ihr besprechen. Vor allem, ob sie stehen oder liegen wollte. Am Vormittag war noch nicht mit Besuch zu rechnen und so tollten die drei Familienmitglieder fröhlich und ausgelassen auf der Wiese, dem Sonnenschein entsprechend natürlich unbekleidet. Das gefiel Tom jeden Tag mehr und machte ihm richtig Freude. Tona ging es wieder besser und so hatten sie alle drei einen schönen Spielvormittag. Völlig unerwartet, tauchten Stefanie und Franzi plötzlich auf, während die Familie auf der Wiese ihrem Spaß freien Lauf ließ. Natalie kannte ja Stefanie bereits, aber das andere Mädchen hatte sie noch nie gesehen. Sie wunderte sich, wer die andere Hübsche war. Denn hübsch war sie auf jeden Fall. Natalie begrüßte die beiden und Tom war verzweifelt, weil er noch nackt war. Trotzdem stand er auf, begrüßte seine Ankömmlinge und stellte seiner Frau Franzi vor. Natalie dachte „Donnerwetter, er hat sich so daran gewöhnt, das ihm das hier nicht stört. Aber mein Mann kann sich immer zeigen, denn er ist mein Mann und ansehenswert sowieso. Mädels, so einen schönen Mann werdet ihr schwerlich noch einmal begegnen. Schaut ihn an und staunt oder freut euch." Sie kam zu den beiden, begrüßte sie herzlich und lud Franzi für die Zeit nach den Sitzungen ein, zu ihnen zu kommen. Tom hatte sich inzwischen etwas übergezogen und ging mit Franzi zu der verabredeten Stelle. Stefanie blieb bei Natalie und Tona. Tom zeigte Franzi die ausgewählte Zeichnung, war sich aber noch nicht sicher, ob er sie stehend oder liegend malen sollte. Franzi war sich auch noch nicht sicher. So sagte Tom „Weißt du was? Wir planen ein Bild stehend ein, einen schönen Hintergrund müssen wir noch finden und wenn dann noch genügend Zeit ist, machen wir ein weiteres Bild, wenn du liegst. Ein Bild muss ich für mein Triptychon sowieso behalten, das andere könnte ich dir dann schenken.

Wärst du damit einverstanden?" Franzi freute sich sehr, dass sie ein Bild erhalten würde, denn das Tom das andere für seine Ausstellung braucht, das wusste sie ja. Nun musste ein passender Hintergrund für das Bild im Stehen gefunden werden. Tom wusste, dass hinter seinem Garten ein Getreidefeld in voller Blüte stand und ging mit Franzi dorthin und stellte sie im die Nähe des Feldes.

Das gab ein einen sehr guten Kontrast zu ihrem hellen Körper. Er war begeistert und auch Franzi sah es so. Tom zeichnete mit Begeisterung. Franzi begann, ihre Hemmungen allmählich zu verlieren und stellte sich so, wie ihr gesagt wurde. Sie fand alles recht interessant und schämte sich ihrer Nacktheit überhaupt nicht mehr, sie fühlte sich wohl. Einmal kam ihr der Gedanke „Du kannst mich stundenlang ansehen, irgendwie finde ich das schön. Außerdem weiß ich ja auch, wie du hinter deinem Kittel aussiehst, also sind wir beide voreinander nackt. Finde ich cool." Für die ersten Skizzen nahm sich Tom viel Zeit, einesteils, um sie besonders schön zu machen, und andrerseits konnte er sie dabei lang ansehen um dann alle Details ins Bild bringen. Franzi stand gern, genoss die warmen Sonnenstrahlen und seine Blicke, die auf ihr ruhten. Die Erregung hatte sich bei Tom nicht wieder stark bemerkbar gemacht und er war sehr froh darüber. Nach einer reichlichen Stunde sagte er „Liebe Franzi, du bist ein wunderbares Modell, ich schlage vor, wir machen für heute Schluss. Komm bitte morgen wieder, dann werden wir ein Bild gestalten, wenn du liegst. Solltest du keine Lust mehr haben, müsste ich aus der heutigen Zeichnung das Bild entwerfen, aber es wäre schon besser, du kommst." Franzi nickte eifrig und sagte für morgen auf alle Fälle zu. Als sie bei Natalie, Tona und Stefanie vorbeikamen, rief Natalie sie zu sich und bot ihr an, sich zu ihnen zu setzen. Franzi, die sich das wohl gemerkt hatte, kam der Aufforderung nach, setzte sich zu ihnen und sie spielten gemeinsam mit Tona. Die Mädchen blickten abwechselnd auf Tona, auf ihn und auf Natalie, die sich in dieser Gemeinschaft überaus wohl fühlte.

Und Stefanie dachte kurz „Ich hab dich nackt gesehen, deine Hand und noch mehr gespürt, aber das werde ich nicht verraten."

Der folgende Tag gestaltete sich wie der vergangene. Tom ging mit Franzi zu dem ausgetrockneten Brunnen und überlegte, wie er den Brunnen am besten mit Franzi in Verbindung bringen könne. Als Ergebnis war auf dem Bild zu sehen, wie sich Franzi auf den Brunnenrand legte, rücklings und mit offenen fröhlichen Augen. Ihr gefiel diese Situation sehr, musste nur aufpassen, dass sie nicht wegrollte. Aber der Brunnenrand war breit genug und ließ ihr viel Platz. Tom nahm sich wieder viel Zeit für die Zeichnungen. Nach jeder zeigte er ihr seinen Entwurf. Franzi war begeistert, wie gut sie auf den Skizzen aussah. Ihr nackter Körper, den er in allen Einzelheiten gezeichnet hatte gefiel ihr sehr. Dabei dachte sie „Ich hab gar nicht gewusst, dass ich ohne Kleidung so gut aussehe," sie gefiel sich selbst. Als sie dann fertig waren, war sie fast enttäuscht. Freute sich aber auf die folgenden Stunden, wenn sie gemeinsam mit Tona spielen werden. Abwechselnd nahmen sie die kleine Tona auf den Arm und spazierten über die Wiese, setzten sie ab und freuten sich, dass Tona auf sie zu kam, wenn sie mit ihrem Namen gerufen wurde.

Tom versprach ihr, wenn er sein Bild fertig habe, sich bei ihr zu melden, das könne aber eine Weile dauern. Sollte sie und Stefanie Lust haben, können sie gern in der Zwischenzeit vorbeikommen und mit Tona spielen. Und sie kamen.

Nach jeder dieser Sitzungen freute sich Tom auf den Abend mit anschließender Nacht mit seiner Natalie. Ihre Liebe war immer wieder neu; sie liebten einander wie am ersten Tag.Tom arbeitete fleißig an den beiden Bildern und freute sich, als er sie Franzi zeigen konnte. Die war von beiden überaus begeistert und wusste nicht, welches sie sich wünschen würde. Diese Entscheidung nahm ihr Tom ab, indem er sagte: „Liebe Franzi, es hat mir große Freude gemacht, dich ins Bild zu bringen. Du bist ein großartiges Modell gewesen. Eines der beiden Bilder würde ich dir gern schenken, denn eigentlich hätte ich dich für die Sitzungen bezahlen müssen. Ich würde für mein Vorhaben gern das Bild vom Brunnen nehmen, bist du einverstanden?" und Franzi stimmte fröhlich zu. Ihr war das Bild am blühenden Getreidefeld ans Herz gewachsen. Es war ihr die ganze Zeit über gar nicht bewusst gewesen, dass sie für die Stunden hätte eigentlich bezahlt werden müssen. Aber ein Bild von sich war wesentlich schöner und vor allem dauerhafter. Glücklich und fröhlich fuhr sie nach Hause; natürlich erst nach der traditionellen Spielstunde zu fünft.

Tom fragte sie auch, ob er ihr Bild für eine eventuelle Ausstellung ausleihen könne. Franzi überlegte nicht lange und sagte zu. Dabei dachte sie „Dann werden mich fremde Leute ansehen. Ist das schlimm? Ich finde mich auf den Bildern so schön, dass ich mich ohne weiteres sehen lassen kann. Und wer kennt mich auswärts schon. Also „Ja".

Nun hatte Tom für sein Triptychon das erste Bild „Junge Frau", für das zweite „Frau im besten Alter" ( diesen Titel wollte er aber keinesfalls verwenden,)war selbstverständlich seine Natalie vorgesehen, und für „Alte Frau" musste er überlegen, ob er Großmutter Agathes Aktbild verwenden kann.

Für Natalie bevorzugte er wieder ein Bild, dass ihre Vorderansicht zeigt, schön und ohne Bäuchlein. Er stellte sie auf die Mitte der Wiese, sodass er um sie herum Wiese, Blumen, und in der Ferne ein Getreidefeld andeuten konnte. Natalie hatte ihren schönen Körper auch nach der Geburt Tonas behalten, sie sah aus, wie ehedem. Tom verliebte sich ständig wieder in sie und beglückwünschte sich immer aufs neue, dass er sie seine Frau nennen durfte. „Was bin ich für ein vom Leben begünstigter Mann".

Natalies Akt bereitete ihn keinerlei Schwierigkeiten, er kannte ja jeden Winkel, jeden Bogen, jedes Detail von ihr und es machte ihm großes Vergnügen, sie wieder zu malen. Ach, wie liebte er sie, wie liebte er ihren Körper, er liebte einfach alles, was mit Natalie zu tun hatte. Und Natalie liebte und genoss es, von ihrem geliebten Mann und Maler angesehen und gemalt zu werden. Er sah sie noch ebenso verliebt an, wie bei ihrem ersten Aktbild, obwohl er nun inzwischen andere Modelle hatte. Sie wusste, dass er sie ebenso gern malte, wie die anderen. Vielleicht noch lieber, denn er konnte sie ja danach in die Arme nehmen und küssen, und sie würde dabei seine immer wiederkehrende Erregung an sich spüren, „ Ich liebe ihn grenzenlos".

Toms Gedanken gingen auch in Richtung seines geplanten Triptychon „Frühling-

Sommer-Herbst". Das musste er zugunsten der Vorhaben „Frauen" zurückstellen.

Eigentlich ärgerte er sich im Stillen immer wieder, dass er mit seinen Aktbildern mehr Aufmerksamkeit erreichte, als mit seinen anderen Bildern und er sagte zu sich „Ich will kein Aktbildmaler werden, ich will auch andere Themen aufzeigen." Dazu hatte er, wenn er seine Fantasie anstrengt, im Winter viel Zeit. Manchmal (Verzeih, meine Geliebte) verwünschte er den Moment, wo er mit Natalies Akt für Aufmerksamkeit gesorgt hatte und seitdem immer wieder mit diesem Metier in Verbindung gebracht wurde. Warum immer ich? Andere Maler können das doch auch. Sind meine so viel besser? Dass er davon nicht wegkommt, sorgte schon seine eigene Familie, denn Natalie hatte den Wunsch geäußert, einmal mit ihm und Tona auf ein Gemälde zu kommen. Tom fragte sie „Mein geliebtes Schätzchen, wenn ich auf dem Bild mit soll, dann kann ich das Bild nicht malen, mit Selbstporträt habe ich mich noch nie beschäftigt. Was nun?" Natalie hatte sich bereits ihre Antwort zurecht gelegt und erwiderte: „Liebling, es könnte doch Maler Y machen. Der hat dich so einprägsam gemalt. Du weißt doch, wie dein Bild in seiner Ausstellung ständig umlagert war". Tom sah die vielen Besucher, die sein Konterfei intensiv betrachteten. Dabei fühlte er sich einerseits nicht recht wohl, war aber auf der anderen

Seite auch ein wenig stolz. Wenn er es recht betrachtete, dann brauchte er dieses Bild nicht zu malen, das würde in diesem Fall ein anderer machen müssen. „Wenn du meinst, dann werde ich Y mal bei Gelegenheit ansprechen", aber so ganz geheuer war ihm bei dem Gedanken nicht. Dabei war nicht seine Person der Angelpunkt dabei, sondern, dass seine Natalie vor dem Kollegen Modell stehen oder sitzen müsste. Eigentlich dürfte es nur er sein, der seine sehenswerte Frau sieht und porträtiert, da aber seine Natalie auf dem Aktbild schon zu sehen war, ist es vielleicht auch nicht weiter schlimm.Weil es ein Bild im Freien sein sollte und der Sommer langsam Abschied nahm, musste die Entscheidung schnell gefunden werden. Am nächsten Tag fuhr er (er hatte ja endlich ein Auto) zum Kollegen Y und unterbreitete ihn Natalies Vorschlag. Der sagte sofort zu: „Sie haben mir damals sofort geholfen, also helfe ich Ihnen jetzt, den Wunsch Ihrer Frau zu erfüllen. Vielleicht haben wir Glück und es wird ein ebenso schönes Bild wie das von Ihnen." Mit dieser Zusage erfreute Tom seine Frau, und er freute sich, dass sie sich freute.

Tona war nun bereits ein anderthalbes Jahr alt und sollte zwischen den Eltern stehen. Jeder hatte eine Hand der Kleinen in seiner Hand. Auf dem Bild sollte es aussehen, als ob sie auf die Zuschauer hin liefen. Der Maler Y hatte leider keinen Garten, in dem sich die

Beteiligten aufstellen konnten. So wurde ver-
einbart, dies entweder in Toms Garten oder
auf einem Gebiet außerhalb der Stadt zu tun.
Da Tom schon in vielen seinen Bildern den
Garten und die Umgebung gestaltet hatte,
suchten sie eine entlegene Stelle und fanden
sie. Sie war umgeben von einem kleinen
Wäldchen und eignete sich wunderbar für ihr
Vorhaben.

So standen am nächsten Tag Tom, Natalie
und Tona an dieser Stelle und zeigten Herrn
Y, wie sie sich das Bild vorgestellt hatten.
Tom dachte „Ich sehe aus, wie auf dem anderen Bild. Aber meine Natalie so ganz ohne alles vor einem fremdem Mann, aber nicht als
Bild, sondern als natürlicher Mensch." Das
machte ihm einigermaßen Unbehagen. Natalie dachte: „Mir macht das nichts aus, mich
so zu postieren. Man hat mich ja auf dem
Aktbild auch gesehen, und ich glaube, ich
habe mich nicht zum Schlechten entwickelt,
ich bin immer noch attraktiv." Sie strahlte
Gelassenheit und Frohsinn aus, Tona war wie
immer lieb und wenn es darauf ankam, auch
ruhig. Nur Tom fühlte sich nicht recht wohl in
seiner Haut.

Maler Y machte seine Skizzen, die anschließend gemeinsam betrachtet wurden
und man fuhr mit dem Gedanken „Das wird
sicher ein gutes Bild" nach Hause.

Einmal hatte sich tatsächlich eine Gruppe
von Wanderern an ihre Stelle verirrt. Sie blie-

ben eine ganze Weile stehen und betrachteten den Maler bei der Arbeit. Tom störte das nicht. Natalie war von den Zuschauern nicht sonderlich begeistert, sah ihnen aber offen ins Gesicht. Irgendwann liefen sie weiter und hatten ein schönes, für diese Gegend seltenes Bild in sich.

Und es wurde ein gutes Bild. Y war über das Ergebnis selbst höchst erfreut, als er die Drei auf dem Bild förmlich auf sich zu laufen sah. Natalie, wieder bewunderungswürdig, Klein Tona war äußerst lieb geraten und Tom sah eben aus wie Tom, da konnte man nichts verderben. Natalie kann sich noch sehr gut erinnern, dass dieses Bild wieder viele Besucher in seinen Bann zog. Sie hörte noch genau, wie eine Frau zu ihrem Mann leise sagte: „Kann das wirklich so stimmen?" und dabei ihre Augen auf Tom gerichtet hatte. Der Mann, ebenso leise, antwortete „Warum nicht. Hier stimmt alles. Glaub es nur. Schön anzusehen." Seine Augen allerdings weilten auf Natalies Bild, nicht bei Tom. Viele Besucher waren vom Gemälde begeistert und fanden vor allem die kleine Tona reizend und süß.

So hatte Tom ein Aktbild, das er nicht malen musste. Er war Teil eines Kunstwerkes, und das machte ihn froh. Abends kuschelte er sich an seine Natalie, verwöhnte sie mit seinen Küssen und mehr.

Natalie merkte, dass ihre Gedanken Sprünge machten, denn plötzlich war sie wieder im Garten. Da hüpfte ein kleines Mädchen fröhlich herum es war vielleicht vier Jahre alt. Sie erkannte das Kind sofort, es war Tona ihre kleine süße wunderbare Tochter. Ein ausgesprochenen hübsches Mädchen. Sie sah Tom aus dem Atelier kommen und stellte fest, dass sich bei ihm allmählich graue Haare zeigten, wenn auch nur ganz wenige, aber sie kündigten sich schon an. Hinter Tom kam sie selbst aus dem Atelier. Bei sich konnte Natalie keinerlei Veränderungen feststellen, sie sah aus wie vor Jahren. Sie und Tom gingen zu Tona und gemeinsam verbrachten sie die nächsten Stunden beim Spiel. Stefanie und Franzi waren öfter gekommen. Sie hatten ihre Spiele immer zu fünft gemacht. Allmählich waren die Besuche seltener geworden. Stefanie war in der Ausbildung zur Kindergärtnerin und Franzi wohnte in einer anderen Stadt.

So war es eine Riesenüberraschung, als plötzlich Stefanie und Franzi im Garten auftauchten. Es gab ein großes Hallo, Umarmungen und Küsschen auf beide Seiten. Tona konnte sich noch genau an ihre ersten Freundinnen erinnern und war überglücklich sie zu sehen. Sie packte beide an den Händen und zog sie auf die Wiese. Die Erinnerung an die Malstunden mit den beiden Mädchen versetzten Tom wieder in Erregung. Einige

Schritte in Richtung Atelier brachten etwas Ruhe in ihn und er konnte sich wieder dem fröhlichen Treiben zuwenden und sich ins Spiel einbringen. Einmal, als er Tona abfangen wollte, warf sich Franzi dazwischen und Tom hatte statt Tona plötzlich Franzis Brust in der Hand. Das war ein Gefühl, einem elektrischen Stromschlag vergleichbar. Er zog langsam seine Hand zurück und musste sich schnell auf den Bauch legen. Franzi sagte nichts, als ob sie das nicht gespürt hatte. Tom lag auf der Wiese auf dem Bauch und rührte sich nicht, traute sich nicht aufzustehen. Als Tona plötzlich weinte, erhob er doch, ging er zu ihr und tröstete sie. Dabei versuchte er immer rücklings vor den anderen zu stehen, aber seitlich war seine Erregung auch hinter dem Malerkittel doch deutlich zu sehen, was er aber nicht vermutete.

Als es später kühler wurde, verabschiedeten sich Stefanie und Franzi und versprachen, wenn es sich zeitlich einrichten lässt, wieder zu kommen.Franzi dachte auf dem Heimweg „Das war eine unverhoffte Berührung, die war schön und hätte länger sein müssen."

Natalie fragte ihn am Abend „Nun mein Schatz, war es schön, die Beiden wieder einmal zu sehen? Die sehen einfach super aus" und Tom antwortete „Ja, das war echt schön, aber du bist immer das Beste, was es gibt und alles, was du hast, ist auch mein."

251

## 17

Dann sah Natalie, wie Tom an seiner Reihe „Frühling-Sommer- Herbst" arbeitete und schließlich zufrieden diese Serie beenden konnte. Noch hatte er keinen Käufer dafür, aber in einer Ausstellung in Leipzig wird es bestimmt Beachtung, und eventuell auch einen Käufer finden. Überhaupt waren die letzten Jahre sehr erfolgreich für ihn verlaufen, er bekam Aufträge, die er gern und gut erfüllte. Mit seinem Leben war er rundum zufrieden. Töchterlein Tona war gewachsen und schien ein kluges Kind zu werden; sie hatten als Eltern viel Freude an ihr. Tagsüber ging sie in den Kindergarten, der ihr gut gefiel, aber wenn Mama sie abholte, gefiel es ihr noch besser, dann ging es ab zu Papas großer Wiese und es wurde gespielt bis zum Müde werden. Tom legte jede Arbeit beiseite, sobald Natalie und Tona zu ihm kamen, denn jetzt war Spielzeit angesagt, und die wurde gründlich ausgekostet. Waren dann zufällig Stefanie und Franzi auch dabei, wurde es besonders lustig. Die beiden großen Mädchen hatten für die Nachmittage neue Spiele vorbereitet und es wurde nie langweilig. Kam mal nur eines der Mädchen war es Tona auch recht, sie mochte beide sehr. Tom passte dann auf, nicht zu sehr in die Nähe von Stefanie oder Franzi zu kommen. All das Schöne, konnte er bei seiner Natalie finden und da brauchte seine Erregung nicht zu verbergen. Er konnte sie

Natalie sogar zeigen, was ihr gut gefiel, sah sie doch daran, dass er sie noch liebte und sie fand stets eine Möglichkeit, ihn davon zu befreien. Ja, seine Geliebte, sie hatte stets die richtigen Gedanken. Er liebte sie unsagbar. Um glücklich zu sein, brauchte er nur seine Natalie und Tona.

Tom freute sich, allmählich von Typ des Aktmalers abgekommen zu sein. Seine Bilder fanden allgemein guten Anklang und sein Name wurde bekannt. Ein Bild mit der Unterschrift „Brand" hatte schon einen gewissen Wert in dieser Branche.

## 18

Natalie sah plötzlich Bilder vom Ostseestrand. Richtig, sie hatten Oma Agathe eingeladen, mit ihr als Dank fürs Modellsitzen zwei Wochen an die Ostsee zu fahren. Agathe war sofort begeistert und sagte „Ja, ich komme mit, da war ich seit meiner Jugendzeit nicht mehr." Sie holten Großmutter Agathe, dieses lebensfrohe und unternehmungslustige Persönchen in ihrer Wohnung ab und machten sich auf die Reise an die Ostsee. Gleich nachdem sie ihr Quartier bezogen hatten, wollte Agathe ans Wasser. So gingen sie zum Strand. Oma staunte nicht schlecht, als sie nur unbekleidete Menschen vor sich sah, denn Natalie war sofort zum textilfreien Strand gegangen. Agathe war fasziniert. Sie hüpfte schnell aus ihrem Badeanzug und gesellte sich unter die

Strandgänger. „Ich hätte nie gedacht, dass das solchen Spaß macht, ich finde das großartig, aber zu meiner Zeit war das nicht möglich. Hier gehe ich jetzt jeden Tag hin und lass mich von der Sonne rundum bräunen. Ach, ist das herrlich, versteckt meinen Badeanzug, den werde in in den nächsten Tagen nicht mehr brauchen". Sie war aufgeregt wie ein Kind und Tom und Natalia freuten sich mit ihr.

Am zweiten Tag überraschte Agathe Tom mit einer Frage: „Weißt du noch Tom, du hattest mir doch versprochen, ein Bild mit mir und Tona zu malen. Hier wäre der richtige Platz dafür und Zeit haben wir auch." Tom dachte, eigentlich hat sie Recht, hier wäre ein idealer Platz die Beiden in einen Akt zu bringen. Es muss nicht immer eine Wiese oder ähnliches sein, nein, hier haben wir einen natürlichen Hintergrund und Zeit haben wir genug. So nahm er am Nachmittag seinen Skizzenblock und seine Stifte mit zum Strand und stellte Oma und Tona so, dass die Ostsee einen eindrucksvollen Hintergrund bildete. Die „jugendliche" Oma und Tona ergaben ein gutes Bild, das er kurz skizzierte. Wie postiert er die Oma, wie das Kind? Beide frontal, das gab es schon oft, das geht nicht. Oma liegt und das Kind sitzt auf ihr. Mäßig. Tom wählte schließlich aus, dass Oma nach vorn schaut und die Arme ausbreitet, um Tona aufzufangen. Das wird gehen. Also machen wir es so.

Während er seine Skizzen machte, versammelten sich viele Strandbesucher und sahen zu. Sie versuchten ihn über die Schulter zu sehen, wie er das malt und beobachteten die beiden Akteure. Ein Maler, der an der Ostsee Bilder malt, kommt schon hier und da vor, aber dann ist man nie gerade dort, wo es passiert. Viele gingen dann weiter, denn es geschieht ja nichts. Viele aber lagen oder standen und wollten von Tom gern sehen, was er skizziert hatte.

Anfangs sträubte er sich dagegen, dachte aber dann, warum nicht, was ich gezeichnet habe und wie ich es gezeichnet habe, ist allein meine Sache, das muss nicht jedem so gefallen. Und er zeigte seine Entwürfe und die sie sahen, waren begeistert. Was zu erwarten war, er aber nicht gehofft hatte, trat ein und sofort meldeten sich Passanten und fragten, ob er von ihnen auch solch ein Bild malen würde. Tom sah schon wieder eine Anzahl von Aktbildern auf sich zukommen, und das wollte er doch nicht. So hatte er sich hier in ein regelrechtes Ameisennest gesetzt. Er notierte mindestens zehn verschiedene Namen und Adressen. Er versprach versprach, sich bei Gelegenheit zu melden. Eines machte Tom sehr froh: wenn er als Nackter unter Nackten sich bewegte, dann kam er nie in seine unbeliebte Erregung. Er freute sich, diesen Zustand überwunden zu haben. Bis zu dem Tag, als er die Küste entlang lief, auf der Suche nach einem abgeschiedenen Plätzchen.

Während er die Umgebung absuchte, kam von hinten eine junge Frau gerannt, die sich sportlich in Form halten wollte. Als sie zwei Schritte vor Tom war, strauchelte sie und fiel hin. Sie lag langgestreckt im Sand und kam nicht hoch. Während er versuchte, ihr beim Aufstehen behilflich zu sein, wünschte er sich, sie hätte einen Henkel, wo er sie hochziehen könnte, hatte sie aber nicht. Nach einigen vergeblichen Versuchen hatten sie es geschafft und die junge Frau stand wieder. Und der bekannte Stromschlag fuhr wieder durch seinen Körper. Diesmal sehr gewaltig. Seine Erregung nahm größere Ausmaße an, als ihm lieb war. Das beunruhigte ihn zunächst nicht. Die junge Frau stand endlich wieder fest auf ihren Beinen, sah ihn von oben bis unten an und machte sich ihre Gedanken. Jetzt war es Tom doch unangenehm, so gesehen zu werden, hatte aber keine Möglichkeit, sich wegzudrehen. Die Frau bedankte sich bei Tom für seine Hilfe und entschuldigte sich wegen ihrer Ungeschicklichkeit und Tom entschuldigte sich bei ihr sich wegen seiner Unschicklichkeit. Dann lief jeder allein weiter. Und Tom sah, dass sich die Frau noch öfter nach ihm umblickte. Tom dachte: „Nein, ich bin noch lang nicht überm Berg. Frauenkörper zu fühlen, wird wohl immer mit einem

Stromschlag bei mir verbunden sein." Er ging sehr langsam zurück.

Am folgenden Tag arbeitete er weiter an dem Oma-Tona-Bild, umgeben von stehenden und liegenden Badelustigen. Wünsche, die an ihn herangetragen wurden, erfüllte er, indem er Skizzen anfertigte und verkaufte. Er arbeitete sehr intensiv, währenddessen einige Strandbesucher sich mit der Anatomie des Malers beschäftigten, speziell in den unteren Regionen. Auch sehr intensiv. Das merkte Tom während seiner Arbeit nicht, und so hatte jeder sein Zielobjekt. Den unvollständigen Satz, den er von zwei Frauen hörte „Wie wird das erst ‚wenn" widmete Tom keine Aufmerksamkeit, wer weiß, was das bedeutete.

Die Tage vergingen im Fluge und bald war der Abreisetag heran. Agathe war traurig, es hatte ihr so gut gefallen, dass sie am liebsten noch viele Wochen bleiben würde. Tom und Natalie versprachen ihr, sie im nächsten Jahr wieder mit hierher zu nehmen. Das Schönste war, dass das Oma-Tona-Bild fertig war und Agathe es mit nach Hause nehmen konnte. Sie war glücklich.

Tom hatte auch drei Bilder von Urlaubern gemalt, entweder vor ihrem Zelt oder am Strand liegend und ein Bild mit Blick auf die See, stehend. So konnte sich Tom über einige Geldbeträge freuen und die Betroffenen über eine schöne Ostseeerinnerung.

## 19

Beim nächsten Zeitsprung sah sich Natalie in einer Ausstellung des Malers Y wieder. Seine Bilder fanden ungeteilte Aufmerksamkeit. Tom machte das nicht neidisch oder ärgerlich, die Freundschaft mit Y hatte sich in den letzten Jahren vertieft und man respektierte sich, man war befreundet. Die Bilder, die bewundert wurden, war unter anderem auch die beiden Aktbilder, das von Tom und das Familienbild. Beide waren ständig umlagert und regten die Besucher zu Diskussionen an. Eigenartig war hier, dass die Aktbilder Toms dabei im Mittelpunkt zu stehen schienen. Frauenakte hat man schön öfter gesehen, aber männliche waren seltener. Natalie dachte bei sich „Er war damals schon ein Vorzeigeexemplar und ist es noch heute. Er ist schön, wunderbar gebaut und hat allerhand zu bieten. Ihr braucht keine Vergleiche anzustellen, das lohnt nicht. Ja, das ist mein Mann, den ich unendliche liebe und ich weiß, er liebt mich ebenso. Wir hatten schon viele glückliche gemeinsame Jahre und weitere warten noch auf uns." Was die einzelnen Besucher sagten, konnte Natalie nicht verstehen, aber ahnen. Die beiden Bilder zogen die Besucher magisch an, darüber redeten sie. Als sich Tom dazugesellte, wurden die Gespräche leiser und verstummten. Jetzt hatte man das Original und sein Bild vor sich, und das war schon ein Ereignis. Bestimmte Details auf dem Bild ergaben wieder Gesprächsstoff, der sich wieder entwickelte, als sich Tom entfernt hatte. Wie schon vor Jahren bei der ersten Ausstellung des Bildes, waren die Frauen begeisterter als die Männer; die suchten lieber, wenn schon Aktbilder, dann weibliche aus.

Und wie immer sprengte es fast Natalies Brust vor Liebe zu ihrem Tom.

Jetzt sah sie Tom in der Wohnung, Tona windelnd. Ja, das machte er auch gut. Er hatte bei ihr immer aufgepasst und konnte es perfekt. Wenn Natalie von ihrer Zeitschriftenredaktion direkt weiter musste, hat Tom die Kleine betreut. Das tat er mit großer Liebe und Vorsicht. Das Essen für sie konnte er auch bestens zubereiten. Er hatte immer viel Geduld, wenn Tona beim Essen sich viel Zeit nahm. Ja, er war ein richtiger fürsorglicher Vater, so, wie sie ihn sich vorgestellt hatte. Wenn sie unterwegs und er allein mit Tona war, brauchte sie sich keinerlei Sorgen zu machen, es ging alles reibungslos vonstatten. Und trotzdem beeilte sie sich immer sehr, wieder nach Hause zu ihren beiden Lieblingen zu kommen.

Später hat er Tona aus dem Kindergarten geholt, wenn es ihr beruflich nicht möglich war. Solange der Sommer andauerte, wusste sie genau, wo die beiden sind, nämlich im Garten und schnellst möglich kam sie dazu. Es war gut, dass Tom endlich die Fahrerlaubnis und ein Auto hatte, das erleichterte sehr vieles. Die Besuche von Stefanie und Franzi wurden sehr selten, so spielten sie zu dritt wie gewohnt.

Irgendwann, nach längerer Zeit tauchten Stefanie und Franzi bei ihnen auf. Stefanie war schon als Kindergärtnerin tätig und Franzi inzwischen verheiratet. Sie hatten sich beide zu ausgesprochen hübschen jungen Frauen entwickelt. Tom sah ihnen gern zu und fühlte sich neben den vier Mädchen wieder um einige Jahre jünger. Allmählich wurden ihre Besuche immer seltener und hörten auf. Nicht nur Tona und Natalie vermissten sie, auch Tom hätte sie gern weiter um sich gehabt.

## 20

Natalias Gedanken wurden in eine andere Richtung gelenkt.

Wenn Tom gefragt wurde, welche Maler aus den vergangenen Jahrhunderten ihn am meisten beeindrucken, gab es nur eine spontane Antwort: Caspar David Friedrich. Er nannte ihn immer, wenn er von ihm sprach „Meister". Seine Bilder lösten bei ihm stets eine Art Sehnsucht aus. Er meinte, man kann die Bilder einfach nicht betrachten, ohne auf eine Art ergriffen zu sein. Er liebte Friedrich über alles. Von den späteren Malern schätzte er Max Pechstein als großen Meister.

Das war für Natalie eine Äußerung, die sie sich gut merkte. Als wieder einmal ein verlängertes Wochenende bevorstand, sagte sie „Mein Schatz, ich habe eine kleine Reise geplant, die wir am Wochenende antreten werden. Ich sage dir nicht wohin, wir fahren los, und du wirst schon sehen, wo wir landen. Tom war einverstanden, fragte auch nicht nach dem Zielort, er ließ sich einfach fahren. Die Strecke war ziemlich lang und er war gespannt, wo sie landen werden. Nach einigen Stunden las er das Ortsschild „ZWICKAU". „Mein geliebtes Mädchen, du fährst nach Zwickau, weißt du, dass dies der Geburtsort von Max Pechstein ist?" und Natalia erwiderte „Was denkst du, mein Lieber, was denkst du denn, warum ich hierher fahre. Wir werden uns die Stadt Zwickau und alle ihre Sehenswürdigkeiten ansehen, vor allem aber deinen Pechstein besuchen. Ich habe schon ein Hotelzimmer reserviert; wir werden anschließend einen Abstecher ins Erzgebirge machen. Dort übernachten und am Sonntag wieder nach Hause fahren." Tom freute sich über Natalies Idee und war gespannt, was man in Zwickau außer dem Max Pechstein Haus zu erwarten hatte.

„Als erstes suchen wir die Bahnhofstraße, denn hier steht das Geburtshaus deines Meisters." Es war für Tom ein erhebendes Gefühl, an der Stelle zum stehen, wo der Meister auch gewesen ist. In solchen Fällen überkam ihm

immer ein seltsames Gefühl der Verbundenheit und der Hochachtung zugleich. Für das
Pechstein-Museum benötigten sie viel Zeit,
weil sich Tom hier Bilder des Meisters äußerst genau ansehen und in sich aufnehmen
wollte. Hier boten die 50 ausgestellten Werke
Pechsteins einen einzigartigen Überblick zum
Schaffen des Meisters, des berühmten Ex-
pressionisten. Interessant war für Tom, dass
Pechstein schon früh Mitglied der Künstler-
gruppe „Brücke" wurde und später von der
Naziregierung seine Bilder zur „entarteten
Kunst" gezählt wurden. Zwickau hat seinen
berühmten Sohn zum Ehrenbürger ernannt,
und eine Straße erhielt seinen Namen.

Am späten Nachmittag suchten sie die
Priesterhäuser auf. „Das sollen die ältesten
Häuser in ganz Deutschland sein." sagte Natalie, die sich gut informiert hatte. Und da sie
vor dem Dom standen, gingen sie hinein und
besichtigten ihn.

„Und morgen werden wir das Robert Schu-
mann Haus besuchen. Du weißt ja, das ist der,
der am häufigsten mit Zwickau in Verbindung
gebracht wird, denn er ist hier geboren. Aber
seine Zeit liegt ja auch schon lange vor der
von Pechstein. Eigentlich sind das die beiden
Künstler, auf die Zwickau stolz ist. Und weißt
du auch, welcher große Schauspieler auch aus
Zwickau stammt?" Tom überlegte lange, kam
aber auf keinen bekannten Namen, bis
schließlich Natalie sagte „Na, der Gerd Fröbe,

der kommt auch aus Zwickau". Tom, der sich in den vergangenen Jahren wenig mit Fernsehen oder Film beschäftigt hatte, hatte große Mühe, sich eine Vorstellung von diesem Schauspieler zu bilden. Natalies Plan sah noch weitere Besichtigungsobjekte vor. „Wenn du willst und Interesse hast, könnten wir morgen auch das Horchmuseum aufsuchen, denn die Autoindustrie hat einen Ursprung auch in Zwickau. Ja, das staunst du, mein Lieber, ich habe mich vorher kundig gemacht, damit sich diese lange Fahrt auch lohnt. Du kannst ja überlegen, ob wir dahin gehen. Für heute haben wir, glaube ich, genug gesehen. Auf, lass uns das Hotel aufsuchen, ich werde langsam müde und Hunger fühle ich auch gewaltig, von anderen Gefühlen ganz zu schweigen.

Am kommenden Tag wiederholten sie den Besuch im Dom, da gestern die Zeit für eine ausführliche Besichtigung viel zu kurz war. Der Zwickauer Dom ist mit seinen 88 Metern das höchste Bauwerk in Zwickau. Schon sein Äußeres mit den vielen Figuren bot einen imposanten Anblick. Im Inneren des Dom sahen sie Kunstwerke alter Meister. Tom und Natalie waren sehr beeindruckt von den Beichtstühlen aus dem Jahre 1632, dem Vesperbild von Peter Breuer und dem „Heiligen Grab" von Michael Heuffner aus dem Jahre 1507. Ehrfurchtsvoll betrachteten von dem Hochaltar von Michael Wolgemut aus dem Jahre

1479. Dass Thomas Müntzer 1520 hier gepredigt hatte, war ihnen nicht bekannt gewesen. Sie verließen den Dom mit dem Gedanken, hier Wertvolles und Einmaliges gesehen zu haben und nahmen sich vor, bei Gelegenheit einen weiteren Zwickauaufenthalt einzuplanen. Dann wollen sie alles noch viel ausführlicher erkunden.

Tom, inzwischen stolzer Besitzer einer Fahrerlaubnis und eines Autos, ging natürlich gern ins Horchmuseum und brauchte auch hier ausgiebig Zeit für seine Betrachtungen.

Nach einem guten Mittagessen, das fast in die frühen Nachmittagsstunden verlegt wurde, sagte Natalie „Und nun werde ich dir noch das berühmte Ballhaus „Neue Welt" zeigen. Das war in der vergangenen Zeit das größte Terrassenballhaus Westsachsens. Wahrscheinlich werden wir es nur von außen sehen können, aber ich zeige es dir trotzdem." Glücklicherweise war das Gebäude geöffnet und sie konnten das Innere, den großen Saal betraten. Als sie ihn sahen, trauen sie ihren Augen nicht. Äußerlich hatte dieses Haus ziemlich unbedeutend ausgesehen, aber drin sahen sie den im Jugendstil 1903 erbauten Saal mit fünf Terrassen, verziert mit Friesen, Ornamenten, Kristallspiegel und Kronleuchtern. Das ergab ein Bild, das sie so nicht erwartet hatten. Tom und Natalie waren gleichermaßen von diesem Anblick begeistert. Es ist sicher ein großartiges Ereignis, hier ein Konzert zu erleben.

Da der Tag schon halb vorüber war, musste die Fahrt ins Erzgebirge ausfallen. Tom war darüber nicht traurig, er hatte „seinen" Pechstein besucht, das war für ihn das schönste Erlebnis gewesen. Nach einer weiteren Hotelübernachtung fuhren sie fröhlich, mit neuen, schönen Erinnerungen nach Hause. Nicht ohne einen Abschiedsbesuch vor Pechsteins Haus auf der Bahnhofstraße einzulegen. Die Heimfahrt übernahm diesmal Tom, denn den Rückweg kannte er, im Gegensatz zur Hinfahrt. Er war glücklich und seiner Natalie unsagbar dankbar. Sie hatten eine Stadt kennengelernt, die ihnen bisher völlig unbekannt war und viel Überraschendes zu bieten hat.

Er nahm sich vor, ihr bei Gelegenheit auch eine solche Überraschung zu bereiten.

21

Natalie sah sich zuhause mit ihrer Tona. Ihr Töchterlein war inzwischen zu einem hübschen fünfzehnjährigen Mädchen herangewachsen. Natalie, stolz auf ihre Tochter dachte immer „Ganz der Vater, so schön, so klug und genauso lieb wie er." Tona entwickelte sich zu einem ausgeprägten Papakind: Alles, was er sagte, stimmte oder wurde so hingenommen; alles was er tat, war „grandios"; alles was er unterließ., fand ihren Zuspruch. Ihr Papa war der Beste. Papa und Tona waren sich immer einig und verstanden sich wortlos. Natalie freute sich sehr darüber, so hatte sie ihren Geliebten praktisch zweimal in der Familie.

Einmal jedoch kam Tona verärgert aus der Schule. Ihre gesamte Klasse unternahm eine Exkursion zu einer mit Bildern der Maler ihrer Umgebung im Rahmen des Kunstunterrichts . Sie sahen viele Bilder von Maler Y und viele ihres Vaters. Dann führte sie ihr Weg auch an dem Bild vorbei, wo ihr geliebter Papa den Herrn Y Modell gestanden hatte. Natürlich sahen sich die Schüler auch dieses Bild genau an, denn in den Jahren hatte sich wohl herumgesprochen, wer auf diesem Bild zu sehen ist. Tom, der an dieses vor Jahren entstandene Bild keinen Gedanken mehr verschwendete, war es gleich, ob es aufgestellt wird oder nicht. Tona gefiel es überhaupt nicht, dass jetzt ihre Klassenkameraden ihren Vater so in Augenschein nehmen konnten; sie schämte sich und ließ die anderen Mitschüler stehen. Auch das Bild, wo sie als Kleinstkind mit Mutter und Vater zu sehen waren, zog die Mitschüler an. Tona mochte dieses Bild nicht sonderlich. Zu Hause machte sie ihren Ärger Luft und schimpfte „Wie kann sich mein Vater so öffentlich zeigen? Auf beiden Bildern. Nein, das gefällt mir nicht. Jeder weiß jetzt, wie mein Vater aussieht." Natalie versuchte sie zu beruhigen und antwortete „Mein liebes

Kind, dieses Bild ist als Kunstwerk zu betrachten, wer da auf dem Bild zu sehen ist, ist
völlig Nebensache. Außerdem dachten wir
nicht, dass es bekannt wird, wer da zu sehen
ist. Stell dir einfach ein anderes Gesicht vor
und schau dir dieses Bild mit diesen Augen
richtig an. Mir hat es damals gut gefallen und
es gefällt mir noch heute. Und wie du merkst ,
gefällt es den anderen Besuchern auch."
Tona, eigentlich sehr freizügig aufgewachsen, hatte normalerweise keine Bedenken,
wenn sie unbekleidet am Strand war. Da waren alle Menschen so, auch ihr lieber Papa,
und den kannte sie ja so seit sie denken und
sehen konnte. Aber dass nun ihre Mitschüler
ihren Papa anschauen konnten, gefiel ihr
nicht. Auch Natalies beruhigende Worte
nutzten da wenig. „Tona, wenn die Klasse die
Ausstellung verlassen wird, ist auch das Bild
deines Vaters wieder aus ihrem Gedächtnis
verschwunden, glaube mir." Tona war absolut nicht davon überzeugt, denn Papas Bild
war zu einprägsam.

Was in der nächsten Zeit in Tonas Kopf
herumging, war Natalie schleierhaft. Denn
eines Tages fragte sie „Papa, würdest du auch
ein Aktbild von mir malen? Du hast eines,
Mama hat viele, nur ich habe keins. Was
meinst du, machst du von mir auch eines,
oder bin ich nicht geeignet dafür?" Natalie
und Tom sehen sich verwundert an. Damit

hätten sie nie gerechnet. Erst macht sie Theater wegen Papas Bild, und jetzt will sie selbst?

Tona dachte sich: „In 30 Jahren werden Papa und Mama Bilder von sich sehen können, wie sie damals aussahen und sind in ein Kunstwerk gefasst. Ich habe dann nur die Erinnerung an das Bild von Maler Y, wo ich ganz klein war. Eigentlich ist das ungerecht. Und wenn ich sehe, wie interessiert die Leute alle Bilder ansehen, dann könnte ich auch dazwischen sein. Sie stellte sich vor, wie die Besucher der Galerie vor ihrem Bild stehen würden und sie eingehend betrachten. Dann sie würde daneben stehen und keiner wüsste, dass sie das ist. Muss ein tolles Gefühl sein. Also werde ich Papa fragen.“

Tom überlegte eine Weile und sagte dann „Meine liebe Tona, du bist ganz bestimmt ein wunderbares Modell, ich überlege nur, ob das nicht lieber Herr Y malen sollte.“ Tona empörte sich sofort „Nein, nein, nein, vor Herrn Y stell ich mich nicht hin, wenn schon, dann du. Du kennst mich und bei dir würde ich mich wohl und gut fühlen. Entweder du oder keiner. Außerdem möchte ich in deiner Ausstellung und nicht in seiner zu sehen sein.“ Sie bettelte ihren Papa an, bis er endlich zusagte. „Also gut, meine Beste, wir werden einen Termin finden. Einverstanden?“ und Tona fiel ihren Papa um den Hals „Danke, mein liebster Papa.“

Tom hatte in den letzten Jahren sehr wenig Aktbilder gemalt, er war froh, sich seinen in Auftrag gegeben Bildern widmen zu können. Nun war er wieder gefordert, ausgerechnet von seiner eigenen Tochter.

Tona stand ihrem Papa gern Modell. In all den Jahren hatten sie immer die textilfreien Strände aufgesucht, sie hatten sich angesehen und nichts außer Liebe zueinander gefühlt. Nun stand also die eigene Tochter im Evakostüm vor ihm. Und jetzt erst bemerkte er, dass aus seinem kleinen Tonamädchen eine junge Frau erblühte. Sie sah hinreißend schön aus, in allen Details. Sie war jetzt fast in dem Alter wie damals Stephanie, als sie zu ihm kam und er sie malte. Die Gedanken an sie erregten ihn sofort. Er ging einige Schritte beiseite, beschäftigte sich mit seinem Notizblock, dann wandte er sich seiner Tochter wieder zu. Er wollte von ihr wissen, wie sie sich ihr Bild vorgestellt hatte, ob von hinten, vorne, seitlich, sitzend, stehend, das wollte von ihr gern erfahren, dann würde er seine Zeichnungen machen. Tona sagte „Eure Bilder sind immer auf die Betrachter hin gemalt, also möchte ich das auch" und stellte sich dabei ihre Klassenkameradinnen vor, wie sie vor dem Bild stehen und sie bewundernd betrachten. Das würde ihr absolut nichts ausmachen, denn ihren Papa und ihre Mama haben sie ja auch schon gesehen, warum also nicht sie auch.

Tom wunderte sich, dass auch seine Tochter in der unteren Region völlig unbehaart war, er brauchte dafür keine Farbe. Er überlegte, ob das heute so Mode ist, oder wachsen an dieser Stelle keine Haare mehr? Wachsen die erst später? Aber bei seiner Natalie sah es fast genau so aus, und die war etwas älter als Tona. Bei der Frau auf den Schaukelbildern war diese Region regelrecht zugewachsen. Er wird Natalie fragen, die weiß sicher Bescheid.

Tona bat ihren Papa, das Bild bitte nicht zu verkaufen, wenn sie mal viel Geld gespart hat, wird sie es ihm abkaufen. Tom lächelte nur und sagte „Meine Kleine, das Bild gehört doch dir. Bei Ausstellungen werde ich es mir bei dir ausleihen und ausstellen, ansonsten bleibt es bei dir, mein Schätzchen."

## 22

Natalie hatte ihre Arbeit bei der Zeitschrift zeitlich eingeschränkt. Sie arbeitete für Tom als Sekretärin, organisierte Ausstellungen, machte Verträge mit Käufern. Natalie war die „gute Seele" und immer da, wenn sie gebraucht wurde. Ihre Liebe zu Tom war noch die gleiche wie am ersten Tag und hätte alles gegeben, nur glücklich wollte sie ihn sehen.

Und Tom?

Er war in seine Natalie verliebt seit dem ersten Zusammentreffen. Er wollte alles tun, sie glücklich zu machen. Manchmal unterbrach er seine Arbeit, ging zu ihr und sagte:

„Mein liebes Mädchen, kann ich dir was Gutes tun?" Und Natalie antwortete dann immer „Geh nur ruhig wieder an deine Arbeit. Mir geht es doch gut, schon deshalb, weil ich dich in meiner Nähe weiß".

Tom hätte seiner Natalie gern eine besondere Überraschung gemacht. Dann fragte er „Möchtest du mal einen kleinen Trip ins Ausland machen? Nur ein paar Tage, dafür könnte ich mich frei machen." Natalie sagte dann immer den gleichen Satz „Ich brauche zum Glücklichsein nur unsere Arbeit, unsere Tochter und dich, mehr brauche ich wirklich nicht, mein Geliebter."

Tom hatte nach dem Bild mit Tona plötzlich wieder Lust, ein Aktbild zu malen. Er stellte sich vor, Natalie und Tona stehen vor einem kleinen Wasserfall, den sie sich ansehen. Seine Natalie, die inzwischen auf die 50 zuging, sah noch immer aus, wie eh und je. Sie hatte ihre Schönheit bis ins letzte Zipfelchen aufgehoben. Wenn man Mutter und Tochter nebeneinander stellte, war kaum ein Altersunterschied festzustellen. Ihre Brust, ihre Taille und die Beine strahlten geradezu eine Jungfräulichkeit aus, die man nicht vermuten würde. Er hatte auch lange kein Aktbild von ihr gemalt, und wollte sie gern mit Tona auf die Leinwand bringen. Als er den beiden dies erzählte, war zunächst Tona hellauf begeistert. Natalies Begeisterung hielt sich in Grenzen „Ach mein Allerliebster, wie stellst du dir das vor? Ich in meinem Alter noch einmal Akt sitzen? Mein Körper sieht nicht mehr aus wie vor 20 Jahren, das wird kein gutes Bild abgeben." Tom protestierte stark und versuchte sie zu überzeugen, er ließ kein Gegenargument gelten. Zum Beweis holte er einen großen Spiegel und bat beide, sich ohne Bekleidung nebeneinander zu stellen. Und der Spiegel gab ihm Recht. Zwar war Tona ein wenig größer als ihre Mutter, aber beide Körper sahen so tadellos aus, dass, wenn man die Köpfe wegließ, kein Unterschied zwischen beiden zu sehen war. Er war begeistert, Tona ebenfalls und Natalie musste zugeben dass er völlig richtig lag und man beide auf ein Bild bringen könnte.

Die nächsten Tage verbrachte Tom mit der Suche nach einer geeigneten Stelle. Einen kleinen Wasserfall fand er zwar nicht, aber eine kleine Stelle im Wald mit einen winzigen See und große Steine ebenfalls. Das müsste gehen, sagte er sich. Sie fuhren dorthin und probierten eine gute Stellung aus. Der winzige See, eigentlich mehr ein Teich, wurde Natalie zugeordnet. Sie sollte den Eindruck erwecken, als wolle sie mit den Füßen die Tiefe ergründen. Tona steht auf einen großen Stein (vielleicht ein Findling), hält die Hand, als ob die Sonne sie blendet, über die Stirn und schaut über den See ein die Ferne. Wenn das so

klappt, wird es sicher ein schönes Bild ergeben.

Tom gab sich große Mühe seine beiden Damen ins rechte Blickfeld zu bringen und am
Ende wurde es ein so schönes Bild, das die
Besucher begeisterte und als bestes Bild ge-
wertet wurde. Natalie und Tona waren sehr
zufrieden. Sie freuten sich, dass Papa diese
fabelhafte Idee gehabt hatte. Natalie sah ein,
dass sie neben Tona fast identisch aussah, als
habe Tom zweimal die gleiche Person gemalt.

Die Abende verbrachten sie zu dritt, oder
wenn Tona noch Aufgaben hatte, zu zweit.
Das waren die allerschönsten Stunden des
Tages für sie. Tona hatte noch für ihr Abitur
zu arbeiten. Sie wollte unbedingt Ärztin werden, das war ihr großes Ziel und darauf arbeitete sie hin. Künstlerische Ambitionen hatte
sie nicht. Zur Malerei hatte sie kein Talent,
das musste Tom nach einigen Versuchen ein-
sehen. Zur Musik hatte sie eine Beziehung,
allerdings nur als Konsumentin. Einen Beruf
als Ärztin, auch wenn er viele Jahre Studium
erforderte, das konnte sie sich vorstellen und
das wollte sie unbedingt. Auf das Studium
freute sie sich schon jetzt.

Die Nächte, das waren die allerschönsten
Stunden, die sie nicht missen wollten. Da waren sie wieder der scheue Tom und die fröhliche Natalie, die sich auf der Wiese am See

sonnten und einander fanden. Das war unvergesslich.

23

Wenn Natalie an ihr zurückliegendes Leben dachte, hatte sie das Gefühl, dass es ein Leben voller Freude und Glück war. Von großen Schicksalseinbrüchen waren sie verschont geblieben, sie waren immer gesund und glücklich. Die Höhepunkte waren die Ausstellungen von Toms Bildern, die Verkäufe und ihre gemeinsamen Reisen.

Der Höhepunkt in Toms Karriere war die Einladung zu einer Ausstellung in Frankreich. Tom war aufgeregt und glücklich zugleich. Seine Bilder werden in Frankreich zu sehen sein. Er und Natalie können feststellen, wie seine Bilder von französischen Fachleuten und den Besuchern der Ausstellung beurteilt werden. Er wurde gebeten, auch seine Aktbilder mitzubringen, die hatten bei französischen Experten großen Anklang gefunden. Er suchte alle Bilder zusammen und schrieb an die Personen, die er gemalt hatte. Er bat sie, ihm die betreffenden Gemälde auszuleihen und versprach, sie nach der Rückfahrt sofort zurückzugeben. Alle meldeten sich und gaben die Bilder bei ihm ab, so dass er eine schöne Anzahl mitnehmen konnte.

Die wenigen Tage in Frankreich nutzten sie intensiv, möglichst eindrucksvolle Erinnerungen von dort mitzunehmen.

Wie zu erwarten war, fanden die Bilder „Auf der Schaukel" allgemeine Aufmerksamkeit. Auch die Akte mit Natalie, Stephanie und Franzi wurden lobend erwähnt. Größten Beifall fand allerdings sein Bild „Zwei Badende am kleinen See". Darüber freuten sich Tom und Natalie besonders. Tona, die sich im Studium befand und nicht mit konnte, wurde diese freudige Nachricht sofort übermittelt.

Die Veranstaltung in Frankreich wurde wirklich zu einem großen Höhepunkt, den sie minutiös gespeichert hatten.

Nach ihrer Rückkehr ergab sich eine Gelegenheit, in einem kleinen Saal, seine Aktbilder als Gesamtheit auszustellen. Dabei vermissten viele Besucher die beiden Bilder von Tom und das von seiner kleinen Familie; aber die konnte er nicht einbeziehen, da sie ja nicht von ihm, sondern von Y gemalt worden waren.

Ein Wermutstropfen beeinträchtigte Tom und Natalies Freude. Bei dem älteren Ehepaar, war inzwischen die Frau gestorben, der Mann im Pflegeheim lebte noch. Natalie sah noch deutlich die Augen der Frau, wie sie liebevoll auf ihren Mann blickte und sich ihm zuliebe malen ließ. Tom dachte, wie wird sich der Mann wohl jetzt fühlen? Er ist gänzlich allein, niemand mehr der ihn besucht, keiner da, der ihn so liebevoll anblickt, wie seine Frau. Das muss furchtbar sein. Nun hatte er dennoch immer seine Frau, wenn auch nur auf dem Bild, bei sich.

Tom könnte sich ein Leben ohne seine Natalie überhaupt nicht vorstellen, das wäre kein Leben für ihn. Das hatte er schon vor vielen Jahren gedacht und gesagt „ Meine geliebte Natalie, ohne dich kann ich nicht leben. Bleibe bitte immer bei mir. Du bist mein Lebensglück. Ich liebe dich so unendlich sehr. Du bist das Glück meines Lebens."

## 24

Natalies Gedanken machten Sprünge, die in der Eile kaum nachzuvollziehen waren. Einmal sah sie sich beim Modellstehen, dann sah sie Tom beim Windelwickeln, dann tauchten Stephanie und Franzi auf, dann waren sie bei Toms erster Vernissage, aber dann machten die Gedankensprünge plötzlich Halt und sie sah Tona. Tona im Krankenhaus.

Tona war niemals ernsthaft krank gewesen, außer der üblichen Kinderkrankheiten. Aber nun sah sie Tona plötzlich im Krankenhaus.

Sie erinnerte sich, dass sie und Tom von einer kleinen Fahrt zu einer Ausstellung unterwegs wieder zu Haus angekommen waren.

Sie waren fröhlich und freuten sich schon, die Erlebnisse ihrer Tochter mitzuteilen. Sie hatten noch ihre Mäntel an, da klingelte das Telefon und die Unfallstation des Krankenhauses war am Apparat. Sie teilte ihnen mit, dass Tona einen Verkehrsunfall hatte und gerade behandelt wird.

Der Schreck saß tief und sie machten sich sofort auf den Weg zum Krankenhaus. Was hat meine Tona nur angestellt, fragte sich Tom unter Tränen. Sein geliebtes Kind einen Verkehrsunfall, nicht auszudenken, was da alles passiert sein kann. Natalie, selbst schockiert und fassungslos, versuchte ihren Tom zu beruhigen „Es muss ja nichts ausgesprochen Schlimmes sein, vielleicht nur Abschürfungen oder ähnliches" und dabei krampfte sich ihr Herz zusammen. Tona durften sie nie verlieren, das wäre das Ende von Toms Arbeitseifer und ihre wunderbare Dreisamkeit wäre vorbei. Nein, das darf und kann nicht sein.

Sie kamen endlich an und stürmten zum Zimmer, das man ihnen genannt hatte. Tona sah ihren Eltern an, wie sie in den letzten Minuten gelitten hatten. Sie saß im Bett und versuchte sie anzulächeln. Die Schwestern beschäftigten eben mit ihrem rechten Arm. Tom und Natalie stürzten sich auf ihre Tochter. „Meine liebe Tona, was ist denn passiert?" Es war schön zu sehen, dass Tona, wie es schien, wohlauf war, denn sie saß im Bett und konnte sprechen. Tona erzählte: „Ich war mit dem Fahrrad unterwegs und alles ging gut. In einer Kurve hat mich ein Auto so eng bedrängt, dass ich ganz nach rechts fahren musste, dabei den Bordstein berührte und mit dem Rad stürzte. Das Auto war weg und ich lag auf der Straße. Glücklicherweise konnten die folgenden Autos ausweichen. Sie sind nicht über mich gefahren, das wäre echt schlimm geworden. Nun hat man festgestellt, dass ich den rechten Arm gebrochen habe. Aber keine Sorge, meine Lieben, das wächst wieder zusammen, dann bin ich wieder ok."

Teils beruhigt, teils noch immer erschrocken, verlangte Natalie, dass man, bevor der Arm geschient und stillgelegt wurde, eine Röntgenaufnahme des gesamten Armes machen sollte. Die Ärzte hielten das nicht unbedingt für notwendig, es war nur der Armbruch zu behandeln. Natalie verlangte energisch eine solche Röntgenaufnahme. Also wurde Tona in den Röntgenraum gebracht wo eine Aufnahme, wie gewünscht, gemacht wurde. Tom und Natalie hatten in der Zwischenzeit Gelegenheit, sich von ihrem Schreck zu erholen und warteten auf die Auswertung der neuen Aufnahme. Der Arzt musste eingestehen, dass man bei der ersten Aufnahme übersehen hatte, dass bei Tona auch der Ellenbogen ausgekugelt war. Tom war seiner Natalie dankbar, dass sie auf ihrer Forderung bestanden hatte, so konnte das zunächst behoben werden; dann wurde der Arm geschient und in Gips gelegt. Tona umarmte ihre Eltern mit dem unversehrten Arm und war ihrer Mutter dankbar. Wahrscheinlich hätte sie später den Arm nicht gebrauchen können. Eine Ärztin ohne gebrauchsfähigen rechten Arm? Unvorstellbar. Eine Mutter denkt eben weiter und liegt fast immer damit richtig.

Als dann Tona nach Hause kam, machte sich Tom zum Dienstmädchen seiner Tochter. Er übernahm alles und jedes. Es machte ihm Freude, seiner lieben Tochter behilflich zu sein. Manchmal wurde es Tona fast zu viel und sagte „Paps, ich lebe und kann mich bewegen, natürlich nicht den rechten Arm, aber sonst bin ich fit. Das, was du gerade machst, kann ich selber. Wenn du so weiter machst, werde ich fett, unansehnlich und faul. Das willst du doch sicher nicht."

Tom konnte sich beim besten Willen seine Tochter, die schlank wie eine Gerte war, nicht als fett und unansehnlich vorstellen. Sein geliebtes Töchterlein fett?

Natalie half Tona die schriftlichen Aufgaben für die Schule zu erledigen und bei anderen notwendigen Arbeiten. Abwechselnd übernahmen Tom und Natalie die Fahrt zur Schule.

Auch diese Zeit ging vorüber und der tägliche Rhythmus nahm wieder seinen Lauf.

Einen Schreck erlebten Tom und Natalie einmal während eines Ostseeaufenthaltes. Tona, eigentlich eine sichere und gute Schwimmerin, hatte sich zu weit nach draußen gewagt. Auf den Rücktour bekam sie

Krämpfe in den Beinen und konnte nicht weiter schwimmen. Tom war kein guter Schwimmer, die weite Strecke nach draußen hätte er nie geschafft. Für Natalie wäre die Strecke durchaus möglich, der Rückweg mit Tona allerdings sehr beschwerlich. Ein Rettungsschwimmer brachte sie glücklicherweise zurück ans Ufer. Tona war das echt unangenehm, dass, als sie gerettet und an den Strand gelegt wurde, nackt war. Der Retter fand das gar nicht so schlimm. Gerettet wird, ganz gleich, so oder so.

Das waren die einzigen Momente, an die sich Natalie erinnerte, bei denen sie große Angst um ihre Tochter haben mussten.

## 25

Natalies Gedanken machten einen weiteren Sprung und blieben bei einer Gruppe von Menschen stehen, die alle weinten. Sie erkannte ihre Schwestern und deren Männer, sie sah sich, Tom und Tona darunter.

Der Blick wurde schärfer und sie wurde gewahr, dass sich alle auf einem Friedhof befanden. Es fehlten ihre Eltern. Wo waren sie? Da kamen aus der Trauerhalle einige Männer, die trugen zwei Särge heraus. Jetzt sah sie klar: das war die Beerdigung ihrer Eltern. Ihre Eltern, die sie und ihre Schwestern so liebevoll aufgezogen hatten. Und Natalie fiel wieder ein, dass ihre Eltern am gleichen Tag gestorben waren, der Vater am Vormittag und die Mutter am Nachmittag. Sie wusste, dass die beiden ebenso verbunden waren, wie sie und Tom. Wahrscheinlich konnte die Mutter nicht ohne ihren Gerhard weiterleben und ist ihm nach Stunden gefolgt. „Das wäre bei uns sicher auch so" dachte sie, „Ohne Tom möchte ich auch keine Stunde mehr leben. So sind ihre Eltern jetzt im Tode wieder zusammen."

Natalie dachte an das vergangene Weihnachtsfest, als sie noch gemeinsam am Kaffeetisch gesessen hatten. Sie waren elf Personen. Alle fröhlich und glücklich, dieses Beisammensein nach etlichen Jahren einmal wieder zu erleben. Ihre Mutter und ihr Vater waren gesund und wohlauf. Keiner wäre auf die Idee gekommen, dass dies ihr letztes gemeinsames Weihnachtsfest sein würde. Aber nein, sie waren zu zwölft, denn Oma Agathe mit ihren 95 Jahren war auch dabei und noch immer jugendlich und unternehmungslustig.

Natalie dachte „Wenn man immer wüsste, dass der Abschied ein Abschied für immer ist, würde man manches anders machen. Aber was? Ein Abschied bleibt ein Abschied, selbst wenn man noch einige Tage Besuch anhängen würde. Irgendwann musste man gehen und die anderen zurücklassen. Es ist schon besser, wenn man nicht weiß, wann dieser Moment eintritt."

Es war ein schwerer Tag für Natalie, aber auch für Tom, der diese beiden sehr geliebt hatte. Er erinnerte sich noch gut an die Situation, als er von Gerhard und seiner Frau liebevoll in die Familie aufgenommen wurde.

„Wenn man älter wird, dann nimmt der Kreis die man liebt, oder auch nur kennt, immer mehr ab. Am Ende bleibt man allein. Nein, nein, nein, nicht allein, solange ich meine Natalie habe, werde ich nicht allein sein. Und da sie immer bei mir bleibt, bin ich nie allein. Ach, meine über alles geliebte Natalie, du mein Glück, du hast mein Leben so reich und glücklich gemacht, dass ich gar nicht weiß, wie ich dir danken soll. Mein Dank und meine Liebe werden immer bei dir sein." Solche Gedanken hatte Tom während der Rückfahrt fortwährend im Kopf.

Natalie hatte ähnliche Gedanken. „Nun ist wieder ein Kapitel aus meinem Leben geschlossen. Die Älteren verlassen uns, die Jüngeren werden auch älter und man wird allmählich einsam. Wenn ich meinen Tom habe, dann werde ich nie einsam und allein sein. Schon jetzt weiß ich, dass mein Leben durch ihn so schön geworden ist, wie ich es mir nie vorgestellt hätte. Ich hatte und habe ein wunderbares Leben mit einem herzensguten liebevollen Mann, eine großartige Tochter, die das Leben meistert. Die Einsamkeit liegt in weiter Ferne. Im Moment kann ich dir, mein Geliebter, nur tausendmal Danke sagen für

jedes Wort, für jede Tat und für jede Bewe-
gung. Ich liebe dich unsäglich, mein Tom."

Sie nahmen sich vor, Toms Eltern bald-
möglichst zu besuchen. Man wusste nicht,
wie lange man sie noch haben wird. In den
vergangenen Jahren besuchten sie Natalies
und Toms Eltern öfter, aber aus Zeitmangel
immer nur sehr kurz. Also bald einen Besuch
einplanen.

26

Natalies Gedankensprünge machten wieder eine Zäsur und blieben auf einer Wiese
stehen. Sie erkannte sie sofort, es war „ihre"
Wiese, auf der sie sich vor vielen Jahren gefunden hatten. Diesmal sah sie einen Mann
und eine Frau, die sich fest umschlungen hatten und erkannte sich und Tom. Beide waren
sichtlich gealtert, denn der Mann, ihr Tom,
hatte nun graue Haare. Das stand ihm sehr
gut und sie selbst war auch ziemlich grau geworden, sie half aber immer etwas mit Haar-
farbe nach und ließ sie so jünger aussehen.
Die Beiden, die sie erkannt hatte, waren verliebt wie vor Jahren. Allerdings war hier ein
kleiner Unterschied zum den frühen Bildern:
es war ein Hund dabei. Ihr fiel ein, dass sie,
als Tona zum Studium gegangen war, und sie
beide plötzlich allein waren, sich um einen
Hund bemüht hatten. Sie kauften einen Gol-
den Retriever als Welpe. „Wie wollen wir ihn

nennen?" fragte Tom Natalie, und Natalie fragte Tom. Es sollte ein Name sein, den nicht jeder Hund in der Umgebung hat, einer, der ihre Verbundenheit zwischen ihnen und den Hund herstellen sollte. Tom fragte „Was meinst du, meine Liebe, was meinst du zu Tali?" Natalie konnte mit diesem Namen überhaupt nichts anfangen „Wo hast du diesen Namen schon mal gehört?" „Nein, den habe ich noch nie gehört und deshalb passt er wunderbar zu unserem Vierbeiner. Weißt du noch, wie ich den Namen für Tona gefunden habe? Aus deinem und meinem Namen abgeleitet. Und so werden wir es auch hier machen. Mein „M" aus meinem Namen können wir nicht gebrauchen, aber von Natalie haben wir nur die ersten beiden Buchstaben verwendet, es bleibt also Tali übrig, und so würde ich ihn nennen. Was meinst du dazu?"

Natalie war sehr angetan und sagte „Dein M könnten wir auch noch verwenden, wenn wir ihn Talim nennen" und Tom erwiderte: „Weißt du, mein Schatz, wenn wir ihn rufen und das Ende an den Namen das „M" setzen, müsste man den Mund schließen, das wäre bei einem Ruf nicht günstig, denn das „i" kann man in die Länge ziehen, das „m" schlecht. Außerdem muss mein „M" nicht dabei sein, die wichtigste Person bist du." So wurde das Hündchen Tali genannt, das mit diesem Namen gut zurecht kam und fortan auf diesen reagierte. Nun hatten sie ein weiteres Geschöpf in ihrer Familie, dem sie ihre Liebe schenken konnten.

Als Tona während der Semesterferien zu ihnen kam, war sie von diesem Namen begeistert und hatte auch sofort erkannt, wie der entstanden war.

Tali war ständiger Begleiter auf ihren Reisen. Tom fand viele Möglichkeiten, Tali mit seinen Lieben auf einem Bild zu vereinen. Diese Bilder wurden ein echter Verkaufsschlager. Eines davon malte er als Aktbild mit Tona, die anderen ohne Tona.

Überhaupt war Tom in den vergangenen Jahren sehr populär geworden. Sein Name war bekannt und anerkannt. Sein Wort zählte in den Fachkreisen und wurde oft für Beurteilungen der Ausstellungsbilder eingeholt. Tom blieb bescheiden wie in den vergangenen Jahren. Das Lob der Öffentlichkeit freute ihn, jedoch die Worte seiner Natalie waren für ihn die wichtigsten, darauf richtete er sein Augenmerk. Wenn Natalie etwas zu beanstanden hatte, war Tom jederzeit bereit, Änderungen vorzunehmen.

Wenn er zu Ausstellungen junger, im Anfang ihrer Laufbahn befindlicher Maler gerufen wurde, gab er seine Meinung vorsichtig und einfühlsam wieder. Er konnte sich noch genau an seine Anfangszeit erinnern. Er wusste, wie gut ein wohlgemeinter Rat aufgenommen wurde und wie schmerzlich eine schroffe Ablehnung den Mut der jungen Maler nehmen konnte. Er hatte begonnen, eine kleine Schar junger Künstler um sich zu versammeln, denen er bei der Bewältigung der Aufgaben behilflich war. Er wurde ein gesuchter Lehrer, den seine Schüler regelrecht vergötterten.

Aber eine Person vergötterte ihn am meisten: seine geliebte Natalie. Sie freute sich an seinen nationalen und internationalen Erfolgen, sah seine Schülerzahl, die ständig anwuchs; sah ihren geliebten Mann inmitten junger, lernbegieriger Schüler und seine liebevolle Geduld, mit denen er seine Schüler unterrichtete.

Insgeheim bedauerte sie sehr, dass sie sich nicht mehr für ein Aktbild eignen würde, meinte sie jedenfalls. Tom hatte vor, noch eines mit ihr zu machen und Natalie sagte „Willst du mich jetzt als „Alte" in deine Trilogie einbauen?" „Ach, meine allergrößte Liebe, dein Körper eignet sich für jedes Lebensalter einer Frau,nur nicht für eine „Alte". Du bist die „Ewig Junge", so würde ich das Bild nennen." Er hatte in den Garten einen großen Stein bringen lassen und ließ Natalie sich vor den Stein stellen, sich anlehnen und den Blick in Richtung Sonne lenken.

Er war so mit seiner Malerei beschäftigt, dass er nicht bemerkte, dass seine Schüler inzwischen eingetroffen waren und die Frau ihres Vorbildes betrachteten. Natalie sah das wohl und dachte „Wahrscheinlich ist es das letzte Mal, dass ich Akt stehe, also bleib ich trotzdem stehen. Schaut nur zu, wie mich mein Mann und Meister malt, da könnte ihr viel lernen". Sie wusste auch, dass ihr Körper von seiner Jugendlichkeit nichts eingebüßt hatte; sie sah aus, wie vor Jahren.

Als Tom bemerkte, dass seine Schüler hinter ihm standen, brach er seine Sitzung mit Natalie ab und dachte „Ihr Jungen, es muss ja nicht unbedingt sein, dass ihr meine Natalie so sehen sollt. Die sehe nur ich so, oder wenn schon, dann seht ihr sie auf den Gemälden."

Am Abend fragte er seine Natalie „Sag mal, mein Mädchen, wie hast du dich gefühlt, als die Schüler plötzlich vor dir standen, war das sehr unangenehm? Dann hättest du mich darauf hinweisen können und ich hätte sofort abgebrochen." Und Natalie überraschte ihn wieder, wie so oft in solchen Fällen, mit ihrer Antwort „Mein Liebster. Ich gehe auf die 60 zu und habe schon oft für ein Aktbild gestanden. Erst bei dir und dann bei Y. Das hat mir eigentlich gar nichts ausgemacht, bloß damals war ich wesentlich jünger und schöner. Wenn ich heute so vor den Malern stehe, macht es mir auch nichts aus. Ich stehe ja dann nicht als Lustobjekt, das man ansieht und sich daran erfreut, sondern als ältere Frau, die den Malern die Möglichkeit gibt, einen Frauenkörper zu malen. Und sie brauchen ja auch diese Erfahrung. Die Studenten werden sich höchstens wünschen, eine jugendli-

287

che Gestalt vor sich zu sehen. Außerdem haben sie mich alle schon auf entsprechenden Bildern gesehen und wissen, wie ich ausschaue, nur gemalt haben sie mich noch nicht. Und das werden sie jetzt tun. Hoffentlich recht gründlich und genau, sonst sehe ich aus wie eine alte Frau."

Tom war überrascht und hatte nur in einem Punkt gegensätzliche Meinung. „Kindchen, du siehst noch genau wie aus wie vor 30 Jahren, da besteht überhaupt kein Unterschied. Wenn ich dich recht verstehe, würdest du dich vor meine Schüler stellen und malen lassen?"

„Liebster, was ist denn schon dabei? Alle wissen, wie ich aussehe. Dafür hast du mit deinen Aktbildern von mir ja gesorgt und Y auch. Also, was steht dagegen?"

Tom wusste, dass Natalie mit knapp 60 noch ein Bild für eine Dreißigjährige abgeben würde und sagte „Wenn du es willst, würde ich einmal einen Versuch mit meinen Schülern für ein Aktbild wagen. Ich weiß ja noch, wie ich mich damals in diesem Metier versucht habe. Dass da viel Gutes dabei entstanden ist, kann reiner Zufall sein.

Und so plante Tom bei seinem nächsten Treffen mit seinen jungen Malern einen Akt mit Natalie zu malen.

Die jungen Maler wunderten sich, als Natalie im Bademantel erschien und sich neben den großen Stein stellte. Tom erklärte seinen Schülern zunächst, worauf sie bei einem Aktbild zu achten hatten. Die Malerschüler staunten nicht schlecht, als Natalie ihren Bademantel fallen ließ und vor ihnen stand, ohne alles. So hatten sie Natalie schon gestern zufällig gesehen. Aber heute sollten sie sie malen, da musste sie schon eingehender betrachtet werden, und das taten die Schüler dann auch. Natalie wurde neben dem Stein postiert und sollte einen Arm anlehnen. Sie war froh, nach vielen Jahren wieder einmal Akt zu stehen. Sie kostete es richtig aus; auch dass die Schüler sie intensiv betrachteten, störte sie überhaupt nicht. Sie war es schon lange gewohnt, sich so malen zu lassen. Und dass es jetzt ziemlich junge Leute waren, die sie betrachteten, störte sie ebenfalls nicht. Sie kannte doch ihren Körper, der war nach wie vor einwandfrei und makellos, sie konnte sich sehen lassen und das wusste sie. Wenn die Studenten sie jetzt eingehender musterten, war das doch völlig normal und das sollten sie ja auch. Wären die nur achtlos an ihr vorbeigegangen, hätte sie sich ziemlich beleidigt und wie eine alte Frau gefühlt. Dass sie fast die 60 erreicht hatte, sah man ihr absolut nicht an. Sie genoss die warme Luft, die Sonne und hatte viel Zeit, sich von den Schülern ansehen und malen zu lassen. Das gefiel ihr zusehends immer mehr; sie beobachtete die Studenten genau was sie zeichneten und nach erneuter Besichtigung veränderten und hatte ihre Freude daran. Sie stellte sich dabei ihren Tom bei seinen ersten Aktbildern vor.

Als die erste Sitzung beendet war, war sie fast ein wenig traurig, freute sich aber schon jetzt auf die folgende Malstunde.

Tom fragte sie am Abend wieder, wie sich gefühlt hatte und sie antwortete wahrheits- gemäß „Mein liebster Mann, ich habe mich richtig wohlgefühlt, ich kam mir vor wie vor 30 Jahren. Es war schön, richtig schön", und Tom wunderte sich wieder, weil er eine solche Antwort wahrlich nicht erwartet hatte. So wurde die zweite Sitzung durchgeführt. Die jungen Künstler hatten schöne Skizzen ange- fertigt, über die sich Tom sehr freute und bei sich dachte „So habt ihr meine geliebte Nata- lie gesehen. Aber sie ist noch viel viel schöner; glaubt mir."

Natalie durchlebte wieder die vergangenen Jahre, fühlte sich sehr wohl und war sich ihres gutgebauten Körpers absolut sicher, der von den Studenten auch gut gemalt worden war. Sie genoss die Atmosphäre und dachte, „Es wird wohl das letzte Mal sein , dass ich mich von einem oder vielen Malern ansehen lassen muss. „Muss" ist nicht der richtige Ausdruck, ich will es ja. Schade, dass man äl- ter und unansehnlicher wird. Bei mir wird das noch eine ganze Weile dauern." Tom freute sich über die Ergebnisse seiner Schüler und schloss zunächst das Kapitel „Aktbild" ab. Sie sollten sich nun auf diesem Gebiet eigenständig weiterbilden.

Gerade in diesem Moment erschien, auch völlig unerwartet, Tona. Sie sah die Malerstudenten und ihre Mama als Modell an einem Stein stehen. Sie war verwundert und sagte „Mama, du siehst großartig aus, wie auf Papas ersten Akt. Ich finde das ganz toll, dass du dich als Modell zur Verfügung stellst. Ich glaube, ich würde es auch machen."

Natalie, Tona und Tom begrüßten sich herzlich. Papa und Mama waren höchst erfreut, so unverhofft ihre Tochter bei sich zu haben.

Beim abendlichen Gespräch sagte Natalie zu ihrer Tochter „Hab ich richtig gehört? Du würdest das auch machen? Dann kannst du mich morgen vertreten, ich habe etwas Wichtiges zu erledigen. Wäre gut, wenn du es ernst gemeint hast" und Tona sagte „Warum nicht? Mich haben schon viele Menschen nackt gesehen, dafür haben schon Papa und Herr Y gesorgt. Und am Strand sieht man sich doch auch an. Was ist schon dabei?"

Und so staunten die Malereleven nicht schlecht, als ihnen am anderen Tag ein neues Modell angeboten wurde. Klar, die war jünger und zu ihrem Alter entsprechender. Aber Unterschiede zwischen beiden Frauenkörpern fielen ihnen nicht auf, die waren fast identisch.

So wurde Tona nach etlichen Jahren wieder zum Standmodell. Sie hatte große Freude daran, sich vor die Studenten zu stellen und sich betrachten zu lassen. Sie genoss deren Blicke auf sich, denn sie wusste, ihr Körper war makellos und schön. Ihr gefiel es, sich so zu geben und machte damit auch den Studenten gleichermaßen eine große Freude. Sie stand auf einer kleinen Erhöhung und war sich ihres gutgebauten und schlanken Körpers voll bewusst. Sie fühlte die Augen der Malerstudenten auf sich gerichtet, die einen sehr guten „Rundumblick" hatten und alles intensiv betrachteten und zeichneten. Sie fühlte sich dabei richtig wohl, selbst, wenn die Studenten ganz dicht zu ihr herankamen und sie aus allernächster Nähe betrachteten. Dann dachte sie „ Schaut nur hin, schaut nur genau hin, sonst wird euer Bild unvollständig und euer Meister ist nicht zufrieden". Sie freute sich daran, die eifrigen und wissbegierigen Studenten zu beobachten und zu sehen, wie und was sie dann zeichneten. Einmal, als sie vom langen Stehen leichte Krämpfe verspürte, bog sie ihren Oberkörper und die Arme weit nach hinten abwärts, so dass sie fast eine Brücke bildete. Sie fühlte sich, nachdem sie diese Übung wiederholt hatte, wieder wohl und erholt. Tona bedachte dabei nicht, dass sie den Studenten, die vor ihr standen, eine seltene und sehr einprägsame Ansicht geboten hatte. Mancher der Studenten hatte sich gewünscht, diese „Brücke" als Bild zu malen. Aber keiner traute sich, das zu fragen. Als einer dann doch diesen Wunsch geäußerte, war Tona echt ins Grübeln gekommen und hatte ernsthaft überlegt, sich aber dann dagegen entschieden; er konnte doch sonst alles sehen, was für seine Zeichnung nötig war.

Auch als später der „Liegende Akt" auf dem Programm stand, hatten weder Natalie noch Tona Bedenken, sich im Gras, seitlich oder auf dem Rücken liegend, von den jungen Künstlern betrachten und malen zu lassen, das gehört doch einfach zur Ausbildung. Sie hatten das schon vor Jahren gemacht und keinerlei Bedenken dabei gehabt. Natalie wusste noch sehr gut, wie sie sich damals gefühlt hatte und Tom seine Scheu erst überwinden musste und immer einen größeren Abstand zu ihr hielt als üblich. Die jungen Maler waren da nicht so ängstlich; sie kamen dicht heran, betrachteten sie sehr eingehend und zeichneten emsig. Ob sie so großen Abstand wie Tom damals hielten, konnte sie nicht feststellen.

Nach der Sitzung probierte sie gemeinsam mit Tona die „Brücke", es gelang ihr ebenso gut wie ihrer Tochter. Beide waren sehr stolz und ließen sich auch von „zufällig" vorbeigehenden Studenten nicht irritieren. Die einen waren stolz auf ihre Leistung, die anderen erfreuten sich am Anblick von zwei identischen wunderbaren Körpern in einer selten zu sehenden Stellung.

Die Studenten applaudierten mit kräftigem Beifall und Natalie und Tona verneigten sich vor ihrem zufälligen Publikum.

Tom war insgeheim etwas verunsichert. Er dachte daran, wie er Natalie auf der Picknickwiese betrachtet hatte und froh war, dass sie schlief. Im Gegensatz zu seinen Schülern, die Natalie und Tona ebenso intensiv beschauen konnten, nur, dass die beiden nicht schliefen, sondern dabei den Studenten offen in die Augen blickten und genau sahen, was diese eingehend betrachteten. Beinahe war er versucht, seine Schüler darum zu beneiden und keine weitere Sitzung anzuberaumen.

Später sagte Tona zu ihrem Papa „Weißt du, mein lieber Papa, jetzt haben Mama und ich vor deinen Studenten gestanden, haben uns ansehen und malen lassen. Nun wärst du eigentlich an der Reihe, deinen Studenten einen männlichen Akt vorzuführen, den würden sie sicher auch gern malen."

Das brachte Tom einigermaßen aus dem Gleichgewicht. „Weißt du, liebe Tona, das würde mir in einem anderen Kreis nichts ausmachen. Aber hier bin ich der Lehrer, da kann ich das nicht tun. Ich nehme an, du verstehst das." Damit war das Thema beendet und Tona bohrte nicht weiter nach.

Schon beim nächsten Familientreffen kam wieder Tona auf ein besonderes Thema zu sprechen: „Sag mal, liebster Papa, du hast schon viele Aktbilder von Mama und mir gemacht. Warum machst nicht mal eines von dir? Macht doch bestimmt Spaß, sich selbst zu zeichnen." Tom lachte und meinte „Ich habe mich in meinem ganzen Malerleben nie mit Selbstbildnissen beschäftigt. Diese Technik beherrsche ich auch nicht."

Aber diese Frage seiner Tochter ließ ihn keine Ruhe. Er machte allerlei Versuche. Natalie wusste nicht mehr, ob er vielleicht einen Spiegel verwendete oder andere Hilfsmittel. Sie hatte keine Ahnung und als er ihr dann sein Selbstporträt „männlicher Akt, stehend" zeigte, war sie wieder hellauf begeistert von diesem Ergebnis (und dachte „Na mein Lieber, hast du nicht etwas übertrieben?").

Tom hatte sich gedacht, wenn seine Familie in einer Ausstellung zum sehen war, ist er nie dabei, höchstens, wenn die Bilder von Y ausgestellt wurden. Er wäre aber selbst gern unter ihnen. Er wusste, dass Albrecht Dürer ein Selbstporträt gemalt hatte, so zwischen 1500 und 1512. Sein einziges Selbstporträt als nackter Mann. Also werde ich mich auch porträtieren. Er beschäftigte sich ausgiebig mit dem Thema Selbstporträt, machte viele Versuche, entwarf, verwarf und endlich ein Selbstporträt in der Hand. Das war ihm eindrucksvoll gelungen. Er hatte sich so gezeichnet, wie er sich sah und wie ihn die Besucher der Ausstellungen auf den Bildern von Y sehen konnten. Es wurde ein sehr ausdrucksstarkes und beliebtes Bild. Nun konnte er bei seiner Familie sein, nicht nur zu Hause, nein, auch im Ausstellungsraum. Und Tona, einst so entsetzt über Papas Bild bei Y, freute sich, dass sie ihn den Anstoß zu diesem Bild gegeben hatte. „Paps, genauso siehst du aus. Du hast dich wunderbar hinbekommen. Gratuliere."

Tom sagte leise zu sich „Ich bin in dem Alter, wo man sich keine Gedanken machen soll, wenn man angesehen wird. Das ist nicht anders als am Strand, da wird man auch beguckt."

Aber ein Moment ist doch in seinem Gedächtnis haften geblieben, nämlich, als er dabei war, sich nackt zu malen, und er gar nicht bemerkte, dass seine Schüler schon lange vor ihm standen und ihm zuschauten. Er dachte „Nein, meine Lieben, ich stehe nicht als Modell vor euch, das wird ein Bild nur für mich und meine Familie

27

Natalies Erinnerungen blieben an einem Punkt stehen, an den sie ewig lange nicht mehr gedacht hatte, dabei war es ein Erlebnis besonderer Art. Die einzige Krankheit, unter der sie zu leiden hatte, waren Migräneanfälle. Die waren oft so schlimm, dass es kaum auszuhalten war. Das fing schon am frühen Morgen mit Übelkeit und Erbrechen an. Sie hatte Farberscheinungen und alles steigerte sich ins Unerträgliche. Am liebsten wäre sie dann mit dem Kopf gegen die Wand gerannt. Einmal sah dann keinen anderen Ausweg, als einen Arzt aufzusuchen. Der entschied sich, ihr mit einer Spritze zu helfen, die gab er ihr in den Nacken. Natalie sank zu Boden und rührte sich nicht mehr. Arzt und Schwestern bemühten sich intensiv und konnten sie wiederbeleben. Als Natalie erwachte, hatte sie keine Ahnung, was mit ihr geschehen war und sagte „Ach, war das schön. Ich habe einen Hof gesehen, Kinder spielten und ein Hund rannte, alle waren fröhlich. Das war so schön anzusehen, dass ich gern dort geblieben wäre. Dann hörte ich ständig meinen Namen rufen, sah aber niemand, der mich rief. Ich wollte auch gar nicht fort von dieser schönen Stelle mit den Kindern und dem Hund. Aber man rief mich immerzu. Ich machte die Augen auf und sah den Arzt und die Schwestern, die mich mit besorgten Gesichtern ansahen. Aber das, was ich gesehen hatte, war wunderschön."

Der Arzt sagte Natalie danach, dass sie einen Herzstillstand erlitten hatte und mit viel Mühe ins Leben zurückgebracht werden konnte. Und Natalie dachte „Wenn das Sterben so leicht ist, braucht man keine Angst davor zu haben. Man sieht sich und andere in einer fröhlichen Umgebung und fühlt sich sehr wohl dabei."

Dieses Erlebnis lag nun schon viele Jahre zurück. Die Migräneanfälle wurden auch im Verlaufe der Zeit weniger und Natalie dachte nicht mehr daran. Ihr Leben war schön, solange sie ihren Tom und Tona um sich hatte. Ihr war damals gar nicht bewusst, dass sie vielleicht schon einen Blick ins Jenseits getan hatte. Aber diese ganze Geschichte wurde überdeckt von einer wunderbar harmonischen Ehe. Hier spielte sich ihr Leben ab, hier war sie glücklich, unsagbar glücklich.

## 28

Im Schnelldurchlauf erlebte Natalie die vergangenen Jahre. Welch glückliche Momente waren darunter, die konnte sie in der Eile gar nicht zählen. Da war der erste Ausflug mit Tom nach Rostock, dann sah sie sich mit Tom in Zwickau bei Max Pechstein, dann wieder bei einer Vernissage, in Frankreich, bei ihren ersten Aktbilderzeichnungen, beim Kauf des Hundes Tali. Sie sah Tom als Hausmütterchen, als er sie während der Schwangerschaft so liebevoll betreut hatte; sie sah ihn, wie er Tona fütterte. Das waren alles wahre Glücksmomente in ihrem Leben. Ein Leben, das sie so genoss, weil sie ihre Familie an der Seite wusste. Ihre Liebe zu Tom wurde jeden Tag größer, denn ihm hatte sie das alles zu verdanken, ihm und seiner Liebe. Ein

Schreck durchfuhr sie, als ihre Gedanken bei einem Autounfall hängen blieben. Sie fuhren auf einer Straße, die rechts abbog und zur Autobahn nach unten führte. Tom bekam das Auto nicht in seine Gewalt, es drehte sich fast im Kreis und rutschte die Zufahrtsstraße zur Autobahn hinunter. Unten fuhr gerade eine großes Feuerwehrauto vorüber und in dieses krachte Tom seitlich hinein. Sie wurden mächtig durchgeschüttelt, stießen auch mit den Köpfen nach vorn, aber dank aller Schutzengel, die um sie waren, ging alles glimpflich ab. Toms Auto hatte einen Schaden, der gerade so am Totalschaden vorbei kam. Sie mussten das Auto im Ort stehen lassen und per Eisenbahn nach Hause fahren. Tom kam ohne Strafe davon, weil die Polizei Ölverschmutzung festgestellt hatte.

Ja, solche Situationen gab es auch.

Größer war der Schmerz, als Tona ihre Ausbildung abgeschlossen hatte und als Assistenzärztin in einer entfernten Stadt ihre Anstellung fand. Da wurden die Besuche sehr selten. So war sie mit ihrem geliebten Tom wieder allein. Aber Tali stellte auch seine Ansprüche; also wurde alle Liebe in ihn gesteckt. Wenn Tona zu Besuch kam, wurde der Hund übermütig vor Freude. Anschließend musste Natalie stets neue Hausschuhe für Tom kaufen, die bisherigen waren der Freude des Hundes zum Opfer gefallen. Wenn sie nun wieder allein waren, wuchsen sie Beide förmlich zusammen. Aus zwei Personen wurde praktisch eine Person. Sie hatten die gleichen Gedanken, die gleichen Gefühle. Natalie sagte dann immer „Wir sind wie eineiige Zwillinge." Jeder konnte die Gedanken des anderen lesen und handeln wie er. Beide hatten sogar jeden Tag den gleichen Blutdruck. Dadurch gab es keine Missverständnisse und auch keine Geheimnisse voreinander.

Es war schon weithin bekannt, dass keiner von beiden allein unterwegs sein wird.

Tom, der seine Natalie liebte wie am ersten Tag, war glücklich mit diesem Zustand und wollte diese Zweisamkeit nicht missen. Sie war doch die Liebe seines Lebens; er konnte gar nicht genug von ihr bekommen und jede Minute, die er allein verbringen musste, kam ihm vor, wie eine Stunde.

Tona war bei jedem Besuch wieder überrascht, wie eng und lieb ihre Eltern zueinander waren und dachte manchmal „Solch ein Glück habe ich hoffentlich mit einem Mann auch mal. Es muss wunderbar sein, so zu leben, sich so zu lieben."

## 3. Teil

### Tom

Tom war mit seinem Leben zufrieden. Er hatte eine wunderbare Ehefrau, die er liebte vom ersten Tage an; eine Tochter, die er und die ihn liebte. Er hatte einen Beruf, der ihm

Ansehen und Ruhm gebracht hatte und gesund war er auch, seine Lieben ebenfalls. „Was bin ich doch für vom

Leben begünstigter Mann. Manche wären mit der Hälfte zufrieden, bei mir kommt alles zusammen. Sogar unser Tali ist trotz seines Alters noch sehr gut drauf. So kann unser Leben weitergehen, vielleicht bis wir mal sagen „Jetzt ist es genug, jetzt sind wir alt genug, um loszulassen." Solange ich meine Natalie an der Seite habe wird das nie passieren."

Immer wieder zogen Bilder vor seinem geistigen Auge auf, Bilder von ihrem Kennenlernen, von der „Liebe auf den ersten Blick", dem ständig Näherkommen bis zum Picknick auf der Wlese am See. Er sah sich selbst ganz deutlich, wie er ihren Körper angesehen hat und sich nicht sattsehen konnte. Wie er alle Details an ihr erkundete und damals nicht wusste, dass ihn Natalie eingehend dabei beobachtete und ihn so ansah, wie er sie. Er sah sich noch genau, wie er ihre Brüste, den Bauch und die untere Hälfte mit seinen Finger berührt und sich gewünscht hatte, die ganze Hand nehmen zu können. Natalie erzählte ihm später, wie sie seine Hand auf sich gewünscht hatte und jede Berührung von ihm auskostete. Dass sie seine starke Erregung mit Freude und großer Lust gesehen hatte, und dass große Überwindung nötig war, ihn nicht zu berühren. Und dann das für ihn unverhoffte „Danach", wo er völlig unerwartet in ihr war und fast explodiert wäre. Diese schönen Bilder standen oft vor seinen Augen, er genoss sie und sie machten ihn große Freude. Das Allerschönste aber war, als er sie gefragt hatte, ob sie ihn heiraten würde und ihr glückliches „Ja".

Und das schöne Leben ging weiter. Die Besuche bei Natalies Eltern oder bei seinen Eltern, wo Natalie vorgestellt wurde oder er. Die überaus liebevolle Aufnahme in den Familien konnte er sogar noch nach Jahren voll nachempfinden.

Seine Scheu, als er das erste Aktbild mit Natalie vorgeschlagen hatte. Die Bekanntschaft mit Stephanie und Franzi und die unterschiedlichen Berührungen mit ihnen erzeugten noch heute Erregungen in ihm .Das hätten Momente der Versuchung bei ihm auslösen können, aber das hatte er ja alles bei seiner Natalie, warum dann das Schöne bei anderen suchen? Das kam nicht infrage. Seine Natalie war immer das Beste und Schönste für ihn, was es gab.

*

Er sah sich auf seiner ersten Vernissage, auf der zweiten, er sah sich in der Berliner Ausstellung. Er sah sich mit seiner Natalie in Zwickau beim Max-Pechstein-Haus, dann wieder in Warnemünde, wo er sich den FKK-Stil angewöhnt hatte. Dann wieder die Spielnachmittage mit Natalie,Tona, Stefanie, Franzi und sich. Das waren alles unvergessliche Stunden und Tage. Tonas Verkehrsunfall blendete sich in seine Gedanken ein, aber das war alles gutgegangen und hinterließ keine großen schmerzlichen Erinnerungen, denn das Leben war rundum schön und hätte nie besser sein können.

Er sah seine Schüler, die Natalie und Tona als Akte zeichneten, er sah sich, als er mit seinem eigenen Aktbild beschäftigt war und seine Schüler unverhofft dazugekommen waren und zuschauten. Um seine Gestalt machte er sich da überhaupt keine Gedanken, denn ein Mann sieht eben wie ein Mann aus; bei Frauen gibt es da schon Unterschiede. Wenn Natalie und Tona nichts dagegen hatten, sich zeichnen zu lassen, dann konnte er auch nichts dagegen einwenden. Er wusste auch, dass ihn ein nackter Frauenkörper noch im Alter in Erregtheit versetzte, er ist eben nie ein „richtiger" Maler geworden, wie er es sich gewünscht hatte.

Mit seinen anderen Bildern, zum Beispiel mit „Frühling – Sommer – Herbst" und „Junge Frau", „Frau im mittleren Alter" und „Alte Frau" hatte er gute Erfolge erzielen können. Allerdings suchte er sich für den zweiten Zyklus einen anderen Tite: „Drei Frauenporträts". So konnte er das Aktbild von Agathe wunderbar in seinen Zyklus einbauen. Außer diesen zwei Zyklen hatte er weitere, sehr beachtenswerte Bilder geschaffen, die ihn nationalen und internationalen Ruhm einbrachten. Er war zu einem gesuchten Lehrer geworden und hätte die ganze Woche mit Unterricht ausfüllen können. Doch er blieb bei seiner Schülergruppe, bis sie im Laufe der Zeit auslief. Es machte ihm große Freude, wenn er erfuhr, dass einer seiner „Lehrlinge" erfolgreich wurde. So fasste Tom zusammen: ein wunderbares, ereignisreiches Leben, in dem alles gut ablief und stets Freude bereitete. Ihm war nach wie vor die Hauptsache, dass es Natalie bei ihm gutging, dass sie sich behütet fühlt, dass sie weiß, dass er sie über alles liebt. Und er liebte sie unsagbar, und das wird auch so bleiben. Er wusste, dass Natalie ebenso fühlte und war glücklich, unwahrscheinlich glücklich.

\*

Als er einmal bei einer ärztlichen Routineuntersuchung war, stellte man einen kleinen Fleck auf seiner Leber fest. Der Arzt sagte, das müsse man weiter im Auge behalten.

Weitere Bilder stiegen vor Toms geistigem Auge auf und er sah sich mit Natalie und Tona bei einem Aufenthalt an der Ostsee. Diese Woche hatten sie für Tona eingeplant, die ihr Abitur mit Auszeichnung bestanden hatte. Hier ergab sich die Gelegenheit, mit dem dort ansässigen Maler Niemeyer- Holstein Verbindung aufzunehmen und ihn in seinem Atelier zu besuchen.

Die Begegnung mit Kurt Heinz Sieger, das Betrachten seiner Bilder und der Umgang mit den Künstlern erzeugten in Tom immer ein Gefühl der Unvollkommenheit und dass er noch viel zu lernen habe, diesen Künstlern nacheifern zu können. Er nahm wertvolle Erfahrungen mit nach Hause und war glücklich, diese in seinen Bildern zumindest teilweise umsetzen zu können. Bei einer Fahrt nach Hiddensee stand natürlich auch ein Besuch des Gerhard Hauptmann Hauses auf dem Plan. Aus ihm heute unbekannten Gründen waren sie nachhaltig nicht sehr positiv davon beeindruckt.

Die Reise hatte sich auf alle Fälle durch die Bekanntschaften mit diesen beiden Künstlerin gelohnt. Leider ging Tona danach zu ihrer Berufsausbildung in eine andere, ziemlich weit entfernte Stadt und kam nur zu kurzen Besuchen nach Hause. Dafür wuchsen Tom und Natalie immer enger zusammen und wurden, wie Natalie dann zu sagen pflegte, zu „eineiigen Zwillingen".

Tom stelle mit Erstaunen fest, dass er bereits das 72. Lebensjahr erreicht hatte. Wo waren die vielen Jahre hin? Es ist doch noch gar nicht lange her, dass er mit Natalie auf der Wiese am kleinen See gelegen hatte; sollen die fast vierzig Jahre so vergangen sein, ohne dass man das gemerkt hat? Wenn man es aber real betrachtete, waren es genau die Jahre in denen sich viel in seinem Leben veränderte. Vom unbekannten Maler zu einem angesehenen, gesuchten Künstler zu werden, da braucht es schon viel Fleiß, Energie und Ausdauer. Und all diese Eigenschaften hatte er in sich. Seine Liebe zur Malerei und die Liebe zu seiner Natalie hatten ihn dorthin gebracht. Dazwischen lagen aber auch Erlebnisse, auf die er gern verzichten würde. Die Beerdigung von Natalies Eltern zum Beispiel. Diese beiden lieben Menschen hatten durch ihren Heimgang ein großes Loch gerissen. Er erinnerte sich noch, als sie die Nachricht bekamen, dass sein Stiefvater bei einem Autounfall ums Leben gekommen war. Ein entgegenkommendes Auto wechselte plötzlich die Spur und fuhr frontal in Antonins Wagen. Für Antonin war ein Ausweichen unmöglich, er war auf der Stelle tot. Die Beisetzung lag Tom noch heute schwer auf der Seele. Sein Stiefvater war ihm so lieb gewesen, als ob es sein eigener Vater war, den Tom gar nicht kannte. Dass der Unfallverursacher hart bestraft wurde,hob den schmerzlichen Verlust nicht im geringsten auf. Tom und Natalie nahmen die Mutter zu sich. Sie lebte allerdings nur kurze Zeit bei ihnen. Ohne ihren Antonin konnte sie nicht leben und folgte ihm in kurzer Zeit nach. Tom und Natalie dachten mit großer Liebe an diese beiden Menschen und sahen noch immer, wie Tom seine Natalie vorstellte. Diese Begrüßung erlebten sie immer wieder aufs Neue. So wurde der Kreis der lieben Mitmenschen um sie kleiner und sie schlossen sich enger zusammen. Toms

Erinnerungen zeigten wieder die Bilder, als sein Stiefvater dem Bauern die große Wiese abkaufte und sie gemeinsam den Stall zu seinem Atelier ausbauten. Er war ihm noch nachträglich unendlich dankbar. Mit ihrem Glauben an seine Begabung als Maler wurde ihm den Weg geöffnet. Das wird er nie vergessen.

In diese verflossenen Jahre fiel auch die traurige Nachricht, dass Franzi bei der Geburt ihres Kindes gestorben war. Das machte Natalie und Tom sehr traurig.

Bei einer weiteren Untersuchung stellte man fest, dass der schwarze Fleck auf Toms Leber größer geworden war und man riet ihm zu einer dringend notwendigen Operation.

Tom stellte sich vor, wie seine Natalie allein zu Hause sitzen würde. Gerade jetzt, kurz vor dem Weihnachtsfest, nein, das konnte und durfte nicht sein. Er hatte in den verflossenen Jahren seine

geliebte Natalie nie allein gelassen, sie waren immer zusammen gewesen. Und jetzt zum Weihnachtsfest sollte er ins Krankenhaus gehen und sie allein lassen? Nein, das kam nicht infrage. Sie verschoben den Operationstag auf das kommende Jahr und bestellen in dem vorgesehenen Krankenhaus ein Zimmer, wo sich Natalie aufhalten und übernachten konnte, und so immer bei ihm sein konnte.

Natalie war in größter Sorge um ihren Tom. Krank war er nie gewesen. Alkohol wurde streng gemieden, außer einem Gläschen Wein bei Festlichkeiten. Er lebte gesund, dafür sorgte sie aufmerksam. Wo soll da eine Leberkrankheit herkommen? Das war unerklärlich. Natalie fürchtete sich vor dem angesetzten Operationstermin und lebte die ganze Zeit in Ängsten um ihren Geliebten.

\*

Tom arbeitete fleißig weiter, machte sich keine Gedanken um die Krankheit und die Operation. Er fühlte absolut keine Veränderung in seinem Körper und sagte sich, dass es sich hier entweder um eine Verwechslung oder einen Irrtum handeln könne. Seine einzige Sorge galt nur seiner Natalie, um sie machte er sich große Sorgen, um sich wenig. Die Operation werde ich überstehen und dann leben wir wieder wie bisher.

Jeden Tag musste er all seine Redekünste unter Beweis stellen um seine Natalie zu beruhigen. „Kindchen, meine Liebe, mach dir nicht jetzt schon große Sorgen um mich. Ich komme wieder nach Hause. Wir bleiben noch lange lange Zeit zusammen, unser Leben ist noch längst nicht zu Ende. Sollte dieser schwarze Fleck bösartig gewesen sein, dann werden sie ihn entfernen. Vielleicht ist alles auch nur ein Irrtum. Mädchen, meine Liebe, lass es herankommen, dann denken wir weiter. Du weißt doch, ich will weiter nichts, als mit dir noch viele Jahre gemeinsam verleben. Weine bitte nicht, das kann ich nicht ertragen; ich will dich fröhlich und zuversichtlich sehen." Aber Natalie kämpfte ununterbrochen mit ihren Tränen, denn ein Leben ohne Tom, wäre kein Leben für sie; dann wollte sie auch nicht mehr leben.

Wenn sie dann dennoch nicht aufhörte zu weinen, sagte Tom „Ich sehe schon, wir kommen zu keinem Ergebnis." Bei diesen Worten konnte sie ein leichtes Lächeln nicht verhindern, denn das waren ihrer ersten Worte gewesen, die sie vor vielen Jahren beim ersten Zusammentreffen mit Tom gesagt hatte.

Tom hatte keinerlei Probleme mit seiner Krankheit, er spürte keine Veränderungen in sich und hatte deshalb auch zuversichtlich auf den OP-Termin hin gelebt.

\*

Der Apriltag war heran. Natalie und Tom gingen ins Krankenhaus. Er musste seine Natalie unentwegt trösten, sie wurde von Weinkrämpfen richtig durchgerüttelt. Tom nahm sie in die Arme und sagte „Mein allergrößter Schatz. Ich gehe mit großer Zuversicht zu dieser Operation. Die Ärzte machen diese Operation nicht zum ersten Mal, sie haben ihre Erfahrung mit solchen Krankheiten . Diese erfahrenen Ärzte werden alles tun, mich für dich zu erhalten und wir haben noch viele glückliche Jahre zusammen vor uns.

Glaub mir, es wird alles gut, ich werde noch viele Bilder malen können und dich dabei glücklich anschauen."

Als am kommenden Tag Tom zur OP abgeholt wurde, war es mit Natalies Beherrschung vorüber. Sie fiel auf ihr Bett, schluchzte und konnte sich nicht beruhigen. „Wenn die OP daneben geht, ich keinen Tom mehr habe, wie soll das Leben weitergehen, wie soll ich das Tona sagen?"

Solche und ähnliche Fragen gingen ihr im Kopf herum. Sie sah auf die Uhr, erst eine Stunde vorüber. Ob das noch lange dauern wird?

Sie ging wieder in die Vergangenheit zurück, holte die Bilder ihrer ersten Begegnung hervor. Sah sich als Reporterin, die sich spontan in den Maler verliebt hatte. Sie sah wieder die Tage verstreichen, wo sie sich nicht sahen und jeder Sehnsucht nach dem anderen hatte. Sah sich an seinem Atelier, als sie die freien Tage hatte. Sie sah sich in ihrer Wohnung, als er bei ihr übernachtete und sie sah sich auf der Wiese am kleinen See. Sie spürte den Druck, als er auf ihr lag, als er abgerutscht war. Sie spürte seine große Erregung, als er dann versehentlich auf ihr lag und sie hatte sich das gewünscht, was dann geschah. Ach, war das himmlisch gewesen, als sie das erste Mal ineinander waren, sie hätte schreien können vor Glück. Aber da wäre er vielleicht erschrocken und hätte sich zurückgezogen, und das wollte sie auf keinen Fall. Ab diesem Moment war ihr klar, „Das ist der Mann fürs Leben, für mein Leben und ewig.

Ein Blick auf die Uhr zeigte an, dass die OP schon länger als zwei Stunden währte. Also ist die ganze Sache doch nicht so leicht abzufertigen. „Lasst mir meinen Tom" sagte sie laut in ihrem Zimmer, „Lasst mir meinen Tom, ich brauch ihn doch so sehr. Ihr wisst ja gar nicht, welches Kleinod ihr unter den Fingern habt. Gebt ihn mir wieder, bitte."

Und wieder wanderten ihre Gedanken zurück. Sie sah sich von Blumen umgeben beim ersten Aktbild.

Sie wusste noch genau, wie er sich gescheut hatte, sie zu bitten, ihre Kleidung abzulegen. Ihr war auch noch bewusst, dass sie einen kurzen Moment gezögert und lieber Schluss gemacht hätte.

Sie freute sich heute noch, dass sie das nicht getan hatte. Sie wusste auch noch, dass sie dann richtig Freude daran gefunden hatte, sich ihm zu zeigen. Es war ein wonnigliches Gefühl, wenn der Mann, den sie liebte, sie ansah, zunächst etwas verlegen, dann aber sicher und in seine Arbeit vertieft.

Sie sah das Ehepaar auf der Schaukel, sie sah das ältere Ehepaar und schließlich Stephanie und Franzi, als sie zu Tom kamen, um sich malen zu lassen.

Sie sah, wie alle, manchmal ohne oder mit Bekleidung mit Tona spielten. Sicher, die bei-

den Mädchen haben sich Tom ganz genau angesehen und alles, was sie als Ehefrau sah,
auch gesehen hatten. Sie hatte keine Eifer-
sucht gespürt, sie wusste, dieser Tom ist m e i
n Mann und die Reize der beiden Mädchen
konnten ihr nie gefährlich werden, denn sie
hatte einen ebenso fabelhaften Körper wie
sie. Es waren schöne und fröhliche Spielnachmittage, die sie nie missen möchte. Leider,
und das stimmte sie sehr traurig, war Franzi
bei der Geburt ihres Kindes gestorben. Um
dieses fröhliche und liebe Mädchen tat es ihr
sehr leid.

Ein weiterer Blick auf die Uhr zeigte an,
auch nach drei Stunden war die OP noch nicht
beendet. Das beunruhigte wieder sehr. Aber
schon waren die Gedanken weiter gegangen
und sie sah sich und Tom bei der ersten Begegnung mit ihren Eltern. Die Überraschung
war ihnen geglückt, und wie ihre Eltern Tom
sofort liebevoll aufgenommen hatten, machte
sie immer wieder froh. Sie sah sich und Tom
im Wohnzimmer in einer fröhlichen Gesprächsrunde. Später haben sie ihre Eltern
öfter besucht. Besonders schön war es, wenn
alle Familienmitglieder, auch die Männer ihrer Schwestern, sich zusammenfanden. Natürlich kam auch das Bild auf, wo ihre Eltern
zur Ruhe gebracht wurden. Eigenartig, dachte
sie, beide an einem Tag gegangen, das wird
bei Tom und mir sicher auch so werden, denn
keiner von uns kann allein leben.

„Mein geliebter Tom, wenn du heute nicht lebend dieses Krankenhaus verlässt, dann ich auch nicht. Wir gehen gemeinsam."

Endlich nach fast fünf Stunden brachte man Tom auf die Aufwachstation. Der Arzt sagte Natalie, dass die OP gut verlaufen wäre. Die Ärzte musste einen großen Teil der Leber entfernen. Sie hatten sogar etwas mehr weggenommen, um Metastasen vorzubeugen. Nun brauche ihr Mann viel Ruhe und gute Pflege. Zunächst natürlich hier im Krankenhaus und dann später zu Hause. Natalie sah ihren Tom mit tränenüberströmten Gesicht, wie er weiß und regungslos im Bett lag. Am liebsten hätte sie sich auf ihn gestürzt, in die Arme genommen und abgeküsst. Aber das ging natürlich nicht. Sie musste sich sehr zusammennehmen. Jedoch ihr Herz war voller Dankbarkeit für die Arbeit der Ärzte und sie dachte noch, wie hat Tom gesagt „Ich habe volles Vertrauen in die Kunst der Ärzte. Sie machen das nicht zum ersten Male. Es wird alles gut werden" und er hat Recht behalten. O, mein Tom, mein geliebter Tom, mein Ein und Alles, ich habe dich wieder. Ich werde daheim alles so richten, dass es dir immer besser gehen wird. Eigentlich fängt jetzt unser neues, unser zweites Leben an. Alle Gedanken, die sie die ganze Zeit beunruhigt hatten, waren wie weggeblasen und ihr Lebenshorizont war hell und licht.

*

Als Tom langsam aus der Narkose erwachte, sah er als erstes seine geliebte Natalie. Sie stand neben seinem Bett und sah ihn an. Ach, welche Liebe aus ihren Augen strahlte, obwohl sie voller Tränen waren. Diesmal waren es keine Tränen voller Kummer, sondern voller Glück. Sie beugte sich zu ihm und küsste ihn. Er war glücklich, dass sie jetzt auch voller Zuversicht war. Er hatte die Operation gut überstanden, nun konnte er sich auf ein weiteres wunderbares Leben mit seiner Natalie freuen. Sie saß den ganzen Tag an seinem Bett, hielt seine Hand und sah ihn mit glücklichen Augen an.

Die Schmerzen, die dann kamen, als die Narkose vorbei war, die wollte er gern ertragen. Er sagte ihr davon nichts. Diese Schmerzen waren ja ganz natürlich, man hatte ihn einen mächtigen Schnitt quer über den Bauch gemacht. Er schlief lange, und wenn er erwachte, sah er immer seine Natalie und schlief glücklich wieder ein.

Am dritten Tag nach der OP sollte er einen kleinen Spaziergang auf dem Korridor des Krankenhauses machen, natürlich in Begleitung einer erfahrenen Schwester. Er hatte gerade vier Schritte hinter sich gebracht, da fiel er zusammen und zeigte kein Lebenszeichen. Die schnell herbeigerufenen Ärzte stellten eine Lungenembolie fest und konnten ihn rechtzeitig wieder ins Leben zurückrufen. In den folgenden Tagen verbesserte sich sein

Zustand merklich und man setzte die Entlassung auf den 16. April fest.

Glücklich brachte ihn Natalie per Auto nach Hause. Sie war voller Glücksgefühle, die sie gar nicht beschreiben konnte. Sie hatte ihren Tom wieder. Er wird sich erholen und sie werden noch lange zusammen sein. Tona war auch gekommen um ihren geliebten Paps in die Arme zu nehmen. Zur Zeit seiner Operation war sie zu einer Weiterbildung in den USA und hatte die ganze Zeit an ihren Papa und Mama gedacht. Jetzt war Freuden- und Dankbarkeitsstimmung im ganzen Hause. Alles war gutgegangen, alle bösen Vorahnungen beiseite gewischt, das Leben geht weiter. Papa musste natürlich bestens versorgt werden, und das taten seine „beiden Damen" mit großer Freude. Innere Schmerzen hatte Tom nicht, nur die Narbenschmerzen erinnerten ihn an seine überstandene Operation. Er, der seine Lieben immer gern verwöhnt hatte und ihnen möglichst jeden Handgriff abnahm, wurde jetzt von ihnen verwöhnt. Er hatte schon begonnen, kleine Spaziergänge im Haus zu machen, natürlich unter strenger Aufsicht seiner beiden Lieben.

Als Tona wieder abreisen musste, ließ sie ein glückliches Elternpaar zurück. Sie wusste, es wird alles gut.

*

Tom fühlte sich nach der OP geradezu wohl. Er hatte keine Schmerzen und konnte den Ärzten auf ihre Frage sagen „Es geht mir gut, ich habe keine Schmerzen und kann schon wieder anfangen zu arbeiten."

Während seiner Ruhezeiten, die er streng einhielt, kamen natürlich wieder Erinnerungen aus vergangenen Zeiten.

So hatte Natalie an einem Hochzeitstag gesagt: „Mein lieber Tom, ich habe eine kleine Reise vor. Ich werde dir wieder nicht sagen, wohin; du musst dich überraschen lassen. Das ist mein Hochzeitstagsgeschenk für dich. Richte dich auf eine lange Fahrt ein. Am besten, du nimmst dir was zu lesen mit, damit die Fahrt nicht langweilig wird", und Tom sagte „Mein Kindchen, warum soll ich unterwegs was lesen, ich habe was viel Schöneres im Auto, das ich betrachten kann. Ich freue mich immer wieder, wenn wir gemeinsam unterwegs sind, denn da habe ich viel Gelegenheit, dich ununterbrochen ansehen zu können. Was brauche ich Leselektüre, ich lese in deinem hübschen Gesicht alles was mir Freude macht. Du darfst bei der weiten Fahrt gerne eine große Umleitung fahren und erst übermorgen ankommen. Es ist doch so schön, mit dir zusammen unterwegs zu sein. Ich liebe dich."

Die Reiseroute führte nach Norden. Tom dachte bei sich „Will mir meine Liebe wieder Warnemünde und die Ostsee zeigen? Die kenne ich doch gut, wir waren in den vergangenen Jahren öfter hier. Gibt es da etwas Neues?

Nun, ich lass mich überraschen und mich auf alle Fälle freuen. Sie hat wieder eine ihr typischen Ideen gehabt."

Nach vielen Stunden, auch ohne Umleitung, sah Tom das Ortseingangsschild „GREIFSWALD". Da dämmerte ihm, was seine Natalie vorhatte: sie brachte ihn in die Stadt seines großen Vorbildes, zum „Meister" Caspar David Friedrich." Toms Augen füllten sich mit Tränen. Tränen der Freude. Tränen der Dankbarkeit, eine so wunderbare Frau mit wunderbaren Ideen zu haben. Stets, wenn sie an der Ostsee waren, hatte die Zeit nie ausgereicht, diesen Sprung nach Greifswald zu machen. Und nun fuhr sie ihn zu seinem Meister.

Natalie, vorsorgend wie immer, hatte natürlich drei Übernachtungen bereits bestellt, so dass sie genügend Gelegenheit hatten, vieles, was an den „Meister" erinnerte, aufzusuchen.

Ihr erster Gang galt dem Geburtshaus Friedrichs, das jetzt das Caspar-David-Friedrich- Zentrum war. Er las, dass Friedrich mit 14 Jahren Zeichenunterricht erhielt. Sie besuchten die St. Nikolai Kirche, wo Friedrich getauft wurde. Er las, dass Friedrich an der Dänischen Kunstakademie in Kopenhagen studierte, nach Dresden übersiedelte und 1779 als Künstler auf der Jahresausstellung der Dresdner Akademie vertreten war.

Tom hatte vieles davon bereits gewusst, aber es hier, in der Stadt, wo sein Meister geboren wurde, zu lesen, war ein ganz besonderes Gefühl der inneren Verbundenheit mit ihm. Und es tat ihm unwahrscheinlich weh, als er von Friedrichs 2.Schlaganfall las, der ihn fast völlig lähmte. Was muss der Meister gelitten haben, als Maler nicht mehr die Hände benutzen zu können. Das ist die höchste Strafe, die einen Maler befallen kann, vielleicht nur vergleichbar mit Beethovens Taubheit. Sie besuchten alle Orte, wo die Bilder seines großen Vorbildes zu sehen waren. Und es bestätigte ihn immer aufs Neue, dass ihn eine große Traurigkeit überkam, eine Sehnsucht nach etwas, was er nicht beschreiben konnte. Er war von der Kunst seines „Meisters" so überwältigt, dass er oft stehen blieb und seinen Tränen freien Lauf ließ.

Mitten in der Nacht vernahm Tom ein heftiges Streitgespräch im Nebenzimmer zwischen zwei Männern. Zunächst war nicht zu verstehen, um was es hier ging. Als er sich allmählich an den Klang der Stimmen gewöhnt hatte, hörte er heraus, dass sich hier zwei Maler heftig stritten. Sie kamen beide aus der gleichen Stadt und jeder meinte, jeder von ihnen sei der tonangebende. Keiner wollte einlenken und der Streit wurde immer heftiger. Tom wunderte sich, dass sich niemand im Hotel über diesen Lärm beschwerte. Er war glücklicherweise nie in eine solche Debatte verwickelt gewesen, da er immer in seinem Atelier gearbeitet hatte und sich um Konkurrenz keine Gedanken machte. Plötzlich war Ruhe eingekehrt, absolute Stille. Und jetzt vernahm er eine andere Stimme, die sagte „Aber liebe Kollegen, was soll dieser Streit zwischen zwei Malern. Es hat doch jeder das Recht, seine Empfindungen auszudrücken, wie er es empfindet. Wer der Bessere von beiden ist, könnt ihr doch gar nicht selbst beurteilen, das müsst ihr schon den kommenden Generationen überlassen. Da wird sich die Spreu vom Weizen trennen, vielleicht erinnert sich keiner an einem von euch, vielleicht hat jeder von euch mit seinen Bildern, wie sie auch gemalt wurden, Unvergängliches hinterlassen." Tom hielt es in seinem Zimmer nicht mehr aus und wollte unbedingt sehen, wer der Mann war, der diesen Streit zu schlichten versuchte. Er öffnete leise die Zimmertür und sah einen Mann mit dichtem Haarwuchs links und rechts an den Wangen. Tom konnte es gar nicht glauben, was er da sah: es war sein „Meister" Caspar David Friedrich, der den beiden Künstlern die Richtung gegeben hatte. Tom erstarrte vor Ehrfurcht: sein „Meister" höchstpersönlich, leibhaftig stand er da. Tom konnte nicht an sich halten, stürzte ins Zimmer, ging vor Friedrich in die Knie und küsste die Hände seines „Meisters". Der sagte „Tom, ich kenne dich und deine Bilder sehr gut. Viele finde ich sehr gelungen, bei manchen fehlt mir ein aussagekräftiger Hintergrund, dem musst du wesentlich mehr Aufmerksamkeit schenken, denn ein guter Hintergrund macht ein gutes Bild aus. Wenn du mein Bild „Der einsame Baum" mal gesehen hast, verstehst du, was ich meine." Tom war so gefangen von den Worten seines Meisters und hätte aus seinem Mund selbst die schlechteste Kritiken entgegen genommen. Die beiden anwesenden Maler hatten sich beruhigt und hörten den Worten Friedrichs aufmerksam zu. Tom war selig, seinen Meister zu sehen und sagte „Meister, deine Bilder habe ich alle gesehen und jedes einzelne hat sich in mein Gedächtnis fest eingegraben. Sie sind mein großes Vorbild, dem ich nacheifere, aber ich weiß, dass ich das nie erreichen werde." Er verneigte sich tief vor Friedrich und als er wieder hoch blickte, war der Meister verschwunden. Lange starrte er auf die Stelle wo der Meister eben noch gestanden hatte. Dann ging er langsam in sein Zimmer zurück und sah sich schlafend in seinem Bett neben Natalie liegen.

Tom erinnerte sich auch an eine Sensation. Bei der Restaurierung von Friedrichs Bild „Zwei Männer in Betrachtung des Mondes" wurde festgestellt, das unter der Deckfarbe ein anderes Zielobjekt der beiden Männer zu sehen war. Zielpunkt der beiden Männer war nicht der Mond, dann hätten sie mehr aufwärts blicken müssen, jedoch war ihr Blick abwärts gerichtet.

Auf dem Bild war ein großes Maß Bier zu sehen. Also blickten die Männer auf das Bierglas und freuten sich wahrscheinlich schon auf den Genuss desselben. Die bahnbrechende Erkenntnis stammte von den litauischen Kunstexperten Prof. Primas Balandis. von der Universität Vilnius. Man vermutete, dass Friedrich hier eine Reklame für Bier in sein Bild brachte. Diese Weltsensation wurde bereits am 2.April widerrufen, es hatte sich um einen Aprilscherz gehandelt. Übersetzt heißt Primas Balandis „1.April".

Diese Tage in Greifswald gehörten zu seinen glücklichsten Erinnerungen. Er war seiner Natalie unendlich dankbar, dass sie dies in die Wege geleitet hatte.

*

Einmal plante er einen Aufenthalt im Erzgebirge. Lange schon im Voraus bestellte er eine Unterkunft in einem Ort, der zwar allgemein bekannt, ihm aber absolut unbekannt war.

Als sie sich auf die Reise begaben, war von Winter keine Spur. Zwar war es kalt, aber Schnee war nicht zu erwarten. Was sollen wir dann dort die ganze Zeit anstellen, fragte er sich. Je näher sie jedoch an ihren Zielort kamen, fielen schon leichte Schneeflocken . Dann kamen sie in eine Gegend, da lag der Schnee meterhoch; die Häuser halb eingeschneit und die Menschen mit Schlitten unterwegs. Als sie endlich ankamen, befanden sie sich in einer regelrechten Schneelandschaft. Das Erzgebirge in seiner Höhenlage hatte allen Schnee abbekommen. Die letzten Kilometer war es mit dem Auto schon fast nicht zu schaffen und Schneeketten besaß er natürlich nicht, die brauchte er zuhause überhaupt nicht. Sie kamen glücklich ans Ziel.

Tona, damals noch ziemlich klein, wälzte sich im Schnee und hatte große Freude dabei.

Mit dieser Reise wollte er seine „beiden Damen" überraschen und hoffte, dass es ein ebenso großartiges Erlebnis würde, wie es bei Natalies üblichen Überraschungen stets geworden war. Natürlich machte er daheim keinerlei Andeutungen, wohin die Reise gehen wird, das hat ja Natalie auch nie verraten. Er bat nur, möglichst warme Kleidung mitzunehmen „Es kann ja sein, der Winter überfällt uns in den nächsten Tagen".

Und nun waren sie da und von Schneemassen eingehüllt. Das bestellte Quartier wurde von einem sehr freundlichen Ehepaar verwaltet und bot alle Annehmlichkeiten für die nächsten Tage. Alle drei fühlten sich auf Anhieb wohl. Bei der Abreise nach 10 Tagen waren sie alle drei zu der Meinung gelangt : „Im Erzgebirge gibt es nur freundliche und sehr freundliche Menschen."

Tom überlegte, wie er den Aufenthalt so interessant wie möglich gestalten könne und fragte seine beiden „Damen" ob sie Lust hätten, entweder Schlittschuhlaufen oder sich lieber sich auf Skiern ausprobieren will. Das Schlittschuhlaufen sah beiden etwas gefährlich aus und sie entschieden sich für Skilauf. So meldete er beide beim nächsten Skikurs an und war gespannt, wie sie sich anstellen werden. Er selbst wolle lieber als „Beobachter" fungieren. Aller Anfang ist immer schwer. Tona bekam die Beine nicht mehr zusammen und fand sich in einer respektablen Grätsche wieder, aber sie gab nicht auf und als sie die ersten 10 Meter mit beiden Beinen geschafft hatte, waren beide Elternteile mächtig stolz. Natalie erging es fast ebenso. Man musste sie aufheben und auf beide Beine stellen. Am Abend war Natalie auf ihre Tochter stolz und Tona auf sich und ihre Mutter und Tom auf beide. In den nächsten Tagen wurde es immer besser, sie blieben auf ihren Brettern stehen, fielen nicht mehr um und hatten das Gefühl, etwas Großartiges geleistet zu haben.

Für einen Tag plante Tom eine Fahrt nach Annaberg-Buchholz ein, so konnten sich Tonas und Natalies geschundene Glieder etwas erholen. Da Annaberg viel Interessantes bot, war auch der ganze Tag notwendig. Sie besuchten die St. Annenkirche, ein Zeichen von spätgotischer Baukunst; sie gingen ins Adam Riese Museum. Da waren viele Beispiele seiner Rechenkunst erhalten Den Begriff „nach Adam Riese", den kannten sowohl Tom als auch Natalie, aber das dieser wichtige Mann hier in Annaberg tätig war, war ihnen neu. Besonders beeindruckte sie der Besuch im „Fronauer Hammer", dem ältesten Schmiedemuseum Deutschlands. Auch sahen sie viele Bilder von Annaberger Weihnachtsmarkt und bedauerten sehr, nicht zu dieser Zeit hier sein zu können. Auf der Rückfahrt zu ihrem Quartier hatten sie neue Erkenntnisse gesammelt, freuten sich auch auf die Fortsetzung ihrer Skikurse.

Tom nutzte dieser Zeit für Motivsuche, und er fand deren viele, die später in verschiedenen Bildern verwendet werden konnte. Selbstverständlich wurden Mutter und Tochter beim Skilauf gemalt, allerdings nicht beim Hinfallen, dafür beim stolzen Wettbewerb seiner beiden Damen. Ein übergroßer Schneemann wurde auch gebaut, der war so hoch, dass Tom eine Leiter ausleihen musste, um den Kopf oben aufzusetzen.

Tom hatte alle seine fertigen und verkauften Bilder fotografiert und konnte sie den Quartiersleuten zeigen und bat sie, eines davon auszuwählen, er würde es ihnen dann zusenden. Wie zu erwarten, baten sie um ein Aktbild von Natalie. Tom versprach ihnen, dieses Bild schnellstmöglich zu schicken und Natalie dachte „Jetzt hängt mein Bild schon im Erzgebirge. Das ist schön. Es ist aber auch wirklich ein gelungenes Bild, und dass ich das bin, haben die Leute längst wieder vergessen." Aber da irrte sie sich sehr, denn der Name Brand wurde auch im Erzgebirge bekannt und die Quartiersleute sagten dann zu anderen Besuchern „Das waren unsere Gäste, und das hier war die Frau des Malers, eine bildhübsche und äußerst liebe Frau."

Im Nachhinein beglückwünschte sich Tom, dass er die Idee für das Erzgebirge hatte, denn alle drei haben sich wohlgefühlt und dachten noch jahrelang an diesen Aufenthalt. Natalie und Tona wussten, wie man sich auf Skiern fühlt, Tom hatte seinen Notizblock voller Ideen und gesund sind sie auch wieder daheim gelandet. Lange war dieser Aufenthalt noch Gesprächsstoff, wenn sie abends zusammen saßen.

\*

Tom dachte immer gern an die verschiedenen Reisen, die er mit Natalie oder mit seiner kleinen Familie gemacht hatte, aber jetzt war er am liebsten daheim mit seiner Natalie. Zur Zeit stand ihm sein Sinn nicht nach Reisen, er war älter geworden und liebte die behagliche Gemütlichkeit. Selbstverständlich arbeitete er intensiv an seinen Bildern, freute sich dann immer auf den Moment, wo er seine Geliebte wieder in die Arme nehmen konnte.

Öfter als vor Jahren lebte Tom in der Vergangenheit. Er sagte wiederholt: „Was habe ich für ein glückliches und erfülltes Leben gehabt. Ich möchte mich dafür bedanken, aber bei wem?"

Da kam nur eine Person für ihn infrage: seine Natalie. Und er sagte „Meine überaus geliebte Natalie, du hast mein Leben so reich gemacht, so schön, dass es hätte nie schöner sein können. Durch dich hat mein Leben eine Wende genommen. Du hast mich in die Öffentlichkeit gebracht, hast mir gezeigt, dass es außer Malen noch vieles gibt, das ich nie kennengelernt hätte. Du bist die Seele meines Lebens, dir verdanke ich einfach alles. Was wäre ich heute ohne dich? Du hast das Glück in mein Leben gebracht, mit dir hatte ich Freude im Überfluss. Mit dir konnte ich durch dick und dünn gehen, mit dir habe ich immer große Zuversicht in die Zukunft gespürt. Mit dir an meiner Seite konnte einfach nichts schief gehen. Kindchen, du bist das Glück meines Lebens. Und ich hoffe, ich habe dich das auch immer spüren lassen. Ich bin dir so dankbar, dass ich es in Worten nicht ausdrücken kann. Ich liebe dich unsagbar, ein Leben ohne dich, kann ich mir heute gar nicht vorstellen.

Deine Liebe, allein schon dein Dasein, hat mich ständig wachsen lassen und was ich heute bin, habe ich allein dir zu verdanken, wirklich alles. Ach, mein Engel, ich liebe dich so sehr."

*

Eine weitere Untersuchung hatte ergeben, dass sich bei Tom Metastasen gebildet hatten.

Eine Behandlung brachte nichts ein. Aber Tom hatte keinerlei Schwierigkeiten, keine Schmerzen, kein Beeinträchtigung seiner Arbeit. Tom machte sich keine schweren Gedanken, sagte Natalie nichts: er wollte seiner Natalie keine Sorgen machen, die war doch glücklich, ihn gesund zu Hause zu haben. Einmal wurde er ins Krankenhaus gebracht um sein Blut auszutauschen. Hier erklärte der Arzt Natalie, dass man damit rechnen muss, dass Tom seiner Krankheit nicht mehr Herr würde und das Ende erwartet werden muss. Natalie brach zusammen und musste behandelt werden. Sie nahm sich vor, Tom gegenüber nichts zu erwähnen und sich stark zeigen, so schwer es ihr auch fallen würde. Sie wusste allerdings nicht, dass der Arzt zu Tom das gleiche gesagt hatte, und der wiederum sagte Natalie nichts von dem Gespräch mit dem Arzt, um seine Natalie nicht zu verängstigen. Tom hatte nach wie vor keinerlei Schmerzen und versuchte in seiner Arbeit, dies weit nach hinten zu stellen. Er wusste allerdings nicht, dass die Spritze, die er öfter bekam, eine Morphiumspritze war. Seine Gedanken waren „Was wird aus meiner Natalie wenn ich gehen muss? Was soll aus ihr werden, wenn ich nicht mehr da bin? Allein kann doch keiner von uns beiden leben. Was wird aus meiner Natalie?"

Sie lebten weiter, jeder von beiden wusste, wie es um Tom steht, aber keiner rührte an dieses Thema. Natalie umsorgte wie immer ihren Tom. Und Tom arbeitete weiter und dachte nur an seine geliebte Natalie. Da er nach wie vor keine Schmerzen hatte, ging es ihm gut, währenddessen sich die Metastasen in seinem Körper weiter ausbreiteten.

Aber Tom merkte auch ganz deutlich, dass seine Kräfte allmählich weniger wurden. Er machte dann längere Ruhepausen und seine Natalie saß ständig an seinem Bett. Sie gab sich zuversichtlich, tief in ihrem Inneren weinte sie ununterbrochen. Sie hätte ihrem Geliebten so gern geholfen, nur, wenn die Medizin nicht helfen kann, wie sollte sie dann helfen können. In den Zeiten, wenn sie sich von seinem Bett entfernen musste, ließ sie ihren Tränen freien Lauf. Liegen nun alle die wunderschönen gemeinsamen Jahre unwiederbringlich hinter ihnen? Gibt es überhaupt keine Hoffnung mehr?

Tom hatte einen Wunsch „Liebes Mädchen, weißt du, wo ich gern noch einmal sein möchte? Im Wald an dem kleinen See, wo ich dich und Tona gemalt habe. Dort hat es mir sehr gefallen. Ob wir das nochmal machen können?"

Natalia war froh, ihm diesen Wunsch erfüllen zu können. Sie fuhren am nächsten Tag zu dieser Stelle. Sie hatte ein kleines Picknick vorbereitet und sie verbrachten einen schönen Nachmittag an dem kleinen See. Sie sah sich und Tona noch Modellstehen während

Tom sie malte. Wie lang ist das schon her? Das waren noch ihre glücklichen und gesunden Jahre.

Zuhause angekommen zog Tom seine Natalie ganz dicht zu sich heran und sagte: „Mein über alles geliebtes Mädchen, wir wissen beide, dass ich wahrscheinlich nicht mehr lange leben werde. Um mich mach ich mir überhaupt keine Sorgen, aber um dich, mein Engel. Wir hatten fast 40 Jahre ein glückliches Leben, um das uns bestimmt viele beneidet haben. Wir haben uns nie gestritten, wir haben nie ein hartes Wort füreinander gehabt. Mein Leben war so glücklich, das ich es nicht in Worte fassen kann. Du hast mir das Glück in mein Leben gebracht. Ohne dich wäre ich sicher schon gar nicht mehr auf der Welt. Ich bin dir so überaus dankbar, dass du es die ganzen langen Jahre bei mir ausgehalten hast mit deiner großen Liebe, Anhänglichkeit und Treue. Kindchen, du hast mich zum glücklichsten Menschen unter der Sonne gemacht. Diese Liebe werde ich mit hinüber nehmen. Und ich bin mir sicher, wir werden uns ganz bestimmt wiedersehen."

Natalie konnte nicht an sich halten, ihre Tränen flossen unaufhörlich und sie sagte „Mein über alles geliebter Schatz, ich liebe dich seit dem ersten Tag unseres Kennenlernens so sehr, dass ich mir ein Leben ohne dich überhaupt nicht vorstellen kann. Wie soll das sein, mein Geliebter? Wir waren doch so verbunden, keiner konnte ohne den anderen existieren. Und dann plötzlich ein Leben ohne dich? Was soll ich dann tun? Ich habe doch alles nur für dich getan um dich froh und glücklich zu sehen. Mein Leben war doch nur deshalb so schön, weil ich dich an meiner Seite hatte. Du warst mein Trost, mein Halt, meine Zuversicht. Die ganzen Jahre war mein Herz voller Liebe für dich, dass ich manchmal fast geplatzt wäre. Ich bin dir so unsäglich dankbar für dein Dasein, für deinen Schutz und deine grenzenlose Liebe. Mein Geliebter, verlass mich bitte nicht, allein bin ich ohne Wert, ich brauche dich. Es reicht mir doch schon, wenn du nur auf dem Sofa oder im Bett liegst, du brauchst überhaupt nichts zu machen oder zu sagen. Allein deine Gegenwart und dein Blick zu mir würden ein Weiterleben möglich machen. Lass mich bitte nicht allein."

Natalie musste jeden Tag feststellen, wie ihr Geliebter immer weniger wurde. Er kam aus der Liegestellung nicht mehr zum Sitzen, dafür fehlte einfach die Kraft. Seine Worte an sie wurden unverständlich und meist schlief er ununterbrochen.

Natalie telegrafierte mit Tona und schrieb ihr von schlechten Zustand ihre geliebten Papas.

Tona, gerade wieder im Ausland, machte sich sofort auf die Reise. Als sie angekommen war und den schlechten Zustand ihres Papas sah, musste sie sich im Nebenzimmer auf einen Stuhl setzen und weinte gemeinsam mit ihrer Mutter. Dann ging sie an Toms Bett. Da schlug Tom die Augen auf und sagte „Meine Tona", ein freudiges Lächeln überzog sein Gesicht und schlief wieder ein.

*

Tom schlief und träumte. Er sah sich im Erzgebirge. Er saß auf einem Schlitten, gemeinsam mit Natalie und Tona. Sie fuhren eine schöne schneebedeckte Straße entlang, seltsamerweise ging diese Straße nicht bergab, sondern ziemlich steil bergauf. Während der Fahrt bemerkte er, dass er Natalie und Tona unterwegs verloren hatte. Zuerst war Tona vom Schlitten gefallen, später fiel auch Natalie. Er war allein auf dem Schlitten. Zurückfahren war nicht möglich, der Schlitten fuhr ständig weiter. Und während es immer steil bergauf ging, sah er neben der Straße viele bekannte Gesichter, die ihm fröhlich zuwinkten. Er sah Franzi, das Ehepaar mit der Schaukel, das ältere Ehepaar, sah Oma Agathe, sah Maler Y. Aber warum sah er nicht seine Natalie und Tona? Ach ja, die hatte er ja unterwegs verloren. Dann tauchten weitere, sehr bekannte Menschen auf. Es waren die Eltern von Natalie; dann sah er seine eigenen Eltern, die ihm zuwinkten und den Weg zeigten, wo seine Reise hingehen sollte. Und der Schlitten bewegte sich weiter vorwärts, fuhr in einen dichten Nebel und plötzlich standen da wieder seine und Natalies Eltern vor ihm. Sie nahmen ihn in ihre Mitte und dann gingen sie gemeinsam in eine andere Welt.

*

Als sich Natalie und Tona am nächsten Morgen um Tom kümmern wollten, fanden sie ihn friedlich entschlafen und mit einem glücklichen Lächeln.

Für Natalie fiel die Welt zusammen. Sie hatte zwar gewusst, dass der Tag des Abschiedes kommen wird. Nun war er da und sie hatte ihren geliebten Tom nicht mehr bei sich. Sie fühlte sich unnütz und rief immer wieder „Mein Geliebter, wo bist du? Ich brauche dich doch so sehr. Ohne dich kann ich nicht leben. Komm bitte zurück, und wenn es nur für eine Stunde ist, dann kann ich nochmal sagen, wie sehr ich dich geliebt habe und dass mein Leben nur an deiner Seite lebenswert ist. Hörst du mich, meine große Liebe? Hörst du mich? Dann komm noch einmal zurück. Am besten wäre es, du nimmst mich gleich mit."

Aber nichts geschah und sie blieb mit ihrem Kummer mit Tona zurück.

Die nächste schwere Stunde kam dann, als das Bestattungsunternehmen ihren Tom aus dem Haus trug. Dass er wohin gebracht wurde, wo sie nicht mitkonnte, das hatte es noch nie gegeben. Tona, obwohl selbst ungeheuer traurig über den Verlust ihres geliebten Papas, versuchte ihre Mama zu beruhigen, was nicht möglich war. Natalie war am Boden zerstört. Sie lief ständig die Wohnung ab und hoffte, Tom könne sich dort aufhalten, wo sie gerade nicht war. Er kann doch nicht so gänzlich weg sein, das gibt es doch nicht. Sie rief ihn unentwegt, sie weinte ununterbrochen und fragte Tona „Sag mir, war ich immer eine gute Ehefrau, sag es ehrlich." und Tona konnte nur immer wieder sagen „Mama, du warst die beste Ehefrau, die es je gegeben hat. Ich habe nie ein böses oder kränkendes Wort von dir gehört.","Aber Tona, letztens war ich doch ziemlich unwirsch gewesen, weißt du noch?" „Ja, aber Mama, da war doch Papa gar nicht dabei. Nein, du warst sein Glück, hat er ja immer gesagt, und seine übergroße Liebe. Liebste Mama, mach dir keine Vorwürfe, das brauchst du nicht," sie drückte ihre Mama und musste doch selbst die ständig auftretenden Tränen zurückhalten. Aber Natalie lief weiter durch die Wohnung und hoffte, ihn irgendwo anzutreffen. Am späten Abend konnte sie sich kaum auf den Beinen halten und schlief auf der Couch entkräftet ein. Tona deckte sie mit einer Decke zu und versuchte auch, irgendwie in den Schlaf zu finden.

## Natalie und Tom

Und was Natalie sah, machte sie froh und glücklich. Sie befand sich wieder auf der Wiese ihres Picknicks, ihrer Lieblingswiese.

Im Hintergrund sah sie einen Mann mit einem Hund spielen. Es war Tom, ihr geliebter Ehemann, den sie gestern für alle Zeit hergeben musste. Sie rannte so schnell sie konnte über die Wiese auf ihn zu. Diesmal spürte sie nicht, dass sie zurückgehalten wurde. Sie kam immer näher und Tom stand, nein, er ging auf sie zu, auch der Hund kam zu ihr und zeigte seine große Freude. Natürlich, das war doch ihr Tali, der ihnen über 15 Jahre lang treu ergeben war. Natalie warf sich Tom an den Hals und weinte, diesmal vor Freude. „Mein Liebster, hast du mich gestern rufen hören? Ich habe gesagt, komm doch wenigstes für eine Stunde zurück, damit ihr dir sagen kann, wie sehr ich dich liebe." „Mein Engelchen", antwortete Tom. „Das brauchst du mir doch nicht zu sagen, das weiß ich doch schon seit fast vierzig Jahren". Natalie sagte: „Mein Schatz, ich wollte dir doch noch sagen, dass ich ohne dich nicht leben will und kann." Tom erwiderte „Meine große Liebe, auch das weiß ich doch, das kann ich doch ohne dich auch nicht. Und deshalb bin ich gekommen und möchte dich gern mitnehmen. Und nicht nur ich, sieh mal, wer noch alles mitgekommen ist". Und Natalie sah ihre lieben Eltern, sah Toms Eltern, sah Oma Agathe und viele Gesichter, die sie kannte. Sie konnte sie alle umarmen und alle hatten glückliche Gesichter.

Natalie schmiegte sich beim Gehen ganz fest an Toms Brust und lief mit den anderen den Weg, wo sie nicht wusste, wohin er geht. Aber das war auch völlig Nebensache, denn sie hatte ihren Tom bei sich, damit war alles gut. „Wo du hingehst, da will ich auch hingehen" sagte sie überglücklich. Und Tom sagte: „Mein Herzblatt, ab jetzt werden wir immer zusammen sein, nichts kann uns mehr trennen. Und unsere Liebe geht weiter und immer weiter und wird nie enden."

Am Morgen kam Tona, ihre Mama zu wecken.

Sie fand eine glückstrahlende Natalie, die ein großes Kissen fest an ihre Brust gedrückt hatte und nicht mehr atmete.

Tona, vom Schmerz, nun auch ihre geliebte Mutter verloren zu haben, sagte laut unter Tränen „Nun seid ihr wieder zusammen, das sehe ich aus deinem Gesicht. Eure große Liebe geht weiter. Keiner wird mehr allein sein, keiner muss ohne den anderen leben. Keine 24 Stunden warst du allein, liebe Mama. Ich liebe euch von ganzem Herzen und danke euch für die liebevolle Erziehung und ihr werdet immer in meinem Herzen sein. Eure große Liebe hat auch im Tode nie aufgehört. Werdet glücklich, wo ihr seid. Eines Tages komme ich auch zu euch."

Gottfried Glöckner, 1937 geboren, absolvierte sein Musikstudium in Zwickau. Er war Lehrer an den Musikschulen Bad Liebenwerda und Frankfurt (Oder) und von 1970 bis 1990 freischaffender Komponist (Lieder für Kinderchor, Orchesterwerke). Nach dem Tod seiner Frau, der Schriftstellerin Helga Glöckner-Neubert, gab er die Musik auf und widmet sich der Literatur. „Tom und Natalie" ist seine erste Arbeit auf diesem Gebiet, ein zweiter Teil ist in Arbeit. Heute wohnt er mit seinen zwei Katzen in der Nähe von Frankfurt (Oder).